Gröls Verlage

„BÜCHER SIND WIE FALLSCHIRME. SIE NÜTZEN UNS NICHTS, WENN WIR SIE NICHT ÖFFNEN."

**Gröls Verlag**

## Redaktionelle Hinweise und Impressum

Das vorliegende Werk wurde zugunsten der Authentizität sehr zurückhaltend bearbeitet. So wurden etwa ursprüngliche Rechtschreibfehler *nicht* systematisch behoben, denn kleine Unvollkommenheiten machen das Buch – wie im Übrigen den Menschen – erst authentisch. Mitunter wurden jedoch zum Beispiel Absätze behutsam neu getrennt, um den Lesefluss zu erleichtern.

Um die Texte zu rekonstruieren, werden antiquarische Bücher von Lesegeräten gescannt und dann durch eine Software lesbar gemacht. Der so entstandene Text wird von Menschen gegengelesen und korrigiert – hierbei treten auch Fehler auf. Wenn Sie ebenfalls antiquarische Texte einreichen möchten, finden Sie weitere Informationen auf www.groels.de

Viel Freude bei der Lektüre wünscht Ihnen das Team des Gröls-Verlags.

**Adressen**

Verleger: Sophia Gröls, Im Borngrund 26, 61440 Oberursel

Externer Dienstleister für Distribution & Herstellung: BoD, In de Tarpen 42, 22848 Norderstedt

**Unsere „Edition | Werke der Weltliteratur“** hat den Anspruch, eine der größten und vollständigsten Sammlungen klassischer Literatur in deutscher Sprache zu sein. Nach und nach versammeln wir hier nicht nur die „üblichen Verdächtigen“ von Goethe bis Schiller, sondern auch Kleinode der vergangenen Jahrhunderte, die – zu Unrecht – drohen, in Vergessenheit zu geraten. Wir kultivieren und kuratieren damit einen der wertvollsten Bereiche der abendländischen Kultur. Kleine Auswahl:

**Francis Bacon** • Neues Organon • **Balzac** • Glanz und Elend der Kurtisanen • **Joachim H. Campe** • Robinson der Jüngere • **Dante Alighieri** • Die Göttliche Komödie • **Daniel Defoe** • Robinson Crusoe • **Charles Dickens** • Oliver Twist • **Denis Diderot** • Jacques der Fatalist • **Fjodor Dostojewski** • Schuld und Sühne • **Arthur Conan Doyle** • Der Hund von Baskerville • **Marie von Ebner-Eschenbach** • Das Gemeindekind • **Elisabeth von Österreich** • Das Poetische Tagebuch • **Friedrich Engels** • Die Lage der arbeitenden Klasse • **Ludwig Feuerbach** • Das Wesen des Christentums • **Johann G. Fichte** • Reden an die deutsche Nation • **Fitzgerald** • Zärtlich ist die Nacht • **Flaubert** • Madame Bovary • **Gorch Fock** • Seefahrt ist not! • **Theodor Fontane** • Effi Briest • **Robert Musil** • Über die Dummheit • **Edgar Wallace** • Der Frosch mit der Maske • **Jakob Wassermann** • Der Fall Maurizius • **Oscar Wilde** • Das Bildnis des Dorian Grey • **Émile Zola** • Germinal • **Stefan Zweig** • Schachnovelle • **Hugo von Hofmannsthal** • Der Tor und der Tod • **Anton Tschechow** • Ein Heiratsantrag • **Arthur Schnitzler** • Reigen • **Friedrich Schiller** • Kabale und Liebe • **Nicolo Machiavelli** • Der Fürst • **Gotthold E. Lessing** • Nathan der Weise • **Augustinus** • Die Bekenntnisse des heiligen Augustinus • **Marcus Aurelius** • Selbstbetrachtungen • **Charles Baudelaire** • Die Blumen des Bösen • **Harriett Stowe** • Onkel Toms Hütte • **Walter Benjamin** • Deutsche Menschen • **Hugo Bettauer** • Die Stadt ohne Juden *und viele mehr….*

# Edgar Rice Burroughs

# Tarzan und der goldene Löwe

## Übersetzung von Eduard Pfeiffer

## Inhalt

## Der goldene Löwe

Sabor, die Löwin, säugte ihr Junges – einen kleinen fuchsroten Ball mit Flecken wie Sheeta, der Leopard. Vor der Felsenhöhle ihrer Behausung lag sie im warmen Sonnenschein und streckte sich mit halbgeschlossenen Augen behaglich auf die Seite. Trotzdem war Sabor auf der Hut. Erst waren es drei dieser kleinen fuchsroten Fellkugeln gewesen – zwei Töchter und ein Sohn – und Sabor und Numa, ihr Gebieter, waren stolz auf sie gewesen, stolz und glücklich. Aber dann hatte es an Beute gefehlt, und die unterernährte Sabor hatte nicht genügend Milch gehabt, um die drei starken Jungen richtig zu nähren, ein kalter Regen war dazu gekommen und die Kleinen waren erkrankt. Nur das kräftigste war am Leben geblieben, – die beiden Weibchen waren gestorben. Sabor hatte getrauert und war winselnd und stöhnend vor den armseligen Häufchen aus durchnäßtem Fell auf und ab geschritten. Hin und wieder stieß sie eins oder das andere mit der Schnauze an, als ob sie die Kleinen wieder erwecken könnte. Schließlich hatte sie aber doch von ihren Bemühungen abgelassen, und nun war ihr wildes Herz ganz und gar von Zärtlichkeit für das kleine männliche Junge erfüllt, das ihr geblieben war. Deshalb war Sabor schärfer auf der Hut als gewöhnlich.

Numa, der Löwe, war nicht da. Zwei Nächte vorher hatte er eine Beute gemacht und sie zur Behausung geschleppt, letzte Nacht war er wieder ausgezogen, aber noch nicht zurückgekehrt. Sabor dachte im Halbschlaf an Wappi, die schwere Antilope, die ihr prächtiger Gatte vielleicht im gleichen Augenblick durch die dichtverwachsene Dschungel angeschleppt brachte. Vielleicht war es sogar Pacco, das Zebra, dessen Fleisch ihrer Gattung am liebsten war – der schmackhafte, saftige Pacco! Sabor lief das Wasser im Maule zusammen.

Ha! Was war das? Der Schatten eines Lautes war zu ihren scharfen Ohren gedrungen. Sie hob den Kopf, beugte ihn erst auf die eine, dann auf die andere Seite, während sie mit gespitzten Ohren die schwächste Wiederholung des eben vernommenen Lautes zu erhaschen suchte. Ihre Nase sog die Luft ein. Zwar wehte nur die Andeutung eines Lüftchens, aber was ihr jetzt aus jener verdächtigen Richtung zustrich und in langsam sich verstärkendem Maße zu Ohren kam, kündete ihr, daß es sich näherte, was es auch war. Ihre nervöse Unbehaglichkeit wuchs. Sie rollte sich auf den Bauch herum und entzog dem Jungen die Milch, worüber dieses in einem zwerghaften Knurren sein Mißfallen zu erkennen gab, bis es ein leises, tadelndes Winseln der Löwin zum Schweigen brachte. Dann stand das Kleine an ihrer Seite, sah erst auf die Löwin, dann in die Richtung, nach der diese schaute, und neigte seinen Kopf bald nach der einen, bald nach der anderen Seite.

Augenscheinlich hatte der von Sabor vernommene Ton etwas Störendes – etwas, das ihr Unruhe einflößte. Es konnte ja wohl ihr großer Gebieter sein, der zurückkam, aber es hörte sich nicht an wie die Bewegungen eines Löwen, jedenfalls nicht wie die eines Löwen, der eine schwere Beute schleppt. Sie warf einen Blick auf ihren kleinen Löwen und ließ ein klagendes Winseln hören. Immer hatte sie Furcht, daß ihm irgendeine Gefahr drohe – ihm, dem letzten ihrer kleinen Nachkommenschaft.

Jetzt trug ihr die Brise die Witterung eines sich durch die Dschungel auf sie zu bewegenden Geschöpfes zu den Nüstern. Mit einem Male verwandelte sich das bekümmerte Gesicht der Mutter in eine grimmige, zähnefletschende Fratze mit funkelnden Augen, denn zu ihr drang der verhaßte Geruch eines Menschen. Sie erhob sich auf die Füße, spitzte die Ohren, so daß der Kopf ganz breit erschien, und peitschte nervös mit dem geschmeidigen Schwanz. Auf jene unerklärliche Art, auf die sich die Tiere einander verständlich machen, befahl sie dem Jungen stillzuliegen, bis sie zurückkehre, dann glitt sie rasch und lautlos davon, um dem Eindringling zu begegnen.

Das Junge hatte das Geräusch so gut vernommen wie seine Mutter, und jetzt fing es auch die Witterung eines Menschen auf. Zwar war ihm dieser fremdartige Geruch noch nie zuvor an die Nüstern gekommen, aber er wurde doch sofort als feindlich erkannt. Dieser Geruch übte bei ihm eine ebenso bezeichnende Wirkung wie bei der vollerwachsenen Löwin aus, indem er ihn die Haare längs des kleinen Rückens sträuben und die schwachen kleinen Reißzähne entblößen ließ. Die Mutter glitt eben flink und verstohlen ins Unterholz, da vergaß das kleine Junge ihre Anweisung und folgte ihr, wobei seine Hinterhand, wie es bei seiner Gattung in der allerfrühesten Jugend immer zu beobachten ist, torkelnd von einer Seite zur anderen fiel – eine lächerliche Gehweise, die mit dem würdevollen Benehmen des Vorderteils schlecht übereinstimmt. Die Löwenmutter merkte in ihrem Grimm nicht, daß das Junge nachkam. Die nächsten zweihundert Schritte vor den beiden waren dichtbewachsene Dschungel, aber die Löwen hatten sich bis zu ihrer Behausung einen tunnelartigen Pfad hindurchgewühlt. Dann kam eine kleine Lichtung und über diese lief eine starkbegangene Fährte, auf einer Seite der Lichtung einmündend, auf der anderen wieder hinausführend. Als Sabor die Lichtung erreichte, sah sie den Gegenstand ihrer Furcht und ihres Hasses mitten darauf. Wie aber, wenn das Menschenwesen gar nicht auf der Jagd nach ihr und den Ihrigen war? Heute war Sabor, der Löwin, das völlig gleichgültig. Unter anderen Umständen hätte sie ihn unbelästigt seines Weges ziehen lassen. Aber heute war die Löwin nervös und ängstlich – ihre Mutterliebe vereinigte sich in dreifacher Stärke auf diesen letzten nun dreimal so teuren am Leben Gebliebenen – darum wartete sie nicht erst ab, ob der Mensch die Sicherheit ihres Kleinen bedrohte; sie schlich ihm vielmehr entgegen, um ihn aufzuhalten. Aus der zärtlichen Mutter war ein mordgieriges Raubtier geworden, dessen Hirn nur von dem einzigen Gedanken besessen war – zu töten.

Ohne das geringste Warnungszeichen hören zu lassen, sprang sie vor. Die erste Andeutung, die der schwarze Krieger davon erhielt, daß sich ein Löwe innerhalb von zwanzig Meilen in der Runde befand, war das schreckeneinflößende Auftauchen dieser ein teuflisches Gesicht machenden Katze, die mit der Geschwindigkeit eines Pfeiles quer über die Lichtung auf ihn zuschoß. Der Schwarze war keineswegs auf der Löwenjagd. Hätte er geahnt, daß ein Löwe in der Nähe war, er wäre im weiten Bogen um ihn herumgegangen. Jetzt noch hätte er die Flucht ergriffen, wenn sich ein Zufluchtsort geboten hätte. Aber es gab keine Hoffnung. Die Bestie war ihm schon ganz nahe, und hinter ihr zeigte sich ein kleines Löwenjunges. Der Mann führte einen wuchtigen Speer. Diesen zog er jetzt mit der rechten Hand weit zurück und schleuderte ihn gerade in dem Augenblick, als Sabor absprang, um ihn zu packen. Fast im gleichen Augenblick, in dem der Speer das Herz der Löwin durchbohrte, klappte der riesige Rachen über dem Gesicht und dem Schädel des Kriegers zusammen. Die Wucht der anspringenden Löwin warf beide krachend zu Boden, wo sie nach wenigen krampfhaften Zuckungen der Muskeln tot liegen blieben.

Das verwaiste Junge blieb zehn Schritte entfernt stehen und betrachtete mit fragenden Augen dies erste große Unglück seines Lebens. Es wollte sich seiner Mutter nähern, aber die angeborene Furcht vor der Menschenwitterung hielt es zurück. Da begann es in einem Tone zu winseln, der seine Mutter immer schleunigst an seine Seite gebracht hatte. Aber diesmal kam sie nicht – sie hob nicht einmal den Kopf, um nach ihm zu sehen. Der kleine Löwe verstand das nicht und war ganz verwirrt. Er fuhr fort zu weinen und fühlte sich immer betrübter und verlassener. Schritt für Schritt kroch er seiner Mutter näher. Er sah, daß sich das fremde, von ihr getötete Wesen nicht regte, und fühlte allmählich weniger Scheu davor, bis er endlich genug Mut faßte, seine Mutter zu beschnüffeln. Er rief sie winselnd an, aber sie gab keine Antwort. Leise dämmerte es ihm schließlich, daß hier etwas nicht stimmte – daß seine große, schöne Mutter nicht so war wie früher – daß eine Veränderung mit ihr vorgegangen war. Aber er klammerte sich immer noch an sie und schrie voll Jammer, bis er endlich eng an ihren toten Körper geschmiegt in Schlaf fiel.

So fand ihn Tarzan, der mit Jane, seiner Gattin, und ihrer beider Sohn, Korak, dem Töter, von dem geheimnisvollen Land Pal-ul-don zurückkehrte, aus dem die beiden Männer Jane gerettet hatten. Bei ihrer Annäherung öffnete das Junge die Augen, raffte sich auf und wich, mit breitgestellten Ohren sie anknurrend, dicht an seine tote Mutter zurück.

Mutiger kleiner Teufel, sagte Tarzan bedauernd, als er mit einem Blick den ganzen traurigen Vorgang erfaßte. Er trat zu dem fauchenden kleinen Löwen und dachte, dieser werde sich umdrehen und fortlaufen. Statt dessen knurrte der Kleine nur wilder und kratzte nach Tarzans ausgestreckter Hand, als dieser sich bückte und ihn nehmen wollte.

Was für ein tapferer, kleiner Bursch! rief Jane. Armes Waisenkind! Schade, daß er sterben muß.

Er muß nicht sterben, erwiderte Tarzan.

Tarzan ließ nicht von seiner Aufmerksamkeit gegen das Junge ab. Plötzlich griff er zu, packte den kleinen Löwen am gesträubten Nackenfell und streichelte ihn sanft, während er ihm in leisem, brummendem Tone zusprach. Der Kleine hörte alsbald auf, sich zu wehren, und suchte nicht länger die streichelnde Hand zu kratzen oder zu beißen. Nach einer Weile nahm Tarzan ihn auf und hielt ihn im Arm. Das Löwenjunge entblößte jetzt nicht einmal mehr Zähne oder Krallen gegen den eben noch so gehaßten Menschen.

Da Tarzan den kleinen Numa als Pflegling annehmen wollte, mußte er alsbald dessen Lebensbedürfnissen Rechnung tragen. Das Junge konnte vorerst nicht ohne Milch leben. Löwenmilch konnte nicht in Frage kommen, aber glücklicherweise befanden sie sich auf dem Wege durch einen verhältnismäßig dichtbevölkerten Landstrich mit zahlreichen Dörfern, in denen der große Herr der Dschungel bekannt, gefürchtet und hochgeehrt war. Deshalb betrat Tarzan am Nachmittag des gleichen Tages, an dem er den jungen Löwen gefunden hatte, ein Dorf, in der Absicht, dem kleinen Tier Milch zu verschaffen.

Anfangs zeigten sich die Eingeborenen mürrisch und gleichgültig und sahen mit Verachtung auf diese Weißen, die ohne große Safari reisten. Fremde ohne Karawane konnten keine Geschenke mit sich führen, die man zu erwarten gehabt hätte, oder mit denen sie andernfalls die zweifellos gewünschte Verpflegung bezahlen konnten. Die Eingeborenen stellten sich also mürrisch und gleichgültig, obgleich ihre Neugierde durch die ungewöhnliche Bekleidung und Ausrüstung dieser Weißen erregt wurde. Sie sahen, daß sie gleich ihnen selbst fast unbekleidet gingen und wie sie bewaffnet waren; nur der jüngere Mann hatte ein Gewehr. Alle drei trugen die urweltlichen und barbarischen Schmucksachen von Pal-ul-don, die den Augen der einfältigen Schwarzen ganz fremdartig erschienen. Wo ist euer Häuptling? fragte Tarzan, als er mitten unter Weibern, Kindern und kläffenden Hunden das Dorf betrat.

Ein paar müßige Krieger erhoben sich aus dem Schatten ihrer Hütten, in denen sie gefaulenzt hatten, und näherten sich den Ankömmlingen.

Der Häuptling schläft, erwiderte einer. Wer seid ihr denn, daß ihr ihn wecken wollt? Was wünscht ihr?

Ich habe mit eurem Häuptling zu reden. Geh und hole ihn. Der Krieger sah ihn erstaunt mit großen Augen an und brach dann in lautes Lachen aus.

Der Häuptling muß für ihn geholt werden! rief er, sich an seine Genossen wendend, dann klatschte er sich, wieder laut lachend, auf seine Oberschenkel und stieß die Nächststehenden mit dem Ellenbogen an.

Sage ihm, fuhr der Affenmensch fort, daß Tarzan mit ihm zu sprechen wünscht.

Augenblicklich vollzog sich eine bemerkenswerte Veränderung in der Haltung seiner Zuhörerschaft – sie wichen vor ihm zurück und hörten auf zu lachen – ihre Augen wurden groß und rund. Der lauteste Lacher wurde ganz feierlich. Bringt Matten zum Sitzen für Tarzan und sein Gefolge, rief er, während ich den Häuptling Umanga hole. Damit sauste er davon, als ob er froh wäre, eine Ausrede zu haben, sich aus der Gegenwart des mächtigen Herren zu entfernen, den er beleidigt zu haben fürchtete.

Daß sie weder Safari noch Geschenke mit sich führten, machte jetzt nichts mehr aus. Die Dorfbewohner wetteiferten miteinander, ihnen Ehren zu erweisen. Noch ehe der Häuptling herbeikam, hatten sie schon viele Geschenke an Lebensmitteln herbeigebracht. Jetzt erschien Umanga. Er war ein alter Mann, der schon vor Affentarzans Geburt Häuptling gewesen war. Sein Benehmen war patriarchalisch und würdevoll und er begrüßte seinen Gast, wie ein großer Mann einen von seinesgleichen begrüßt, aber er ließ sich unleugbar Freude darüber merken, daß der Herr der Dschungel sein Dorf mit einem Besuch beehrte.

Als Tarzan seinen Wunsch auseinandergesetzt und den kleinen Löwen gezeigt hatte, versicherte Umanga, Tarzan solle Milch in Hülle und Fülle haben, solange er ihn mit seinem Besuche beehre – warme Milch, frisch, wie sie von des Häuptlings eigenen Ziegen komme. Während sie noch verhandelten, fielen des Affenmenschen scharfe Augen auf eine große Hündin, die sich unter den zahlreichen Dorfkötern befand. Der Anblick ihres von Milch strotzenden Euters gab Tarzan einen Plan ein. Er deutete mit dem Finger auf das Tier und sagte zu Umanga: Ich möchte sie kaufen.

Sie ist ohne Entgelt dein, Bwana, erwiderte der Häuptling. Sie hat vor zwei Tagen geworfen, aber letzte Nacht wurden ihr wahrscheinlich von einer großen Schlange alle ihre Jungen aus dem Lager geraubt. Ich will dir dafür lieber jüngere und fettere Hunde geben, denn diese wird ein ziemlich zähes Essen liefern.

Ich will sie nicht zum Essen, erwiderte Tarzan. Sie soll dem Löwenjungen Milch geben. Laß sie herbringen.

Ein paar Knaben fingen das Tier, banden ihm eine Schlinge um den Hals und schleppten es heran. Gleich dem Löwen scheute die Hündin, denn die Witterung des Tarmangani war nicht der Geruch der Schwarzen, und sie knurrte und schnappte nach ihrem neuen Herrn; aber schließlich legte sie sich ruhig neben ihn, während er ihr den Kopf kraulte. Die nächste Schwierigkeit war, den Löwen mit ihr zusammenzubringen, denn beide hatten voreinander Furcht – der Löwe fauchte und spuckte und die Hündin fletschte knurrend die Zähne. Aber mit einiger Geduld ließ sich die Angelegenheit doch erfolgreich erledigen, und die Hündin säugte den Sohn Numas. Hunger überwand den angeborenen Argwohn des Löwen, während die feste, aber gütige Behandlung durch den Affenmenschen das Zutrauen der Hündin gewonnen hatte, die ihr ganzes Leben lang mehr Püffe und Tritte als Liebkosungen kennengelernt hatte.

Tarzan band die Hündin für die Nacht in der ihm eingeräumten Hütte an und ließ sie zweimal bis zum Morgen niederliegen, um das Junge zu nähren. Am nächsten Tage nahmen sie von Umanga und seinem Stamme Abschied und machten sich mit der an einer Leine nebenherlaufenden Hündin weiter auf den

Heimweg, wobei der kleine Löwe bald zusammengerollt in Tarzans Arm ruhte, bald in einem Sack getragen wurde.

Den Löwen nannten sie seines goldigen Felles wegen Dschadbalja; dies bedeutet nämlich in der Sprache der Menschenaffen von Pal-ul-don »goldener Löwe«. Er gewöhnte sich täglich mehr an sie und seine Pflegemutter, die ihn ihrerseits schließlich wie Fleisch von ihrem Fleisch ansah. Die Hündin wurde Za, Frauchen, genannt. Am zweiten Tage folgte sie ihnen schon willig durch die Dschungel und machte gar keinen Versuch zum Entlaufen. Ein paar Tage später traten sie aus dem den Blick behindernden Grün des Waldes heraus und erblickten nach langer Abwesenheit wieder die Bäume und Sträucher ihres Bungalows.

Die umliegenden Felder und Gärten waren bebaut, denn die treuen Waziri hatten in Abwesenheit ihres geliebten Herren alles getan, um die Besitzung in Ordnung zu halten.

## Dschadbaljas Erziehung

So kamen Dschadbalja, der goldene Löwe, und Za, die Hündin, mit Tarzan, Jane und Korak heim.

Groß war die Freude über die Heimkehr der drei in den Hütten der Waziri. Nicht nur eine Nacht, nein, viele Nächte lang hielten Tanz und Freudenfest an, bis Tarzan gezwungen war, Einhalt zu gebieten, um sich und seiner Familie wenigstens ein paar Stunden ungestörten Schlummers zu sichern. Die treuen Waziri hatten unter der Anleitung seines nicht minder ergebenen englischen Aufsehers Jervis sowohl Ställe, Koppel und Außenhäuser, wie auch das Innere des Bungalows in peinlichster Ordnung gehalten.

Jervis war zwar in Geschäften der Farm nach Nairobi geritten und kam erst einige Tage nach ihrer Ankunft wieder nach der Besitzung zurück. Seine Freude war aber nicht weniger echt als die der Waziri. Stundenlang saß er mit dem Häuptling und den Kriegern zu Füßen des großen Bwana und lauschte den Erzählungen von dem merkwürdigen Lande Pal-ul-don und den Abenteuern, die den dreien während Lady Greystokes Gefangenschaft dort begegnet waren. Er staunte ebenso wie die Waziri über die merkwürdigen Schoßtiere, die sich der Affenmensch mit nach Hause gebracht hatte. Daß Tarzan eine Vorliebe für einen rasselosen einheimischen Köter hatte, war schon merkwürdig genug, aber daß er gar ein Junges seiner Erbfeinde Numa und Sabor als Pflegling annahm, schien fast unglaublich. Fast noch erstaunter waren sie bald über die Art und Weise, wie Tarzan den kleinen Löwen erzog.

Der goldene Löwe und seine Nährmutter hatten zusammen eine Ecke in des Affenmenschen Schlafzimmer, der täglich manche Stunde mit der Erziehung und dem Abrichten des scheckigen kleinen gelben Balles verbrachte – vorläufig war der Kleine voller Spielerei und Anhänglichkeit, aber eines Tages mußte ein riesiges wildes Raubtier daraus werden.

Die Zeit verging, der goldene Löwe wurde groß, und Tarzan brachte ihm viele Listen und Künste bei – etwas zu ergreifen und herbeizubringen, bis auf ein fast unhörbares Kommandowort regungslos im Verborgenen liegen zu bleiben, sich nach seines Herrn Angabe von Punkt zu Punkt zu schleichen, versteckte Sachen mit dem Geruch zu suchen und herauszuholen. Als dann später Fleischnahrung seiner Ernährungsweise zugefügt wurde, bekam er sein Futter stets in einer Weise, die ein grimmiges Lächeln auf den wilden Lippen der Wazirikrieger hervorrief. Tarzan hatte nämlich eine menschenähnliche Puppe angefertigt, und das dem Löwen als Nahrung bestimmte Fleisch war immer an den Hals der Puppe gebunden. Niemals änderte der Affenmensch etwas an dieser Art der Fütterung. Auf ein Wort des Affenmenschen kauerte sich dann der goldene Löwe mit dem Bauch bis auf die Erde, Tarzan deutete auf die Puppe und flüsterte nur das eine Wort: Faß!

Der Löwe lernte bald, nicht eher an das Fleisch heranzugehen, so hungrig er auch sein mochte, ehe sein Herr nicht dies Wort gesagt hatte. Aber dann schoß er mit einem wilden Knurren pfeilgerade auf das Fleischstück los. Solange er noch kleiner war, war es für ihn nicht so einfach, an der Figur bis zu dem am Hals festgemachten Stück Fleisch hinaufzuklettern, aber je älter und größer er wurde, desto leichter fiel es ihm, den Gegenstand zu erreichen, und zuletzt genügte ein einziger Satz, um ihn ans Ziel zu bringen, die Puppe fiel auf den Rücken und auf ihr saß der junge Löwe, der an der Kehle herumriß.

Ein Dressurstück war dabei, das von allen anderen am schwierigsten beizubringen gewesen war, und es ist zweifelhaft, ob irgendein anderer als Tarzan, der von Tieren unter Tieren aufgezogen war, imstande gewesen wäre, die wilde Blutgier des Raubtiers zu dämpfen und dessen angeborene Instinkte dem Willen seines Herrn und Meisters dienstbar zu machen. Wochen und

Monate geduldiger Bemühungen waren nötig, um diese einzelne Anforderung an die Dressur des Löwen zu erreichen. Auf das Wort »such« mußte er einen angegebenen Gegenstand ausfindig machen und zu seinem Herrn bringen. Selbst wenn es die Puppe mit dem an die Kehle gebundenen Stück Fleisch war, durfte er dabei weder das Fleisch anrühren, noch die Puppe oder den anderen Gegenstand beschädigen, den er zu holen hatte; er mußte alles vorsichtig zu Tarzans Füßen legen. Mit der Zeit lernte er es einsehen, daß er seiner Belohnung dafür, meist einer doppelten Portion Fleisch, stets sicher war.

Lady Greystoke und Korak waren oft gespannte Zuschauer dieser Erziehung des goldenen Löwen, obgleich die erstere ihrer Verwunderung darüber Ausdruck gab, wozu diese mühselige Abrichtung des kleinen Löwen gut sein sollte; sie äußerte sogar Bedenken, ob diese Art Erziehung auch klug war.

Was kannst du denn nur um alles in der Welt mit solch einer Bestie anfangen, wenn sie ausgewachsen ist? fragte sie. Er verspricht wohl, einmal ein mächtiger Numa zu werden. Da er an die Menschen gewöhnt ist, wird er nicht die geringste Scheu vor ihnen haben, und nachdem er bisher sein Fressen stets an der Kehle einer Puppe gefunden hat, wird er später an der Kehle lebender Menschen danach suchen.

Er wird nur das fressen, was ich ihn zu fressen heiße, erwiderte der Affenmensch.

Du willst ihm doch hoffentlich nicht lauter Menschen zu fressen geben? fragte sie lachend.

Er wird niemals Menschen fressen.

Aber wie kannst du das denn verhindern, wenn du ihn von klein auf lehrst, immer Menschen zu fressen?

Jane, ich fürchte, daß entweder du die Intelligenz eines Löwen stark unterschätzest, oder daß ich sie viel zu hoch einschätze. Wenn deine Annahme richtig ist, dann steht mir der schwerste Teil der Aufgabe noch bevor, aber wenn ich recht habe, dann ist er in Wirklichkeit bereits getan. Doch wir können einen kleinen Versuch anstellen und wollen sehen, wer recht hat. Wir wollen einmal Dschadbalja heute nachmittag mit uns auf die Ebene hinausnehmen. Wild gibt es genug, da wird es für uns nicht schwierig sein, festzustellen, wieviel Gewalt ich eigentlich nach alledem über meinen jungen Numa habe.

Hundert Pfund wette ich, sagte Korak lachend, daß er tun wird, was ihm gerade am besten gefällt, sobald er erst warmes Blut geschmeckt hat.

Diese Wette halte ich, mein Junge, sagte sein Vater. Ich denke, ich werde dir und deiner Mutter heute etwas zeigen, was weder ihr noch andere im Traume für möglich halten.

Lord Greystoke, erster Dresseur der Welt! rief Jane, und Tarzan stimmte in ihr Gelächter mit ein.

Es handelt sich hier nicht um Dressur, sagte er dann. Mein Arbeitsplan wäre für jeden anderen als mich unmöglich. Ich will euch einmal an einem Beispiel deutlich machen, was ich meine. Zu euch kommt irgendein Wesen, das ihr haßt, das ihr instinktiv und angeborenermaßen als euren Todfeind anseht. Ihr fürchtet euch vor ihm. Ihr könntet kein Wort von dem, was er spricht, verstehen. Endlich paukt er durch manchmal sogar rohe Mittel eurem Gehirn seine Wünsche ein. Ihr mögt wohl tun, was er von euch verlangt, aber tut ihr es im Geiste selbstloser Ergebenheit? Nein, ihr tut es unter Zwang, und ihr haßt das Wesen, das euch seinen Willen aufzwingt. Im selben Augenblick, in dem ihr glaubt, dazu imstande zu sein, würdet ihr ihm den Gehorsam verweigern, ja, ihr würdet euch gegen ihn kehren und ihn vernichten. Nun zum andern Falle: einer kommt zu euch, den ihr gut kennt; er ist euer Freund, euer Beschützer. Er versteht und spricht eure Sprache. Er hat euch ernährt, hat durch Güte und Schutz euer Vertrauen gewonnen, und endlich verlangt er, ihr sollt etwas für ihn tun. Weigert ihr euch? Nein, ihr gehorcht mit Freuden. So wird mir mein goldener Löwe gehorchen.

Solange es ihm in seinen Kram paßt, setzte Korak hinzu.

Laßt mich noch einen Schritt weiter gehen, sagte der Affenmensch. Wie nun, wenn dies Wesen, das ihr liebt und dem ihr gehorcht, die Macht hat, euch zu strafen, ja unter Umständen zu töten, falls das nötig wird, um seine Befehle zu erzwingen? Wie steht es dann um euren Gehorsam?

Wir werden ja sehen, sagte Korak, wie leicht mir der goldene Löwe hundert Pfund einbringt.

Am gleichen Nachmittag ritten sie auf die Ebene hinaus, während sich Dschadbalja dicht hinter Tarzans Pferd hielt. In einiger Entfernung vom Bungalow stiegen sie bei einer kleinen Baumhecke vom Pferde und schritten vorsichtig auf eine Senke zu, in der sich gewöhnlich Antilopen fanden. Jetzt kamen sie verstohlen an das dichte Gestrüpp, das den Rand der Senke auf einer Seite einfaßte. So kamen sie an, Tarzan, Jane und Korak, und dicht neben Tarzan der goldene Löwe – vier Dschungeljäger – aber Dschadbalja, der Löwe, war von den vieren der am wenigsten erfahrene. Leise krochen sie durch das Gestrüpp, kaum daß ein Blatt dabei raschelte, bis sie endlich unten in der Senke eine kleine, friedlich grasende Antilopenherde erblickten. Ein alter Bock stand ihnen am nächsten, und diesen machte Tarzan auf irgendeine geheimnisvolle Art Dschadbalja kenntlich.

»Faß«, flüsterte er, und der goldene Löwe brummte kaum hörbar, als Antwort, daß er den Befehl verstanden hatte.

Verstohlen bahnte er sich durch das Buschwerk seinen Weg. Die Antilope äste ahnungslos weiter. Der Abstand, der den Löwen von seiner Beute trennte, war für einen erfolgreichen Ansprung noch zu groß, deshalb wartete Dschadbalja im Busch verborgen, bis die Antilope beim Grasen näherkam oder ihm den Rücken zukehrte. Von den vieren, die den grasenden Pflanzenfresser beobachteten, ließ keiner einen Laut hören, und kein Anzeichen verriet, daß das Tier eine Ahnung von der ihm drohenden, nahen Gefahr hatte. Langsam kam der alte Bock näher auf Dschadbalja zu. Fast unmerklich bereitete sich der Löwe zum Sprunge vor. Die einzige sichtbare Bewegung war das Zucken seiner Schwanzspitze. Dann, wie ein Pfeil von der Sehne, schnellte er im Zeitraum eines Augenblicks vom Zustand voller Unbeweglichkeit in schreckenerregende Schnelligkeit. Er war beinahe auf dem Bock, ehe dieser überhaupt nur die Nähe der Gefahr merkte, und dann war es längst zu spät, denn die Antilope hatte sich kaum herumgeworfen, als der Löwe auch schon auf der Hinterhand hochstieg und sie packte, während die übrige Herde in kopfloser Flucht davonstürzte.

Jetzt werden wir ja sehen, sagte Korak.

Er wird mir die Antilope bringen, sagte Tarzan zuversichtlich.

Der goldene Löwe zögerte einen Augenblick und stand knurrend über dem Körper seiner Beute. Dann packte er sie am Rücken und schleppte sie in dem auf eine Seite gedrehten Rachen nebenher über den Boden, während er sich langsam auf den Rückweg zu Tarzan machte. Er zerrte die erbeutete Antilope durch das Gestrüpp, bis er sie seinem Herrn vor die Füße gelegt hatte. Dann stand er vor ihm und sah dem Affenmenschen mit einem Ausdruck ins Gesicht, der sich nicht anders denn als Stolz auf seine Leistung und Bitte um Anerkennung deuten ließ.

Tarzan streichelte ihm den Kopf, sprach ihm mit leiser Stimme zu und lobte ihn. Dann zog er sein Jagdmesser, schnitt der Antilope die Halsschlagader durch und ließ den Körper ausbluten. Jane und Korak standen dicht dabei und paßten auf Dschadbalja auf; was würde der Löwe tun, wenn ihm der Geruch des frischen, warmen Blutes in die Nüstern kam? Dieser schnüffelte und knurrte erst, dann fletschte er die Zähne und sah die drei böse an. Der Affenmensch schob ihn mit der flachen Hand zurück, da knurrte der Löwe wieder bösartig und schnappte nach ihm.

Wohl ist Numa rasch, rasch ist auch Bara, der Hirsch, aber Affentarzan war wie der Blitz. So rasch und kräftig schlug er zu, daß Dschadbalja auch schon im selben Augenblick auf den Rücken fiel, als er seinen Herrn anknurrte. Er kam schnell wieder auf die Beine und nun standen die beiden und sahen einander an.

Leg dich, befahl der Affenmensch. Leg dich, Dschadbalja. Seine Stimme war leise, aber fest. Der Löwe zögerte noch einen Augenblick, dann legte er sich auf dies Befehlswort nieder, wie es ihm Affentarzan beigebracht hatte. Tarzan drehte sich um und hob den Körper der Antilope auf seine Schulter.

Komm, sagte er zu Dschadbalja. Bei Fuß! und ohne noch einen Blick auf das Raubtier zu tun, ging er nach den Pferden.

Das hätte ich eigentlich wissen können, sagte Korak, dann hätte ich meine hundert Pfund erspart.

Natürlich hättest du es wissen können! lachte seine Mutter.

## Eine geheimnisvolle Sitzung

In einem Londoner Gasthaus zweiten Ranges saß eine überelegante junge Dame beim Essen. Sie fiel weniger durch ihr hübsches Gesicht und ihre schlanke Gestalt auf als durch die Erscheinung ihres Begleiters, eines riesigen und wohlgebauten Mannes Mitte der Zwanziger, der einen so üppigen Bart trug, daß es aussah, als ob er dahinter im Hinterhalt liege.

Die beiden war tief im Gespräch, und man merkte, daß die Unterhaltung gelegentlich zu erhitzten Auseinandersetzungen führte.

Ich sage dir, erklärte der Mann, ich sehe nicht ein, wozu wir die anderen brauchen. Warum sollen sie einen Anteil haben – weshalb in sechs Teile gehen lassen, was du und ich allein haben können?

Es gehört Geld dazu, um den Plan durchzuführen, erwiderte sie, und du hast so wenig wie ich. *Sie* haben es aber und werden uns damit den Rücken decken – mir für das, was ich weiß, dir für deine Erscheinung und deine Kräfte. Zwei Jahre lang haben sie nach dir gesucht, Esteban, und nun sie dich endlich gefunden haben, möchte ich nicht in deinen Stiefeln stehen, wenn du sie sitzen lässest. Jetzt, wo du alle Einzelheiten des Planes kennst, würden sie dir heute noch die Gurgel durchschneiden, wenn sie dächten, sie brauchten dich nicht mehr. Aber wenn du den Versuch machen willst, sie um ihren Gewinn zu bringen – sie machte eine Pause und schloß dann achselzuckend: Nein, mein Lieber, mein Leben ist mir zu lieb, als daß ich mich mit dir auf so etwas einließe!

Aber Flora, du lieferst alle Angaben und ich nehme alle Wagnisse auf mich – warum sollen wir nicht mehr als ein Sechstel davontragen.

Rede doch selbst mit ihnen darüber, sagte das Mädchen achselzuckend, aber wenn du auf meinen Rat hören willst, dann sei zufrieden mit dem, was dir angeboten ist. Ich habe für meinen Teil nicht nur die Angaben, ohne die sie nichts unternehmen können, ich habe noch obendrein dich gefunden, und doch verlange ich nicht mehr – ich muß mit meinem Sechstel ganz zufrieden sein. Aber du kannst mir glauben, wenn du die Sache nicht vermasselst, dann würde nur ein Sechstel von dem, was du herausholst, für uns alle zusammen schon bis an unser Lebensende genug sein, selbst wenn wir alle eines natürlichen Todes sterben.

Der Mann schien keineswegs überzeugt zu sein, und das junge Weib hatte das Gefühl, daß bei ihm Vorsicht am Platze war. Sie kannte eigentlich recht wenig von ihm und hatte ihn persönlich erst ein paarmal gesehen, seit sie ihn etwa zwei Monate vorher zum ersten Male auf der Leinwand eines Londoner Lichtspielhauses entdeckt hatte, als sein Konterfei die Rolle eines römischen Soldaten in der Garde der Prätorianer spielte.

Bei dieser Gelegenheit gaben ihm lediglich seine heldenhafte Größe und sein vollendeter Wuchs ein Anrecht auf Beachtung, denn seine Rolle war nur klein, und zweifellos war von all den Tausenden, die ihn auf der silbernschimmernden Fläche sahen, Flora Hawkes die einzige, die ein mehr als vorübergehendes Interesse an ihm nahm, und auch ihre Aufmerksamkeit wurde nicht durch seine schauspielerischen Fähigkeiten, sondern dadurch erweckt, daß sie mit ihren Spießgesellen seit zwei Jahren nach gerade dem Typus suchte, den Esteban Miranda so wunderbar genau verkörperte. Ihn dann wirklich in Person aufzufinden, schien immer noch schwer genug zu fallen, aber nach einem Monat scheinbar zwecklosen Suchens entdeckte sie ihn schließlich unter einem Dutzend müßiger Komparsen im Atelier einer kleineren Londoner Filmgesellschaft. Sie bedurfte weiter keines Mittels als ihres guten Aussehens, um seine Bekanntschaft zu machen, und während sie diese zur Vertraulichkeit reifen ließ, sagte sie ihm mit keinem Worte, was sie mit ihm zusammenbrachte.

Daß er ein Spanier aus augenscheinlich gutem Hause war, merkte sie. Daß er gewissenlos war, ließ sich aus der Raschheit schließen, mit der er sich bereit erklärte, an dem etwas dunklen Unternehmen teilzunehmen, dessen Grundzüge Floras Hirn entworfen hatte, während die Einzelheiten später von ihr und ihren vier Helfershelfern zusammen ausgesonnen worden waren.

Da sie wußte, daß er gewissenlos war, war sie sich auch darüber klar, daß er daran verhindert werden mußte, aus verfrühter Kenntnis ihres Planes Vorteil zu ziehen, obgleich er dessen Einzelheiten eines Tages doch erfahren mußte. Den Schlüssel zum Ganzen hatte sie bis zum gegenwärtigen Augenblick noch vollkommen für sich behalten, und keinem ihrer vier Genossen anvertraut.

Einige Zeitlang saßen sie schweigend da und spielten mit den leeren Gläsern, aus denen sie getrunken hatten. Als sie plötzlich aufsah, fand sie seinen Blick auf sich gerichtet und bemerkte einen Ausdruck in seinen Augen, dessen Bedeutung auch eine weniger raffinierte Frau als Flora Hawkes leicht hätte deuten können.

Du kannst mich zu allem bringen, was du willst, Flora, sagte er, denn wenn ich mit dir zusammen bin, dann vergesse ich das Geld und denke nur noch an jene andere Belohnung, die du mir stets verweigerst, die ich mir aber eines Tages doch gewinnen werde.

Liebe und Geschäft passen schlecht zusammen, erwiderte das Mädchen. Warte bis wir in unserem Vorhaben Erfolg gehabt haben, Esteban, dann können wir von Liebe reden.

Du liebst mich nicht, flüsterte er heiser. Ich weiß es – ich habe es gesehen – daß dich jeder der anderen liebt. Das ist der Grund, weshalb ich sie alle hassen könnte. Aber wenn ich denken müßte, daß du einen von ihnen wieder liebst, dann würde ich ihm das Herz aus dem Leibe reißen. Manchmal dachte ich schon, du liebtest einen davon – bald den, bald einen anderen. Du bist viel zu intim mit ihnen, Flora. Ich habe zugesehen, wie dir John Peebles die Hände gedrückt hat, als er glaubte, es bemerke keiner, und wenn Dick Throck mit dir tanzt, dann drückt er dich viel zu eng an sich, und ihr tanzt Wange an Wange. Ich sage dir, Flora, ich schätze das nicht, und eines schönen Tages vergesse ich alles von dem Golde und denke nur noch an dich, und dann geschieht ein Unglück und es sind nicht mehr so viele, um die Goldbarren, die ich aus Afrika holen muß, zu teilen. Und was Bluber und Kraski betrifft, so sind sie beinahe ebenso schlimm. Vielleicht ist sogar Kraski der Schlimmste von allen, denn der Kerl sieht gut aus und mir paßt die Art nicht, mit der du ihn verliebt anguckst.

Ist das etwa Ihre Sache, *Sennor* Miranda, wen ich mir zum Freunde wähle, oder wie ich meine Freunde behandle oder wie sie mich behandeln? Ich möchte Ihnen denn doch klarmachen, daß ich diese Herren seit Jahren kenne, während ich mit Ihnen erst seit ein paar Wochen bekannt bin, und wenn irgend jemand ein Recht dazu hätte, mir mein Benehmen vorzuschreiben, was, Gott sei Dank, nicht der Fall ist, dann wäre es eher einer von ihnen als *Sie*!

Seine Augen blitzten grimmig.

Es ist, wie ich es mir gedacht habe! rief er. Du liebst einen von ihnen. Er erhob sich halb und lehnte sich drohend über den Tisch zu ihr hinüber. Laß mich nur herausfinden, wer es ist, dann reiße ich ihn in Stücke!

Er fuhr sich mit den Fingern durch das lange schwarze Haar. Ein Licht flammte in seinen Augen, das dem Mädchen einen kalten Schauder im Herz verursachte. Er sah aus wie ein zeitweilig seiner Vernunft Beraubter.

Komm, komm, Esteban, flüsterte sie weich, es ist kein Grund vorhanden, daß du dich wegen nichts in eine solch tobsüchtige Wut hineinarbeiten solltest. Ich habe ja gar nicht gesagt, daß ich einen von ihnen liebe, und ebensowenig habe ich gesagt, daß ich dich nicht liebe, aber ich bin an diese Art Werbung nicht gewöhnt. Vielleicht lieben eure spanischen *Sennoritas* das, aber ich bin ein englisches Mädchen, und wenn du mich wirklich liebst, dann behandle mich so, wie mich ein englischer Anbeter behandeln würde.

Du hast ja wohl nicht gesagt, daß du einen von diesen anderen liebst – nein, aber andererseits hast du auch nicht erklärt, daß du keinen von ihnen liebst – sage mir, Flora, welcher von ihnen ist es, den du liebst?

Seine Augen glühten immer noch und seine riesige Gestalt zitterte vor unterdrückter Leidenschaft.

Ich liebe keinen von ihnen, Esteban, erwiderte sie, ebensowenig wie ich vorläufig dich liebe. Aber ich könnte es, Esteban, soviel kann ich dir sagen. Ich könnte dich lieben, Esteban, wie ich keinen anderen lieben könnte, aber ich lasse es nicht soweit kommen, ehe du nicht zurück bist und wir freie Bahn haben, zu leben, wo und wie wir wollen. Dann, vielleicht – aber selbst für diesen Fall gebe ich kein bindendes Versprechen.

Es wäre besser, du gäbst dieses Versprechen, sagte er immer noch mürrisch, obgleich augenscheinlich etwas besänftigt.

Still, warnte sie, da kommen sie gerade. Zeit wird es dazu, sie kommen eine volle halbe Stunde zu spät.

Der Mann folgte ihrem Blick mit den Augen und die beiden erwarteten die vier Männer, die eben das Speisehaus betraten. Zwei davon waren offenbar Engländer – dicke, vollfleischige Kerle aus dem unteren Mittelstand, denen man auf den ersten Blick den ehemaligen Preisboxer ansah. Der dritte, Adolph Bluber, war ein untersetzter, fetter Holländer, mit kugelrundem, rotem Gesicht und einem feisten Nacken. Der letzte, der Jüngste, sah am besten aus. Sein glattes Gesicht, die helle Farbe und die großen dunklen Augen hätten allein schon genügend Gründe für die Eifersucht Mirandas abgegeben, aber dazu kam noch ein Schopf lockigen, braunen Haares, die Gestalt eines griechischen Gottes und die Grazie eines russischen Tänzers, der Carl Kraski auch in der Tat war, wenn er nämlich Lust hatte, mehr zu sein als nur Spitzbube.

Bier, rief Peebles, der auf den Tisch schlug, um die Aufmerksamkeit des Kellners auf sich zu lenken. Bier her!

Zunächst sprachen sie über zufällige Nebendinge. Aber sobald sich der Kellner zurückgezogen hatte, tranken sie Flora zu, denn mit dieser Zeremonie begannen sie stets, zum Zeichen, daß es ernst wurde.

So, rief Peebles, und schlug mit seiner fleischigen Faust auf den Tisch, da sind wir also; so ist es. Alles haben wir, Flora – die Pläne, das Geld und »*Sennor*« Miranda – wir sind fix und fertig, mein Schätzchen, nun raus mit deinem Teil.

Wieviel Geld habt ihr? fragte Flora. Wenn ihr nicht genug für die Durchführung habt, brauchen wir gar nicht erst anzufangen.

Peebles wendete sich zu Bluber. Da, sagte er, mit einem Wurstfinger auf ihn deutend, da sitzt der geschätzte Schatzmeister. Der kann dir sagen, wieviel wir haben, der fette Holländer.

Bluber lächelte ölig und rieb seine fetten Hände. Na schön, Miß Flora, sagte er, wieviel denken Sie wohl, daß wir haben müssen?

Mindestens zweitausend Pfund, wenn wir sicher gehen wollen, erwiderte sie rasch.

Oh, oh, rief Bluber aus. Aber das ist ein Haufen Geld – zwei – tausend – Pfund! Oh! oh!

Das Mädchen machte eine mißvergnügte Gebärde. Ich habe euch von Anfang an gesagt, daß ich mit einer Rotte von Knickern nichts zu tun haben will. Ich sage euch, wenn ihr nicht Geld genug habt, um das Ding anständig durchzuführen, gebe ich euch weder die Karte noch die Angaben, und ohne die könnt ihr niemals die Gewölbe erreichen. Wenn nur die Hälfte von dem wahr ist, was ich habe erzählen hören, dann steckt genug Gold drin, um unsere ganze, hübsche, kleine Insel hier zu kaufen. Ihr könnt ruhig hingehen und euer Geld hinauswerfen, aber bei mir müßt ihr erst mal beweisen, daß ihr wenigstens zweitausend Pfund zum Ausgeben habt, ehe ich die Angaben herausrücke, die euch zu den reichsten Leuten der Welt machen.

Er hat das Geld schon, sagte Peebles, komm endlich zur Sache.

Kann sein, daß er es hat, aber ich will es erst sehen, erwiderte das Mädchen.

Was Sie nicht denken, schrie Bluber. Schlepp' ich vielleicht all das Geld immer in meiner Tasche?

Kannst du nicht sein Ehrenwort dafür nehmen? brummte Throck.

Ihr seid nette Brüder, erwiderte sie. Ehrenwort! Mir so was zuzumuten! Aber meinetwegen, ich will Carl beim Wort nehmen. Wenn er mir versichert, daß ihr es habt, und daß es zur Deckung aller für unsere Unternehmung nötigen Unkosten gezahlt werden kann und wird, dann will ich ihm Glauben schenken.

Peebles und Throck machten finstere Gesichter und Mirandas Augen zogen sich zu zwei schmalen, boshaften Schlitzen zusammen, als er seinen Blick auf den Russen richtete. Bluber war ganz und gar nicht betroffen. Kraski dagegen lachte so selbstzufrieden, daß des Spaniers Blut in zornige Wallung geriet.

Bluber hat das Geld, Flora, sagte er. Jeder von uns hat seinen Anteil eingezahlt. Wir wollen Bluber zum Kassierer machen, weil wir wissen, daß er den armseligsten Pfennig ausquetscht, bis er schreit, ehe er ihn ausläßt. Wir haben die Sache jetzt so geplant, daß wir paarweise von London abreisen.

Er zog eine Karte aus der Tasche, die er entfaltete und vor sich auf den Tisch legte. Mit seinem Finger deutete er auf einen mit einem Kreuz bezeichneten Punkt. Hier wollen wir uns wieder treffen und unsere Ausrüstung zusammenstellen. Bluber und Miranda gehen zuerst, dann kommen Peebles und Throck. Um die Zeit, wenn du und ich ankommen, wird alles bereit sein, um unmittelbar nach dem Inneren zu ziehen, wo wir, abseits vom begangenen Weg und unserem Ziel so nahe als möglich, ein festes Lager aufschlagen. Miranda wird sich inzwischen mit seinem Backenbart die Zeit vertreiben, bis er soweit ist, um den letzten Akt dieses langen Stückes zu spielen. Soweit ich weiß, ist er ja gut auf seine Rolle eingespielt und kann den Betreffenden vollendet darstellen.

Soll das heißen, fragte Miranda, dessen zorniges Stirnrunzeln seine sanfte Stimme Lügen strafte, daß sie mit Miß Hawkes allein reisen?

Jawohl, erwiderte der Russe, wenn Sie nicht schwer von Begriff sind.

Der Spanier erhob sich hinter dem Tisch und lehnte sich drohend über ihn Kraski entgegen. Das Mädchen, das ihm zunächst stand, packte ihn am Rock.

Genug davon! sagte sie und zerrte ihn auf seinen Stuhl zurück. Wir haben schon zuviel davon zwischen euch gehabt. Wenn noch mehr vorfällt, lasse ich euch alle sitzen und suche mir passendere Gefährten für meine Unternehmung.

Jawohl, schließt sie aus; so sind wir! So ist es! rief Peebles kriegerisch.

John hat recht, sagte Throck in seinem rollenden Baß, und ich setze auf ihn. Flora hat auch recht, auf sie setze ich auch. Und wenn noch welche was wollen, verflucht, wenn ich nicht ein paar von euch geschniegelten Burschen verdresche. Dabei sah er erst Miranda und dann Kraski an.

Nu, besänftigte Bluber, wollen wir uns alle die Hand schütteln und gute Freunde sein.

Richtig, rief Peebles, das ist ein Wort. Gib ihm die Hand, Esteban. Komm, Carl, begrab das Kriegsbeil. Unsere Sache können wir nicht mit Zwist anfangen. So ist es!

Der Russe, der sich seiner Stellung bei Flora sicher war und deshalb großmütige Empfindungen hegte, streckte über den Tisch weg dem Spanier seine Hand entgegen. Esteban zögerte noch einen Augenblick.

Komm, Mann, nimm sie! knurrte Throck, oder du kannst wieder an dein Geschäft als Statist gehen, verflucht noch einmal, und wir suchen uns einen anderen für deine Arbeit und zum Kippe machen.

Plötzlich erhellte ein liebenswürdiges Lächeln das finstere Gesicht des Spaniers. Er streckte rasch seine Hand aus und faßte die Kraskis. Du mußt schon entschuldigen, sagte er, ich bin eben heißblütig, aber es hat nichts auf sich. Miß Hawkes hat recht, wir müssen alle gut Freund sein. Hier ist meine Hand darauf, Kraski.

Schon recht, sagte Kraski, und mir sollte es leid tun, wenn ich dich gekränkt hätte. Er vergaß aber, daß der andere ein Schauspieler war. Hätte er ihm recht ins Herz blicken können, dann würde ihm bange geworden sein.

Und nun, wo wir alle gute Freunde sind, sagte Bluber mit salbungsvollem Händereiben, warum sollen wir nicht alles gleich genau festlegen? Miß Flora, Sie geben mir die Karte und die Angaben, und wir fahren sofort ab.

Carl, gib mir einen Bleistift, sagte das Mädchen. Als ihr der Mann diesen gereicht hatte, suchte sie auf der Karte in einiger Entfernung landeinwärts von dem mit einem Kreuz bezeichneten Fleck eine Stelle, um die sie einen dünnen Kreis malte. So, da ist der Kreis, sagte sie. Wenn wir dort alle wieder zusammen sind, bekommt ihr die nötigen Angaben, aber nicht früher.

Bluber hob die Hände zum Himmel. Oho! Miß Flora, was denken Sie denn? Ich werde zweitausend Pfund ausgeben und die Katze im Sack kaufen? Oh, oh! Das können Sie nicht von uns verlangen. Wir müssen alles sehen, wir müssen alles wissen, ehe wir auch nur einen Pfennig ausgeben.

Jawohl, so sind wir und so ist es! brüllte John Peebles, mit der Faust auf den Tisch schlagend.

Das Mädchen erhob sich gemächlich. Oh, auch recht. Wenn ihr so denkt, können wir ebensogut die ganze Sache auf sich beruhen lassen.

Halt, halt, Miß Flora, rief Bluber, der eilig aufsprang. Sein se nicht gleich gekränkt. Sehen se nicht, wie es ist? Zweitausend Pfund is e Haufen Geld, und wir sind tüchtige Geschäftsleute. Wir können doch nicht alles das ausgeben, ohne was dafür zu haben.

Das verlange ich ja gar nicht, erwiderte das Mädchen schnippisch. Aber ihr müßt mir vertrauen. Denn wenn ich euch alle Angaben mache, rückt ihr aus und stellt mich kalt.

Aber, Miß Flora, wir sind doch keine Ganefs, beteuerte der Holländer. Nicht ne Minute denken wir daran, Sie zu täuschen.

Ihr seid alle keine Engel, weder du, Bluber, noch die anderen, entgegnete das Mädchen. Wenn ihr mit der Sache vorwärts kommen wollt, dann müßt ihr euch nach mir richten, und ich will beim Endlauf dabei sein, damit ich kriege, was mir zusteht. Bis heute habt ihr mein Wort dafür genommen, daß ich die Gelegenheit weiß, und nun müßt ihr es auch für den Rest des Weges ebenso halten oder ich ziehe alle Wetten wieder ab.

Nu, John, was denkst du, und Dick? fragte Bluber die zwei Ex-Preisboxer. Ich weiß ja, Carl denkt was Flora denkt. Nu? He?

Verflucht, sagte Throck. Ich war nie groß darin, einem zu trauen, wenn ich nicht mußte, aber diesmal sieht's aus, als ob wir Flora trauen müssen.

Geht mir gerade so, sagte John Peebles. Flora, wenn du uns ansetzest – – er machte mit seinen Fingern eine bezeichnende Bewegung nach seiner Kehle.

Ich verstehe, John, sagte das Mädchen mit einem Lächeln, du würdest es wegen zwei Pfund ebensogut tun als wegen zweitausend. Aber seid ihr alle einverstanden? Du auch, Carl?

Der Russe nickte. Was die anderen machen, mache ich mit, erklärte er.

Und nun berieten die ehrenwerten Genossen ihre Reisepläne.

## Fußspuren

Als Dschadbalja, der goldene Löwe, zwei Jahre alt war, war er der prächtigste Vertreter seiner Gattung. Er war besonders groß, trug sich in stolzer Haltung, und sein edel geformter Kopf und seine große schwarze Mähne gaben ihm das Aussehen eines voll erwachsenen Männchens, während seine Intelligenz sich weit über die seiner ungezähmten Geschwister im Urwald erhob.

Der Löwe schlief nicht länger am Fußende von seines Herren Bett, sondern er bewohnte einen starken Käfig, den ihm Tarzan auf der Rückseite des Bungalow hatte bauen lassen, denn keiner wußte besser als der Affenmensch, daß ein Löwe ein Löwe bleibt. Während des ersten Jahres hatte er sich nach Belieben im Hause und auf dem Felde herumtreiben dürfen, aber später kam er nur noch in Begleitung Tarzans ins Freie. Die beiden zogen oft auf der Jagd über die Ebene und durch die Dschungel. Gegen Jane und Korak war der Löwe so zutraulich, daß keiner von beiden ihn fürchtete. Die Schwarzen von Tarzans Haushalt duldete er. Allerdings ließ man ihn nie sehr hungrig werden.

Mensch und Tier schienen einander vollkommen zu verstehen. Man mag bezweifeln, ob der Löwe *alles* verstand, was Tarzan zu ihm sagte, aber die Leichtigkeit, mit der Tarzan dem Löwen seine Wünsche mitteilte, grenzte ans Unheimliche. Der Gehorsam, den eine Vereinigung von Ernst und Liebkosung dem Löwenjungen abgewonnen hatte, war bei dem erwachsenen Tier zur festeingewurzelten Gewohnheit geworden. Auf Tarzans Befehl durchmaß er weite Strecken und holte eine Antilope oder ein Zebra herbei, ohne das Fleisch anzurühren. Selbst lebende Tiere hatte er schon apportiert, ohne sie zu verletzen.

Um diese Zeit kamen dem Affenmenschen wieder einmal sich mehrende Gerüchte über eine im Westen und Süden seiner Länder ihr Unwesen treibende Räuberbande zu Ohren. Es waren schlimme Geschichten, wie Nachrichten über Elfenbeinraub, Sklavenjagden und Mißhandlungen, so böse, wie sie seit des Scheich Omar Ben Kadir Tagen die Ruhe in der wilden Dschungel des Affenmenschen nicht mehr gestört hatten. Dazu gesellten sich bald noch andere Erzählungen von einer Art, daß Tarzan nachdenklich und erstaunt die Brauen zusammenzog. Dann hörte er einen vollen Monat lang nichts mehr von den Gerüchten aus dem Westen.

*

Die früheren Geschehnisse hatten das Vermögen der Greystokes bis auf einen ziemlich kargen Rest aufgezehrt.

Jane, sagte er eines Abends zu seinem Weibe, es sieht so aus, als ob eine neue Expedition nach Opar im Kalender stände.

Ich schaudere schon bei dem Gedanken daran, sagte sie. Ich will nicht haben, daß du fortgehst. Schon zweimal bist du aus jener Stadt des Grauens knapp mit dem Leben davongekommen.

Es ist ja keine Gefahr dabei, Jane, beruhigte er sie. Das letztemal schlich mir Werper heimlich nach und mit ihm auf der einen und dem Erdbeben auf der anderen Seite war es ums Haar um mich geschehen. Aber diesmal ist nicht die mindeste Aussicht, daß mir wieder eine solche Verkettung von Umständen in die Quere kommt.

Du willst doch nicht allein gehen, John? fragte sie. Du nimmst doch Korak mit?

Nein, sagte er. Ich nehme ihn nicht mit. Er muß hier bei dir bleiben, denn meine weiten Züge sind wirklich für dich gefährlicher als für mich. Ich werde mir fünfzig Waziri als Träger mitnehmen, um das Gold zu befördern, mit diesen kann ich genug davon mitbringen, um für eine lange Zeit damit auszukommen.

Und Dschadbalja, fragte sie, wirst du ihn wenigstens mitnehmen?

Nein, er bleibt besser zurück. Korak kann sich um ihn kümmern und ihn gelegentlich mit auf die Jagd nehmen. Ich will ohne Behinderung und rasch reisen, und es würde für ihn eine zu große Anstrengung werden – Löwen wandern nicht gerne viel im heißen Sonnenbrand, und da wir meist bei Tage unterwegs sind, würde Dschadbalja vermutlich nicht lange mithalten können.

Tarzan zog also wieder einmal aus und machte sich auf den weiten Weg, der nach Opar führte. Hinter ihm marschierten fünfzig riesige Waziri, die Blüte des kampfgewohnten Stammes, der Tarzan zum Häuptling erwählt hatte. Jane und Korak standen auf der Veranda des Bungalow und winkten ihr Lebewohl, während von der Rückseite das dröhnende Brüllen Dschadbaljas, des goldenen Löwen, an des Affenmenschen Ohren drang. Weithin beim Ausmarsch begleitete ihn noch des Numa Stimme, hin über die gewellte Ebene, bis die Entfernung sie endlich ins Nichts verschlang.

Da sich Tarzans Reisegeschwindigkeit nach dem langsamsten seiner Schwarzen richten mußte, machte sein Marsch keine so unverhältnismäßig raschen Fortschritte. Für ohne Gepäck dahinziehende Leute, wie die seinen waren, lag Opar etwa fünfundzwanzig Tagemärsche entfernt, aber der Rückweg würde bedeutend langsamer vor sich gehen, da sie dann mit den Goldbarren beschwert waren. Aus diesem Grunde hatte der Affenmensch zwei volle Monate für seine Unternehmung angesetzt. Seine Safari, die sich nur aus erprobten Kriegern zusammensetzte, gestattete ihm in der Tat äußerst schnelles Marschieren. Sie brauchten sich nicht mit Mundvorräten zu beschweren, denn sie waren alle geübte Jäger und kamen durch ein Land, in dem es von Wild wimmelte – sie hatten also keine Veranlassung, sich mit dem lästigen Gepäck weißer Jagdliebhaber zu beschweren.

Eine Borna aus Dornengestrüpp und ein paar Laubzweige lieferten ihnen nachts das Quartier, während Speer und Pfeil, verbunden mit den gewaltigen Fähigkeiten ihres großen, weißen Häuptlings, dafür sorgten, daß sie nicht mit leerem Magen zu wandern brauchten. Tarzan hoffte, mit den mitgenommenen, besonders ausgewählten Leuten den Weg bis Opar in einundzwanzig Tagen zurückzulegen.

In der dritten Woche seines Marsches stieß Tarzan, der seinen Schwarzen weit voraus nach Wild suchte, eines Nachmittags auf den Körper Baras, des Hirsches, dem ein federgefiederter Pfeil in der Flanke saß. Augenscheinlich war Bara in einiger Entfernung von dem Platze, an den er sich zum Sterben geschleppt hatte, verwundet worden, denn der Sitz des Geschosses zeigte an, daß die von ihm verursachte Wunde nicht sofortigen Tod zur Folge gehabt haben konnte. Was aber die Aufmerksamkeit des Affenmenschen besonders erregte, ehe er noch nahe genug gekommen war, um eine eingehende Prüfung anzustellen, war die Bauart des Pfeiles. Im gleichen Augenblick, in dem er ihn aus dem Körper des Hirsches zog, erkannte er seine Herkunft und fühlte die gleiche Verwunderung, wie sie in uns aufsteigen würde, wenn wir in der Stadt dem Kopfschmuck eines Swazi-Eingeborenen begegnen würden. Der Pfeil war genau so einer, wie man ihn in irgendeinem Geschäft für Sportartikel in jeder Großstadt der Welt kaufen kann – ein Pfeil, wie er für die Übung im Bogenschießen im Park oder im Vorstadtgarten gekauft wird. Nichts konnte weniger in das Herz des wildesten Afrika hineinpassen als dies törichte Kinderspielzeug, und doch, daß es sein Werk getan hatte, bewies Baras toter Körper, obgleich der Affenmensch sah, daß der Schaft nicht von der geübten Hand eines Wilden abgeschossen sein konnte.

Tarzans Neugierde und gleichzeitig damit sein angeborener Dschungelargwohn waren erwacht. Tarzan ging alsbald Baras Fährte in umgekehrter Richtung nach, um womöglich die Herkunft des Jägers festzustellen, der Bara getötet hatte. Die stark schweißende Spur ließ sich leicht verfolgen und der Affenmensch wunderte sich, daß der Jäger seine Beute nicht verfolgt und eingeholt hatte. Tarzan stellte fest, daß Bara eine weite Strecke flüchtig gegangen war, so daß die Sonne schon ziemlich tief im Westen stand, ehe er auf die ersten Anzeichen des Wildschützen stieß. Aber die Art der Fußspuren bereitete ihm ebenso große Überraschung wie der Pfeil. Er prüfte sie sorgfältig, beugte sich tief herunter und untersuchte ihre Witterung mit seinem feinfühligen Geruchssinn. So unwahrscheinlich, ja, so unmöglich es schien, die nackten Fußspuren waren die eines *Weißen* – eines hochgewachsenen Mannes, wahrscheinlich ebenso groß wie Tarzan selbst.

Was für ein nackter Weißer konnte das hier in Tarzans Dschungel sein, der Tarzans Wild mit dem zierlichen Pfeil eines Bogenschießklubs schoß?

Unglaublich war es, daß es einen solchen geben sollte, und doch erinnerte sich der Affenmensch wieder der dunklen Gerüchte, die er vor Wochen gehört hatte.

Entschlossen, das Rätsel zu lösen, folgte er der Spur des Fremden, einer regellosen Fährte, die sich offenbar ziellos durch die Dschungel dahinwand, wohl, wie Tarzan vermutete, durch die Unkenntnis eines unerfahrenen Jägers hervorgerufen. Aber die Nacht brach herein, ehe er die Lösung des Rätsels gefunden hatte, und pechschwarze Finsternis herrschte bereits, als der Affenmensch seine Schritte wieder nach dem Lager lenkte.

Tarzan wußte, daß seine Waziri auf Fleisch warteten, und wollte ihre Erwartung keinesfalls täuschen, obgleich er eben jetzt entdeckt hatte, daß er nicht der einzige Fleischjäger war, der in dieser Nacht im Revier jagte.

So holte sich denn Tarzan seine Beute, eine fette Antilope, einem enttäuschten rasenden Löwen fast unter der Nase weg. Dem anspringenden Numa mitten im Wege stehend, warf sich der Affenmensch die Beute auf die Schulter, schwang sich leicht auf die unteren Zweige der Bäume und verschwand geräuschlos in der Nacht, nachdem er die tobende Katze noch lachend verhöhnt hatte.

Ohne Mühe fand er das Lager seiner hungrigen Leute, die nicht einen Augenblick daran gezweifelt hatten, daß er mit Fleisch für sie zurückkommen werde.

Früh am nächsten Morgen machte sich Tarzan wieder nach Opar auf den Weg, aber während er seine Waziris anwies, weiterhin den kürzesten Weg zu nehmen, verließ er sie, um allein seine Nachforschungen nach dem geheimnisvollen Wesen anstellen zu können, von dessen Anwesenheit ihm der Pfeil und die Fußspuren Kunde gegeben hatten. Sobald er wieder an den Fleck gekommen war, an dem ihn die Dunkelheit gezwungen hatte, seine Untersuchung einzustellen, nahm er die Fährte des Fremden wieder auf. Bald stieß er abermals auf einen Beweis für die Anwesenheit dieser neuartigen und übeltäterischen Persönlichkeit. Auf der Fährte lag der Körper eines Riesenaffen, eines von dem Stamme der großen Menschenaffen, unter denen Tarzan aufgewachsen war. Aus dem behaarten Leibe des Mangani stand wieder einer der auf der Maschine gefertigten Pfeile der Zivilisation hervor. Der Affenmensch kniff die Augen zusammen und ein finsteres Stirnrunzeln verdunkelte seine Brauen. Wer war es, der hier wagte, in Tarzans geheiligte Waldgründe einzudringen und ruchlos sein Volk zu töten?

Tarzan stellte fest, daß die Fährte vor zwei Tagen gemacht war, und ging eilig an die Verfolgung des Täters. Für ihn stand es zweifellos fest, daß Mord vorlag, denn er kannte die Charakterzüge seiner Mangani gut genug, um sicher zu sein, daß keiner von ihnen einen Angriff mutwillig herausforderte, wenn er nicht dazu getrieben war.

Tarzan wanderte gegen den Wind und erfaßte etwa eine halbe Stunde nach der Auffindung des toten Affen mit seinen scharfen Geruchsorganen die Witterung von dessen Stammesgenossen. Da er die Schreckhaftigkeit dieser sonst so grimmen Dschungelbewohner kannte, bewegte er sich nunmehr mit größter Sorgfalt vorwärts, damit sie nicht von seiner Annäherung Kenntnis bekommen und davonflüchten sollten, ehe sie seine Persönlichkeit erkannt hatten. Er bekam sie zwar nicht oft zu sehen, aber er wußte, daß doch stets einige unter ihnen waren, die ihn wiedererkannten, und durch deren Vermittlung er freundliche Beziehungen zu den übrigen Mitgliedern des Stammes aufnehmen konnte.

Wegen der Undurchdringlichkeit des Unterholzes wählte sich Tarzan den Weg auf halber Höhe der Bäume und kam, hier sich frei und rasch durch die belaubten Zweige dahinschwingend, bald in die nächste Nähe der riesigen Menschenaffen. Die Horde bestand aus etwa zwanzig Mitgliedern, die sich eben auf einer kleinen von der Natur geschaffenen Lichtung herumtrieben.

Ein schwaches Lächeln zog über das Gesicht des Affenmenschen, als er auf einem großen Zweig anhielt, der ihn mit seinem dichten Laubwerk verbarg, während er die kleine Horde unten beobachtete. Jedes Tun, jede Bewegung der Riesenaffen rief Tarzan lebhaft die langen Jahre seiner Kindheit zurück, in denen er noch unter dem Schutze der grimmigen Mutterliebe Kalas, der Äffin, die Dschungel mit Kerschaks Stamm durchwandert hatte. In den herumtollenden Jungen fand er Neeta und die anderen Spielgefährten seiner Kindheit wieder, und unter den erwachsenen Männchen sah er all die riesigen, wilden Bestien, die er in der Jugend gefürchtet und als Mann bezwungen hatte.

Er beachtete sie einige Minuten lang schweigend. Wie sie sich freuen würden, ihn zu sehen, wenn sie erst seine Person richtig erkannt hatten! Denn Tarzan war in der Dschungel weit und breit als Freund und Beschützer der Mangani bekannt. Erst würden sie ihn anknurren und bedrohen, denn sie würden sich nicht lediglich auf Augen und Ohren verlassen, um seine Identität festzustellen. Nicht eher, als bis er die Lichtung betreten hatte, auf der die Bullen mit gesträubten Haaren und gebleckten Fangzähnen steifbeinig um ihn herumgehen würden, nicht ehe sie nahe genug gekommen waren, um mit dem Geruch die Feststellung ihrer Augen und Ohren zu bekräftigen, würden sie ihn anerkennen. Dann würde einige Minuten lang freudige Erregung herrschen, bis den Instinkten des Affenhirns gemäß ihre Aufmerksamkeit von ihm durch ein daherwehendes Blatt, eine Raupe oder das Ei eines Vogels abgelenkt wurde; dann würden sie sich wieder an ihre Beschäftigung begeben und von ihm nicht mehr Notiz als von jedem anderen Mitglied des Stammes nehmen. Aber das würde erst der Fall sein, wenn ihn jeder einzelne berochen und vielleicht mit den schwieligen Pfoten seine Muskeln betastet hatte.

Tarzan gab jetzt einen freundschaftlichen Laut als Begrüßung von sich und trat aus seinem Versteck in volle Sicht vor, als die Affen emporsahen. Ich bin Affentarzan, sagte er, der mächtige Kämpfer, der Freund der Mangani. Tarzan kommt in Freundschaft zu seinem Volke. Mit diesen Worten ließ er sich federnd auf das saftige Gras der Lichtung herab.

Im Nu entstand ein wildes Durcheinander. Kreischende Warnungsrufe erschollen, die Weibchen rasten mit ihren Kleinen nach der entgegengesetzten Seite der Lichtung, während die Bullen sich, die Haare sträubend und knurrend, dem Eindringling entgegenstellten.

Kommt, rief Affentarzan, kennt ihr mich nicht mehr? Ich bin Affentarzan, Freund der Mangani, Sohn der Kala und König von Kerschaks Stamm.

Wir kennen dich, knurrte einer der alten Bullen, gestern sahen wir, wie du Gobu tötetest. Mache dich fort, sonst töten wir dich.

Ich tötete Gobu nicht, erwiderte der Affenmensch. Ich fand gestern seinen toten Körper und folgte der Spur seines Mörders, als ich euch traf.

Wir sahen dich, wiederholte der alte Bulle. Mache dich fort, oder wir töten dich. Du bist nicht länger der Freund der Mangani.

Der Affenmensch stand mit gedankenvoll zusammengezogenen Brauen da. Es war augenscheinlich, daß die Affen wirklich glaubten, ihn bei der Tötung ihres Genossen gesehen zu haben. Was war die Erklärung dafür? Wie ließ sich das zusammenreimen? Hatte die nackte Fußspur des großen weißen Mannes, den er verfolgt hatte, mehr zu bedeuten, als er ahnte? Tarzan wunderte sich. Er hob den Blick und wendete sich wieder an die Bullen.

Es ist nicht meine Person gewesen, die Gobu tötete, erklärte er eindringlich. Viele von euch haben mich ihr ganzes Leben lang gekannt. Ihr wißt, daß ich einen Mangani nie anders als im ehrlichen Kampfe getötet habe. Ihr wißt, daß von allem Dschungelvolk die Manganis meine besten Freunde sind, daß Tarzan der beste Freund ist, den die Mangani haben. Wie sollte ich denn darum einen von meinem eigenen Volke töten?

Wir wissen nur, erwiderte der alte Bulle, daß du Gobu tötetest. Mit eigenen Augen sahen wir es. Darum mache dich rasch davon, sonst töten wir dich. Affentarzan ist ein mächtiger Kämpfer, aber mächtiger als selbst er sind die großen Bullen von Pagth, wenn sie zusammenhelfen. Ich bin Pagth, König des Stammes von Pagth. Gehe fort, ehe wir dich töten.

Tarzan versuchte, ihnen Vernunft beizubringen, aber sie wollten ihn nicht anhören, so überzeugt waren sie, gesehen zu haben, wie er ihren Gefährten tötete. Um nicht einen Streit heraufzubeschwören, in dem einige von ihnen unvermeidlich getötet worden wären, ging er schließlich traurig davon. Aber jetzt war er noch mehr entschlossen, Gobus Mörder ausfindig zu machen, um von dem Manne Rechenschaft zu verlangen, der es wagte, in solcher Weise in seine lebenslange Domäne einzudringen.

Tarzan verfolgte die Spur, bis sie sich mit den Fährten vieler Leute, größtenteils barfüßiger Schwarzer, vermischte. Aber unter ihnen waren auch die Fußspuren beschuhter Weißer und einmal sah er die Fußtapfen einer Frau oder eines Kindes, genau konnte er das nicht erkennen.

Er vergaß im Augenblick sein eigentliches Ziel und war nur noch vom wilden Verlangen beseelt, von diesen Eindringlingen Rechenschaft über ihre Anwesenheit in der Dschungel zu fordern und dem Mörder Gobus sein verdientes Geschick zu bereiten. Tarzan eilte auf der neuen, breiten Fährte der zahlreichen Abteilung entlang, die sich um diese Zeit höchstens noch einen halben Tagesmarsch vor ihm befinden konnte, das heißt, sie mußten sich nunmehr bereits am Talrande von Opar befinden, falls dies ihr endgültiges Ziel war. Was sie weiter vorhaben konnten, wußte sich Tarzan nicht auszudenken.

Die Lage von Opar hatte er immer für sich behalten. Er konnte sich, außer Jane und Korak, keine weiße Person denken, der etwas von der Lage jener vergessenen Stadt der alten Atlantis bekannt gewesen wäre, Aber was sonst konnte diese Weißen mit einem so großen Gefolge in die grimmige, unerforschte Wildnis hineingelockt haben?

Tarzans Gedanken waren voll mit diesen Erwägungen beschäftigt, während er rasch der Fährte folgte, die geradewegs nach Opar führte. Die Dunkelheit brach herein, aber die Spur war so frisch, daß ihr der Affenmensch noch mit dem Geruche folgen konnte, als er die Fußeindrücke auf dem Boden nicht mehr zu sehen vermochte, und bald erblickte er in der Ferne den Feuerschein eines Lagers.

## Der Betäubungstrank

Daheim ging das Leben inzwischen im Bungalow auf der Farm seinen gewohnten Gang wie vor Tarzans Auszug. Korak überwachte die Tätigkeit der Farmarbeiter und der Hirten bald zu Fuße, bald zu Pferde, manchmal allein, aber meist in Begleitung des weißen Aufsehers Jervis.

Den goldenen Löwen bewegte Korak an der Leine, da er sich doch nicht genug Gewalt über das Tier zutraute und fürchtete, Dschadbalja könne womöglich in Abwesenheit seines Herrn und Meisters in den Wald entlaufen und in den natürlichen Zustand der Wildheit zurückfallen. Ein derartiger in der Dschungel hausender Löwe mußte natürlich eine erhebliche Gefahr für menschliche Wesen bilden, denn Dschadbalja, der unter Menschen aufgewachsen war, besaß den Menschen gegenüber nicht die natürliche Schüchternheit, die sonst ein so charakteristischer Zug aller wilden Tiere ist. Darauf dressiert wie er war, eine Menschenpuppe als Beute an der Kehle zu packen, würde der goldene Löwe, aller Einschränkungen ledig, in der Dschungel der Umgebung bald gefährlich werden.

Während der ersten Woche von Tarzans Abwesenheit brachte ein Läufer aus Nairobi Lady Greystoke eine Kabelnachricht, daß ihr Vater in London ernstlich erkrankt sei. Mutter und Sohn besprachen die Lage. Vor fünf oder sechs Wochen konnte Tarzan nicht zurückkommen, selbst wenn sie ihm einen Läufer nachsandten. Wollte Jane erst auf ihn warten, so hatte sie wenig Aussicht, rechtzeitig bei ihrem Vater zu sein. Sie beschlossen daher, sofort nach Nairobi aufzubrechen, Korak wollte sie bis Nairobi begleiten und dann zur Besitzung zurückkehren. Vom Gebiete der Greystokes bis nach Nairobi war es ein langer Treck, und Korak war noch nicht zurückgekehrt, als etwa drei Wochen nach Tarzans Auszug ein Schwarzer, dessen Obliegenheit es war, Dschadbalja zu füttern und zu betreuen, aus Nachlässigkeit beim Reinigen des Käfigs dessen Tür unbefestigt ließ. Der goldene Löwe schritt auf und ab, während der Schwarze im Käfig seinen Besen schwang. Sie waren alte Freunde und der Waziri hatte vor dem großen Löwen nicht die geringste Furcht. Deshalb drehte er ihm oft genug den Rücken zu. Der Schwarze kehrte gerade im hintersten Winkel des Käfigs, als Dschadbalja vor dem Tore am entgegengesetzten Ende einen Augenblick stehen blieb. Das Tier sah den Türflügel in seinen Angeln eine Kleinigkeit offenstehen. Lautlos hob er die große weiche Tatze und steckte sie durch den Schlitz – ein leichter Druck und das Tor schwang einwärts. Im Nu zwängte der Löwe seine Schnauze in die erweiterte Öffnung, schwang das Hindernis zur Seite, und der vor Schreck gelähmte Schwarze sah gerade noch wie sein Schutzbefohlener draußen geschmeidig auf den Boden sprang.

Halt, Dschadbalja! Halt! schrie der entsetzte Schwarze und rannte hinter ihm her. Aber der goldene Löwe beeilte nur seinen Lauf, setzte über den Zaun und sprang in der Richtung auf den Wald zu davon.

Der Schwarze folgte ihm mit geschwungenem Besen und lautem Jammergeheul, das alsbald alle Insassen der Wazirihütten an seine Seite brachte, die ihn in seiner Verfolgung des Löwen unterstützten. Sie folgten ihm über die Dünung der Ebene, aber sie hätten ebensogut versuchen können, ein trügerisches Irrlicht zu fangen, wie diesen flinken und schlauen Flüchtling, der sich weder um ihre schmeichelnden Lockungen noch um ihre Drohungen kümmerte. Schließlich sahen sie den goldenen Löwen im Urwald verschwinden und obgleich sie fast bis zur Dunkelheit sorgfältig weitersuchten, mußten sie endlich ihre Suche aufgeben; mit hängenden Köpfen kehrten sie nach der Farm zurück.

Ach, rief der unglückliche Schwarze, der für Dschadbaljas Entweichen verantwortlich war, was wird nur der große Bwana sagen!

Nun, du wirst lange Zeit vom Bungalow verbannt werden, Kiwazi, versicherte ihm der alte Muwiro. Du wirst ganz sicher weit auf den Weidegrund nach dem Osten versetzt werden, wo du Löwen genug zur Gesellschaft finden wirst. Aber sie werden nicht so freundlich sein wie Dschadbalja.

Ich bin ein Mann, erwiderte Kiwazi. Ich bin ein Krieger und ein Waziri. Ich werde jede Bestrafung, die der große Bwana über mich verhängt, ertragen, wie es einem Manne geziemt.

*

In derselben Nacht erreichte Tarzan die Lagerfeuer des fremden Trupps, dem er auf der Spur gewesen war. Ungesehen hielt er im Laub eines Baumes mitten über dem Lager, das von einer ungeheuren Boma aus Dorngestrüpp umgeben und von zahlreichen Feuern erleuchtet war, die die Schwarzen sorgfältig mit Zweigen von einem riesigen Haufen Brennholz nährten, den sie anscheinend noch früh am Tage für diesen Zweck gesammelt hatten. Nahe der Lagermitte standen mehrere Zelte und vor einem saßen im Feuerschein vier Weiße. Zwei waren große, stiernackige Kerle, mit roten Gesichtern, offenbar Engländer aus unteren Kreisen, der dritte war ein untersetzter, fetter Holländer, der vierte ein hochgewachsener, schlanker, hübscher Mensch mit dunkelbraunem Lockenhaar und regelmäßigen Gesichtszügen. Die beiden letzten waren bis auf die letzte Kleinigkeit der zentralafrikanischen Reisemode entsprechend gekleidet – versteht sich, nach den höchstentwickelten Normen der zappelnden Leinwand –, und in der Tat hätte jeder von den beiden geradezu aus der Leinwand des letzten nervenerschütternden Dschungelfilmschlagers herausgetreten sein können. Der junge Mensch, den Tarzan alsbald für einen Slawen hielt, erhob sich kurz nach seinem Eintreffen und betrat das mittelste Zelt, aus dem man den Ton leise sich unterhaltender Stimmen vernahm. Die Worte konnte Tarzan nicht unterscheiden, aber die Laute der einen Stimme schienen ihm unbedingt von einem Weibe herzurühren. Die drei am Feuer Zurückgebliebenen führten eine abgerissene Unterhaltung, als plötzlich aus nächster Nähe der Boma-Umzäunung das Gebrüll eines Löwen das Schweigen der Dschungel unterbrach.

Mit einem erregten Schrei sprang der Kleine so hastig auf die Füße, daß er einen guten Fuß über den Boden kam und dann, beim Zurücktreten stolpernd, das Gleichgewicht verlor und über seinen Feldstuhl hinfallend auf den Rücken plumpste.

Der Holländer raffte sich wieder auf die Füße. Gott der Gerechte, rief er mit zitternder Stimme, ich dachte sicher, er käme über den Zaun. So helfe mir Gott, wenn ich je wieder herauskomme aus alledem, nie wieder – nicht für alles Gold in Afrika – will ich durchmachen, was ich hab durchgemacht in diesen drei Monaten. Oh, oh! Wenn ich bloß daran denke. Oh, oh! Löwen und Leoparden und Rhinozerosse und Hippopotamusse! Oh, oh!

Seine Gefährten lachten. Dick und ich sagten dir schon von Anfang an, du brauchtest nicht mit ins Innere zu kommen, meinte der eine von ihnen.

Nu, und für was kauf ich alle die Kleider? winselte der Dicke. Gott noch einmal, dieser Anzug kostet mich, wie ich drin geh und steh, zwanzig Goldstücke. Ach du meine Güte, hätte ich gehabt 'ne Ahnung, für ein Pfund hätt ich mir gekauft meine ganze Ausrüstung – zwanzig Pfund für all das, und keiner bekommt mich zu Gesicht außer Niggern und Löwen!

Und du siehst dabei so piekfein drin aus, bemerkte einer seiner Freunde.

Seht nur her, alles beschmutzt und zerrissen. Woher soll ich ahnen, daß hier die Kleider so schmutzen? Mit eigenen Augen hab ich gesehen im Prinzeß-Theater, wie der Held zugebracht hat drei ganze Monate in Afrika und hat gejagt Löwen und hat getötet Kannibalen, und wie er kam raus davon, hat er nicht einmal gehabt e Fettfleck auf seinen Rockschößen – woher soll ich wissen, daß Afrika ist so schmutzig und voller Dornen?

Diesen Augenblick erwählte Tarzan, um sich vor ihnen in den Lichtkreis des Feuers herabzulassen. Die zwei Engländer sprangen in offenbarem Schrecken auf die Füße, während der Holländer sich herumdrehte und einen halben Schritt weit sich zur Flucht anschickte. Aber sobald seine Blicke auf den Affenmenschen trafen, ersetzte ein Seufzer der Erleichterung den Schrecken, der sich auf seinem Gesicht abgemalt hatte, als Tarzan so mitten unter ihnen allem Anschein nach vom Himmel fiel.

Gott der Gerechte, Esteban, kreischte er. Warum kommst du so bald zurück und warum kommst du auf *die* Art, so plötzlich – denkst du vielleicht, wir haben keine Nerven?

Tarzan war böse, recht böse auf diese rohen Eindringlinge, die es wagten, ohne seine Erlaubnis in seine weiten Gebiete einzudringen, in denen er Frieden und Ordnung hielt. Wenn Tarzan aber böse war, dann flammte auf seiner Stirne die Narbe, die ihm einst Bolgani, der Gorilla, zugefügt hatte, als der Knabe Tarzan der riesigen Bestie im Kampfe auf Leben und Tod entgegentrat und zum ersten Male den wahren Wert von seines Vaters Jagdmesser kennenlernte.

Seine grauen Augen zogen sich zusammen und seine Stimme tönte kalt und gemessen, als er sie anredete. Wer seid ihr, fragte er, die ihr wagt, in solcher Weise in das Land der Waziri, in Tarzans Land einzudringen, ohne dazu die Erlaubnis des Herrn der Dschungel zu besitzen?

Was redest du da für Zeug, Esteban, fragte der eine der Engländer, und was zum Kuckuck kommst du allein und so früh wieder zurück? Wo hast du die Träger gelassen? Wo ist der Lumpenkram von Gold?

Der Affenmensch besah sich den Sprecher eine Zeitlang schweigend. Ich bin Affentarzan, sagte er. Ich weiß nicht, wovon ihr redet. Ich weiß nur, daß ich nach einem suche, der den Riesenaffen Gobu tötete, der ohne meine Genehmigung Bara, den Hirsch, jagte.

Oh, zum Henker, platzte der andere Engländer heraus, schließ die Klappe, Esteban – wenn du zum Witzemachen Lust hast, können wir *dabei* keinen besonderen Scherz finden. So ist es.

Im Innern des Zeltes fuhr eine Frau erschreckt empor, packte ihren Gefährten am Arm und deutete auf die riesige, fast nackte Gestalt des Affenmenschen, die in ganzer Größe von den Feuern beleuchtet war. Um Gottes willen, Carl, flüsterte sie zitternd, schau! Was ist denn, Flora? fragte ihr Gefährte. Ich sehe nur Esteban?

Es ist nicht Esteban, zischte das Mädchen. Es ist Lord Greystoke selbst – es ist Affentarzan!

Du bist toll, Flora, entgegnete der Mann, das kann er nicht sein.

Er ist es ganz bestimmt, beharrte sie. Denkst du etwa, ich kenne ihn nicht? Habe ich nicht jahrelang in seinem Hause in der Stadt bei ihm gedient? Habe ich ihn nicht fast jeden Tag zu sehen bekommen? Siehst du die rote Narbe auf seiner Stirne leuchten – ich habe die Geschichte von dieser Narbe gehört und ich weiß, daß sie nur so scharlachrot brennt, wenn sein Zorn erregt ist.

Nun, und angenommen, es *ist* Affentarzan, was kann er uns tun?

Du kennst ihn nicht, erwiderte das Mädchen. Du ahnst nicht, über welche Macht er hier verfügt – er hat Gewalt über Leben und Tod bei Mensch und Tier. Wenn er unsere Absicht hier erfährt, dann erreicht keiner von uns lebend die Küste. Schon die bloße Tatsache, daß er hier ist, läßt mich annehmen, er könnte unser Vorhaben entdeckt haben, und dann, dann sei uns Gott gnädig, – wenn nicht – wenn nicht –

Wenn nicht was? fragte der Mann.

Das Mädchen dachte einen Augenblick schweigend nach. Es gibt nur einen Weg, sagte sie schließlich. Töten dürfen wir ihn nicht. Seine grimmigen

Schwarzen würden es erfahren, und dann könnte uns keine Macht auf Erden retten. Aber es gibt doch noch einen Weg, wenn wir rasch handeln. Sie drehte sich um und suchte einen Augenblick in einem ihrer Koffer. Dann händigte sie dem Manne eine kleine Flasche mit einer Flüssigkeit aus. Gehe hinaus und rede mit ihm, sagte sie. Stelle dich freundlich, lüge ihn an, erzähle ihm irgend etwas. Versprich alles. Aber stelle unbedingt so freundliche Beziehungen zu ihm her, daß du ihm Kaffee anbieten kannst. Ich weiß, daß er weder Wein noch sonst etwas Alkoholhaltiges trinkt, aber Kaffee liebt er. Sieh zu, daß du ihn zum Kaffeetrinken bekommst, dann weißt du ja, was du damit zu tun hast. Dabei deutete sie auf die Flasche, die der Mann immer noch in der Hand hielt.

Kraski nickte. Ich verstehe, sagte er. Dann wandte er sich um und verließ das Zelt.

Sich den vor dem Feuer stehenden Gestalten nähernd, begrüßte er Tarzan mit einem liebenswürdigen Lächeln und höflichen Worten.

Willkommen, sagte er, wir sind stets froh, einen Fremden in unserem Lager zu sehen. Bitte, nehmen Sie Platz. John, reiche dem Herrn einen Stuhl, sagte er zu Peebles.

Der Affenmensch musterte Kraski wie er die anderen gemustert hatte. Aus seinen Augen schien kein freundliches Licht als Antwort auf des Russen Begrüßung.

Ich bin dabei, herauszufinden, was Ihre Gesellschaft hier sucht, sagte er scharf zu dem Russen, aber jene bestehen immer noch darauf, ich sei jemand, der ich in Wirklichkeit gar nicht bin. Sie müssen entweder Spitzbuben oder Narren sein. Ich werde herausfinden, welches von beiden der Fall ist, und sie dann dementsprechend behandeln.

Kommen Sie, kommen Sie, rief Kraski besänftigend. Hier muß ein Mißverständnis vorliegen. Das ist sicher. Aber sagen Sie mir, wer sind Sie?

Ich bin Affentarzan, erwiderte der Affenmensch. Diesen Teil von Afrika hier darf kein Jäger ohne meine Erlaubnis betreten. Diese Tatsache ist so wohl bekannt, daß Sie unmöglich von der Küste durchkommen konnten, ohne darüber in Kenntnis gesetzt zu sein. Ich verlange eine Erklärung und zwar schleunigst.

Ah, Sie sind Affentarzan, rief Kraski. Dann haben wir in der Tat Glück, denn jetzt können wir endlich auf den richtigen Weg gebracht werden und aus der furchtbaren Ratlosigkeit herauskommen. Wir haben uns verirrt, Herr, ganz unentwirrbar verirrt, durch Schuld der Unwissenheit oder Bosheit unseres Führers, der uns vor einigen Wochen im Stiche ließ. Selbstverständlich kennen wir Sie; wer kennt nicht Tarzan? Aber wir hatten keineswegs die Absicht, die Grenzen ihres Gebietes zu überschreiten. Wir waren weiter südlich auf der Suche nach einigen Sondervorkommen der Tierwelt dieses Gebietes, die unser wackerer Freund und Auftraggeber hier, Mr. Adolf Bluber, unter großen Unkosten sammelt, um sie einem Museum in seiner Heimatstadt in Amerika zum Geschenk zu machen. Jetzt bin ich dessen ganz sicher, daß Sie uns sagen können, wo wir uns befinden, und uns unsere richtige Richtung angeben werden.

Nu, natürlich, sagte Bluber schmalzig und rieb sich die Hände, so ist es, gerade wie ich es Ihnen eben erklären wollte.

Tarzan fuhr mit scharfer Gebärde zu ihm herum. Was sollte dann all dies Geschwätz von *Esteban*? fragte er. Haben mich die anderen nicht mit diesem Namen angeredet?

Ach, rief Bluber, John will immer sein kleines Späßchen haben. Er kennt Afrika noch nicht, er ist noch nie vorher hier draußen gewesen. Er hat vielleicht gedacht, Sie werden sein e Eingeborener. John nennt alle die Eingeborenen Esteban, und er hat seinen großen Scherz für sich mit ihnen, weil er weiß, sie können nicht verstehen, was er sagt. He, John, ist es nicht so, wie ich sage? Dabei wartete der schlaue Bluber aber nicht etwa auf Johns Antwort. Sie sehen, fuhr er fort, wir haben uns verirrt, und wenn Sie uns nehmen mit aus der Dschungel, zahlen wir Ihnen, was Sie verlangen – machen Sie selbst den Preis.

Der Affenmensch glaubte ihm zwar nur halb. Indessen würde er die Wahrheit bald aus ihren eingeborenen Trägern, durch seine Waziri, herausbekommen. Dagegen stachelte immer noch die Tatsache, daß man ihn für Esteban gehalten hatte, seine Wißbegierde an, und außerdem wünschte er zu erfahren, wer Gobu, den Riesenaffen, getötet hatte.

Bitte, setzen Sie sich, drängte Kraski. Wir wollten eben Kaffee trinken und würden uns freuen, wenn Sie daran teilnehmen wollten. Wir hatten keinerlei böse Absicht, als wir hierherkamen und ich kann Ihnen versichern, daß wir mit größter Bereitwilligkeit jede Entschädigung leisten werden, falls wir Ihnen oder sonst jemand ohne Absicht Schaden zugefügt haben sollten.

Mit diesen Leuten Kaffee zu trinken, konnte nicht schaden. Vielleicht tat er ihnen Unrecht, aber wie es auch sein mochte, die Annahme einer Tasse ihres Kaffees brachte ihn diesen Menschen gegenüber in keine große Verpflichtung. Flora hatte ganz Recht mit ihrer Behauptung, wenn Tarzan überhaupt eine Schwäche besitze, dann sei es seine gelegentliche Vorliebe für eine Tasse schwarzen Kaffee. Er machte von dem angebotenen Feldstuhl keinen Gebrauch, sondern hockte sich bei ihnen nieder, während der Feuerschein auf seiner bronzefarbenen Haut spielte.

Throck, Peebles und Bluber saßen und betrachteten ihn, während Kraski zum Feuer hinüberging, um das Kochen des Kaffees zu veranlassen. Die beiden Engländer hatten die Tatsache, daß sie den Neuankömmling für einen anderen gehalten hatten, erst halb begriffen. Bluber war innerlich angstbeklommen. Sein regerer Verstand hatte die Lage erkannt. Da aber Bluber von Floras Plan keine Ahnung hatte, befand er sich in einem Zustand jammervoller Angst. Er war sich zwar nicht, wie Flora, darüber klar, daß ihr Leben in Gefahr war – er konnte nicht wissen, daß sie es mit Affentarzan, einem wilden Tier der Dschungel, und nicht mit John Clayton, Lord Greystoke, einem englischen Pair, zu tun hatten. Bluber fühlte sich mehr wegen seiner zweitausend Pfund beklommen, die in Gefahr standen, denn er war mit dem Rufe des Affenmenschen genug vertraut, um zu wissen, daß er sie nie werde mit dem Golde ziehen lassen, das höchstwahrscheinlich Esteban gerade in diesem Augenblick aus der Schatzkammer von Opar herausnahm. Bluber war schon im Begriffe, in Tränen auszubrechen, als Kraski mit dem Kaffee zurückkam, den er selbst trug.

Aus den dunklen Schatten des Zeltinnern spähte Flora Hawkes nervös nach der Szene draußen. Sie war voller Furcht, ihr früherer Dienstherr könne sie erkennen, denn sie war früher sowohl im Londoner Stadthaus der Greystokes wie in deren afrikanischem Bungalow Dienstmädchen gewesen und wußte, daß Lord Greystoke sie wiedererkennen würde, sobald er sie zu Gesicht bekam.

Das dauernde Träumen von den fabelhaften Schätzen in den Schatzkammern von Opar, über die sie so viel Einzelheiten aus der Unterhaltung der Greystokes herausgehört hatte, hatte in ihrem von Natur klugen und bedenkenlosen Gehirn ein Verlangen nach Besitz erweckt. Als Folge davon hatte sie sich allmählich einen Weg ausgedacht, wie sie die Schatzkammern um eine genügende Menge Goldbarren erleichtern könnte, um sich für den Rest ihres Lebens unabhängig und reich zu machen. Der ganze Plan stammte von ihr. Sie hatte zuallererst Kraski dafür interessiert, der die zwei Engländer und Bluber dafür gewonnen hatte. Diese vier zusammen hatten das nötige Geld aufgebracht, um die Kosten der Unternehmung zu bestreiten. Schließlich war es Flora gewesen, die nach dem Typ eines Mannes gesucht hatte, der Tarzan mit Erfolg in dessen eigener Dschungel darstellen konnte. Dabei hatte sie dann Esteban Marinda gefunden, einen hübschen, kraftstrotzenden und gewissenlosen Spanier, dessen schauspielerische Fähigkeiten, unterstützt von der Kunst der Aufmachung, in der er Meister war, ihm ermöglichten, fast fehlerlos die Persönlichkeit, die benötigt wurde, darzustellen.

Der Spanier war nicht nur kräftig und gewandt, er besaß auch persönlichen Mut, und seit er sich den Bart abgenommen und Tarzans Dschungeltracht angelegt hatte, verlor er keine Gelegenheit, dem Affenmenschen in jeder Beziehung, die im Bereich seiner Fähigkeiten lag, nachzueifern. Dschungelerfahrung besaß er natürlich nicht, und persönliche Kämpfe mit den gefährlicheren der wilden Dschungeltiere einzugehen, verbot ihm die Vorsicht. Immerhin jagte er das kleinere Wild mit Speer und Pfeil und übte sich beständig mit dem Graslasso, der ein Teil seiner Aufmachung war.

Aber in diesem Augenblick sah sich Flora Hawkes mit all ihren feingesponnenen Plänen am Rande der Vernichtung. Mit Zittern beobachtete sie, wie Kraski sich der Gruppe mit dem Kaffeetopf in der einen und den Tassen in der anderen Hand nahte. Kraski stellte den Topf und die Tassen etwas rückwärts von Tarzan auf den Boden. Sie sah, wie er beim Eingießen der Tassen in eine aus der ihm übergebenen Flasche einen Teil zugoß. Als Kraski diese Tasse aufnahm und sie dem Affenmenschen bot, stand ihr der kalte Schweiß auf der Stirne. Würde er sie annehmen? Würde er Argwohn hegen? Wenn er Argwohn bekam, welch schreckliche Strafe würde er ihnen allen für ihre Tollkühnheit bereiten? Sie sah Kraski Peebles, Throck und Bluber die nächsten Tassen reichen und dann mit der letzten für sich selbst in den Kreis zurückkehren. Als der Russe seine Tasse zum Mund hob und dem Affenmenschen dabei eine höfliche Verbeugung machte, sah sie die fünf Männer trinken.

Affentarzan draußen leerte seine Tasse bis auf den letzten Tropfen.

## Der Tod schleicht hinterdrein

Am gleichen Nachmittage, an dem Tarzan das Lager der Verschworenen entdeckte, sah der Wächter auf dem verfallenden Außenwall der Ruinenstadt

Opar eine Abteilung Männer vom jenseitigen Höhenzug ins Tal herunterziehen. Außer Tarzan, Jane Clayton und deren Waziri hatten die Bewohner von Opar niemals Fremde erblickt. Doch war seit urdenklichen Zeiten eine ständige Wache auf der Zinne der Außenmauer. Ein einziges verkrüppeltes, kaum menschenähnliches Wesen war alles, was noch an die zahlreichen, hochgewachsenen Krieger der verlorenen Atlantis erinnerte. Im Laufe der Jahrtausende war die Rasse mehr und mehr gesunken, bis schließlich durch gelegentliche Vermischung mit den Riesenaffen die Männer zu den tiergleichen Geschöpfen des nunmehrigen Opar geworden waren. Aber die Entartung dieses Volkes hatte sich auf die Männer beschränkt, während den Frauen die wohlgeformte Gestalt und freundliche, selbst schöne Gesichtszüge geblieben waren.

Der einsame Wächter auf der äußeren Stadtmauer von Opar war ein kurzer, stämmiger Bursche mit filzigem Haar und Bart. Kleine, eng zusammenstehende Augen und wie Fänge aussehende Zähne bezeugten seine Abstammung von einer Ahnenreihe aus Affen so entschieden wie seine kurzen krummen Beine und die affenartig langen, muskulösen Arme, die wie sein ganzer Körper mit spärlichen Haaren bedeckt waren.

Die Fremden waren noch zu weit entfernt, um als Menschen erkennbar zu sein, und ihre Anzahl ließ sich bei oberflächlicher Schätzung auf etwa zwei bis drei Dutzend annehmen. Aber sobald der Wächter über diese zwei Umstände sicher war, stieg er von der Zinne herab, setzte sich auf der breiten Straße jenseits der Mauer in munteren Trab und verschwand hinter den verfallenden Tempelbauten.

Cadsch, der Hohepriester von Opar, hockte unter dem Schatten eines der riesigen Bäume, die den Garten des alten Tempels überdachten. Bei ihm saßen ein Dutzend Mitglieder der niederen Priesterschaft, die jetzt das plötzliche Hereinstürzen eines untergeordneten Angehörigen des Stammes von Opar höchlich überraschte. Der Bursche hastete atemlos zu Cadsch.

Cadsch, rief er, fremde Männer kommen nach Opar herunter. Vom Nordwesten aus über die absperrenden Höhenzüge hinweg haben sie das Tal betreten – es sind wenigstens fünfzig. Ich sah sie, als ich auf der Zinne der Außenmauer Wache hielt. Seit der große Tarmangani zu uns kam, sind keine Fremden mehr in Opar gewesen.

Es ist viele Monde her, seit der große Tarmangani, der sich Tarzan nannte, unter uns weilte, sagte Cadsch. Er versprach uns, noch vor der Regenzeit zurückzukehren, um zu sehen, ob La kein Leid geschehen sei, aber er kam nicht. La hat stets behauptet, daß er tot sei. Hast du einem anderen etwas von dem erzählt, was du gesehen hast? fragte er sich dann plötzlich wieder an den Boten wendend.

Nein, entgegnete dieser.

Gut, rief Cadsch. Kommt, wir wollen nach der Außenmauer gehen und sehen, wer es wagt, Opar zu betreten. Keiner von euch spreche ein Wort über das, was Blagh uns gemeldet hat. Der Hohepriester ging mit seinem Gefolge vom Garten nach der Außenmauer. Von dort aus beobachteten sie das Vorrücken des fremden Trupps, der sich nunmehr in voller Sicht befand. Die Aufpasser unterhielten sich in den leisen Kehltönen der Riesenaffen, zwischen die sie ab und zu andere Worte und Redensarten mischten, die zweifellos verstümmelte Formen der alten ererbten Sprache der Atlantis darstellten.

Aber während Cadsch und seine Begleiter nach den Fremden spähten, die sich mühsam im Scheine der untergehenden Äquatorsonne durch das felsige, zerklüftete Tal ihren Weg bahnten, erblickte sie auch ein kleiner Affe auf einem der Riesenbäume, die sich gewaltsam ihren Raum durch das Pflaster der alten Allee gebrochen hatten. Das feierlich dreinsehende Äffchen mit trübseligem Gesichtsausdruck war wie alle seiner Art von solcher Neugierde erfüllt, daß es seine Scheu vor den wilden Männern von Opar größtenteils überwand und sich zuletzt geschmeidig vom Baume herab auf das Pflaster schwang. Dann machte es sich durch das Tor der Innenmauer auf die Zinne der Außenmauer und suchte hinter einem der massiven Granitblöcke der verfallenden Wälle einen Posten, von dem aus es die Unterhaltung der Oparier belauschen konnte.

Der Abend neigte sich bereits, ehe die langsam vorrückende Abteilung nahe genug war, um einzelne Personen erkennen zu können. Jetzt rief einer der jüngeren Priester erregt:

Er ist es, Cadsch. Es ist der große Tarmangani, der sich Affentarzan nennt. Ich kann ihn deutlich erkennen. Die übrigen sind lauter Schwarze. Er treibt sie an, indem er sie mit dem Speer sticht. Sie stellen sich an, als ob sie voller Furcht und ganz erschöpft wären, aber er zwingt sie, vorwärts zu gehen.

Bist du sicher, fragte Cadsch, bis du ganz sicher, daß es Affentarzan ist?

Ich bin dessen sicher, erwiderte der Sprecher und ein weiterer der Priester bestätigte die Wahrnehmungen seines Genossen. Endlich waren die Fremden so nahe, daß selbst Cadsch, dessen Augen nicht mehr so gut waren wie die seiner jüngeren Begleiter, erkannte, es sei Affentarzan.

Tarzan darf Opar nicht betreten, rief jetzt Cadsch. Eilt und holt hundert Kriegsleute. Wir wollen ihnen entgegentreten, wenn sie durch die Tore der Außenmauer rücken, und sie einen nach dem andern erschlagen.

Aber was wird La sagen, rief einer. Ich weiß, daß La dem Affentarzan die Freundschaft Opars versprochen hat, als er sie vor nunmehr vielen Monden vor den Stoßzähnen des tollgewordenen Tantor rettete.

Still, grollte Cadsch, er darf nicht hereinkommen. Wir müssen sie alle töten, aber wir brauchen ihre Persönlichkeit nicht eher zu erkennen, als bis es zu spät ist. Versteht ihr wohl? Und merkt euch dazu, daß jeder, der meine Absichten zu durchkreuzen sucht, stirbt – und sollte er nicht als Opfer sterben, dann stirbt er von meinen Händen, aber er stirbt! Hörst du? Damit deutete er mit seinem Finger auf den zitternden Priester.

Manu, das lauschende Äffchen, war in höchster Erregung. Er kannte Affentarzan und wußte, daß er an ihm einen Freund und Beschützer hatte. Aber die Männer von Opar waren für ihn grausame Geschöpfe, die seinesgleichen aßen. Groß war daher seine Erregung über das Komplott gegen den großen Tarmangani. Er kratzte sich auf dem kleinen grauen Kopf, an der Schwanzwurzel und auf dem Bauche, suchte im Geiste das Gehörte zu verdauen, und legte sich in den Windungen seines kleinen Gehirns einen Plan zurecht, wie er den Priester anführen und Affentarzan retten könne. Er schnitt dem ahnungslosen Cadsch und seinen Begleitern groteske Grimassen, die aber völlig wirkungslos blieben, weil ein ungeheurer Granitblock den kleinen Affen vor ihnen verbarg. Von allen Vorfällen im Leben Manus war dieser der wichtigste. Am liebsten wäre er in die Höhe gesprungen, hätte getanzt, gekreischt und geschnattert, um die verhaßten Oparier zu beschimpfen und zu bedrohen, aber irgend etwas sagte ihm, daß ihn die Priester dann höchstens mit Steinen werfen würden. Nun ist Manu zwar kein tiefer Denker, aber bei dieser Gelegenheit bekam er es doch fertig, seine Gedanken auf den vorliegenden Gegenstand gesammelt zu halten, statt sich durch jedes raschelnde Blatt oder summende Insekt davon abbringen zu lassen.

Gerade bei Anbruch der Dunkelheit sah Cadsch in fünfzig Schritt Entfernung ein kleines graues Äffchen über die Mauer des Außenwalles verschwinden. Aber die Äffchen waren in den Ruinen Opars so zahlreich, daß der Vorfall ebenso rasch aus Cadschs Gedanken entschwand wie das Äffchen aus dem Gesichtskreis, und im hereinbrechenden Düster konnte er nicht beobachten, daß die kleine graue Gestalt von der Mauer aus über den Talgrund auf den Trupp der Eindringlinge zueilte, die am Fuße eines großen Kopjes haltmachten, das eine Meile von der Stadt entfernt im Tale allein stand.

Der kleine Manu fürchtete sich sehr, als er so allein draußen in der zunehmenden Dunkelheit war, und eilte mit hoch nach hinten gestrecktem Schwanze weiter. Alle Augenblicke warf er ängstliche Blicke nach rechts und links. Kaum hatte er das Kopje erreicht, als er so schnell er konnte, dessen Seite hinaufkletterte. Es war ein ungeheurer, jäher Granitfels mit fast lotrechten Wänden, die aber genug von der Witterung zerfressen waren, um Manu einen leichten Aufstieg zu ermöglichen. Auf dem Gipfel hielt er einen Augenblick an, um Atem zu schöpfen und das Klopfen seines kleinen Herzens sich beruhigen zu lassen. Dann nahm er seinen Weg rund herum nach einer Stelle, von der aus er auf den Trupp unten hinunterschauen konnte.

Wahrhaftig, da war der große Tarmangani Tarzan und bei ihm waren etwa fünfzig Gomangani, die eine Anzahl langer, gerader Stangen zusammenbanden, die sie in zwei parallelen Linien auf den Boden gelegt hatten. Quer über diese, in Abständen von einem Fuße oder mehr, banden sie kleine, etwa einen halben Meter lange, gerade Äste fest, bis das Ganze eine zwar rohe aber haltbare Leiter bildete. Was das alles sollte, konnte Manu natürlich nicht einsehen. Flora Hawkes reger Verstand hatte diese Sache als Mittel zur Ersteigung des steilen Kopje ausgedacht, dessen Gipfel den Eingang zu der Schatzkammer von Opar in sich barg. Manu konnte natürlich auch nicht wissen, daß der Trupp gar nicht die Absicht hatte, die Stadt Opar zu betreten, und daher auch nicht in Gefahr war, Opfer der verborgen liegenden Mörderbande Cadschs zu werden. Für ihn war Tarzan offenbar in Gefahr, also beeilte er sich, den Freund seines Volkes zu warnen.

Tarzan, schrie er in der Sprache, die ihnen beiden geläufig war.

Der Weiße und die Schwarzen sahen beim Klang seiner schnatternden Stimme auf.

Tarzan, fuhr das Äffchen fort, Manu warnt dich, nicht nach Opar zu gehen. Cadsch und seine Leute lauern hinter dem Außenwall, um euch zu töten.

Als die Schwarzen merkten, daß nur ein kleiner grauer Affe die Ursache der Störung war, machten sie sich wieder an ihre Arbeit, während der weiße Mann sich ebensowenig um seine Warnungsworte kümmerte. Manu war über diesen Mangel an Aufmerksamkeit bei den Schwarzen nicht überrascht, denn er wußte, daß diese seine Sprache nicht verstanden, aber daß Tarzan ihm keinerlei Aufmerksamkeit schenkte, ging über seine Begriffe. Wieder und wieder rief er ihn beim Namen. Wieder und wieder kreischte er dem Affenmenschen seine Warnung zu, ohne aus dem großen Tarmangani eine Antwort oder Mitteilung herauszulocken, daß er ihn gehört oder verstanden habe. Manu war wie vor den Kopf geschlagen. Was konnte Affentarzan gegen die Warnungen seines alten Freundes so gleichgültig gemacht haben?

Der kleine Affe gab es endlich auf und sah sehnsüchtig nach den Bäumen innerhalb von Opars Wällen. Mittlerweile war es ganz finster geworden und er zitterte bei dem Gedanken, das Tal wieder durchqueren zu müssen, in dem er seine Feinde bei Nacht auf der Streife wußte. Er kratzte sich am Kopf und schlang die Arme um die Knie, dann saß er winselnd da, ein völlig verlassenes, kleines Häufchen von Unglücksaffe. Aber so unbehaglich es auch auf dem hohen Kopje sein mochte, er war dort sicher und entschloß sich, lieber über Nacht oben zu bleiben, als den schauerlichen Rückweg in der Dunkelheit anzutreten. So sah er es denn mit an, wie die Leiter fertiggestellt und an die Wand des Kopje gelehnt wurde. Als dann der Mond aufging und die Szene beleuchtete, sah er, wie Affentarzan seine Leute zwang, die Leiter zu besteigen. Er hatte Tarzan noch nie so roh und grausam mit seiner schwarzen Begleitung umgehen sehen.

Mit offenbarem Widerstreben bestiegen die Schwarzen einer nach dem anderen die Leiter, wobei sie der scharfe Speer des weißen Mannes dauernd zu größerer Eile antrieb. Als sie alle oben waren, folgte Tarzan als letzter, und Manu sah, wie alle im Herzen des großen Felsens verschwanden.

Kurz Zeit später tauchten sie wieder auf. Jeder trug zwei schwere Gegenstände, die sie an die Kante des Felsens brachten und auf den Talgrund hinunterwarfen. Als dann der letzte Schwarze sich seiner Last entledigt hatte, stiegen alle wieder einzeln die Leiter hinab. Aber diesmal kam Affentarzan zuerst. Dann nahmen sie die Leiter weg, legten sie nahe an den Fuß des Felsens, nahmen ihre Lasten auf und folgten dem die Spitze nehmenden Tarzan auf seinen Weg zurück nach dem Talrande.

*

Manu mußte geschlafen haben. Er dachte, er habe nur für einen Augenblick die Augen geschlossen, aber als er sie wieder öffnete, breitete sich bereits das rosige Licht des Morgens über das verlassene Tal. Im Nordwesten konnte er eben die letzten von Tarzans Trupp gerade über den Felsklüften verschwinden sehen, als sie den Abstieg auf der anderen Seite der Höhe begannen. Dann wandte sich Manu nach Opar und schickte sich an, das Kopje hinabzuklettern und sich wieder nach seinen sicheren Bäumen innerhalb der Mauern von Opar zu begeben. Aber erst wollte er sich umsehen – Sheeta, der Leopard, konnte noch unterwegs sein, deshalb kletterte er rund um den Rand des Kopje bis an eine Stelle, von der aus er den ganzen Talgrund zwischen sich und Opar übersehen konnte. Da sah er aus dem verfallenen Außentor Opars ein volles Hundert der wilden Männer von Opar herausstürzen.

Sie schienen nach dem Kopje zu rücken, und Manu blieb sitzen und beobachtete ihr Anrücken, wobei er beschloß, seine Rückkehr nach der Stadt aufzuschieben, bis der Weg von den verhaßten Opariern wieder frei war. Dabei fiel ihm ein, sie könnten vielleicht seinetwegen kommen. Der Eigendünkel der niederen Tiere ist nämlich ungewöhnlich stark. Da er ein Affe war, schien ihm ein solcher Gedanke keineswegs lächerlich, so barg er sich denn hinter einem zackigen Felsblock und wies dem Feinde nur eines seiner kleinen glänzenden Augen. Er sah, wie jene immer näher kamen und seine Erregung wuchs. Näher und näher kamen sie, aber sie machten gar nicht am Kopje halt. Da dämmerte es im winzigen Gehirn des Äffchens: Cadsch und seine Leute waren auf der Verfolgung Affentarzans.

Manu hatte Tarzans Gleichgültigkeit von der Nacht zuvor längst vergessen; jetzt geriet er wegen der Gefahr, die er dem Affenmenschen drohen sah, in ebenso große Erregung wie am vorhergehenden Abend. Erst dachte er daran, vorauszulaufen und Tarzan wieder zu warnen, aber er wollte sich nicht so weit von den Bäumen Opars wegwagen. Ein paar Minuten hockte er aufmerksam da und wartete, bis alle am Kopje vorbei waren, dann wurde es ihm ganz klar, daß sie genau nach der Stelle zogen, an der er den letzten von Tarzans Leuten hatte verschwinden sehen – es konnte kein Zweifel darüber bestehen, daß sie den Affenmenschen verfolgten.

Manu kletterte mit der Gewandtheit seiner Gattung die senkrechte Wand des Kopje hinab und sauste nach der Stadtmauer davon. La, die Hohepriesterin und Fürstin von Opar, badete in Gesellschaft mehrerer ihrer Priesterinnen im Teiche der Tempelgärten, als sich ein kreischendes Äffchen vom Zweige eines großen, den Teich überschattenden Baumes an seinem Schwanze herunterhängen ließ und wild hin- und herschwang.

La, La, kreischte es, sie sind fort um Tarzan zu töten! Sie sind fort um Tarzan zu töten!

Beim Klang dieses Namens zeigte La im Nu gespannteste Aufmerksamkeit. Gürteltief im Wasser stehend sah sie zu dem Äffchen auf. Was meinst du, Manu? fragte sie. Viele Monde ist es her, seit Tarzan in Opar war. Er ist auch jetzt nicht hier. Wovon redest du?

Ich sah ihn, kreischte Manu. Letzte Nacht sah ich ihn mit vielen Gomangani. Er kam zum großen Felsen, der im Tale vor Opar liegt. Mit allen seinen Leuten erklomm er dessen Gipfel; sie traten ins Innere des Berges und kamen mit Steinen zurück, die sie ins Tal hinabwarfen. Nachher stiegen sie vom Felsen herab, sammelten die Steine wieder auf und verließen das Tal – dorthin, und dabei deutete Manu mit einem seiner kleinen behaarten Finger in die Richtung.

Woher weißt du, daß es Affentarzan war? fragte La.

Sollte Manu seinen Vetter und Freund nicht kennen? fragte das Äffchen. Mit eigenen Augen sah ich ihn. Es war Affentarzan.

La von Opar zog gedankenvoll die Brauen zusammen. Tief in ihrem Herzen glomm das Feuer ihrer großen Liebe zu Tarzan. Dies Feuer war nach dem letzten Wiedersehen mit dem Affenmenschen ausgelöscht worden, als die Notwendigkeit sie zwang, Cadsch zum Gemahl zu nehmen. Denn nach den Gesetzen von Opar muß die Hohepriesterin des Feuergottes innerhalb einer gewissen Reihe von Jahren nach ihrer Weihe einen Gatten nehmen. Viele Monate lang hatte sich La danach gesehnt, Tarzan zu diesem Gatten zu machen. Aber der Affenmensch hatte ihre Liebe nicht erwidert und schließlich war sie sich darüber klar geworden, daß er sie nicht lieben könne. Da hatte sie sich in ihr schreckliches Geschick gefunden, das sie in Cadsch Arme führte.

Als Monat auf Monat verging, ohne daß Tarzan, wie er versprochen hatte, nach Opar zurückkehrte, um zu sehen, ob La kein Leid geschehen sei, glaubte auch sie wie Cadsch, daß der Affenmensch tot sei, und obgleich sie den abstoßenden Cadsch darum nicht weniger haßte, schwand doch ihre Liebe zu Tarzan bis auf eine kummervolle Erinnerung. Die Nachricht, er lebe und sei so nahe gewesen, riß die alten Wunden wieder auf. Anfangs begriff sie nur, daß Tarzan nahe bei

Opar gewesen war, aber Manus Gekreisch machte ihr begreiflich, daß dem Affenmensch Gefahr drohe.

Wer ist fort, um Affentarzan zu töten? fragte sie dann plötzlich.

Cadsch, Cadsch, schrie Manu. Er ist fort mit vielen, vielen Männern und folgt Tarzans Spur.

La sprang hastig aus dem Teich, entriß der Dienerin ihren Gürtel und ihre Schmucksachen, legte sie in aller Eile an und lief durch den Garten nach dem Tempel.

## Du mußt ihn opfern

Vorsichtig und verstohlen kroch Cadsch mit seinen hundert keulen- und messerbewaffneten Mannen auf der Verfolgung des Weißen und seiner schwarzen Genossen über die Wasserscheide ins Tal hinab. Sie brauchten nicht zu eilen, denn sie hatten schon von der Zinne der Oparer Außenmauer bemerkt, daß die Abteilung, der sie folgten, sich sehr langsam bewegte, obgleich sie die Gründe dafür nicht kannten. Aus der Entfernung konnten sie nicht sehen, daß jeder der Schwarzen eine Last trug. Außerdem hatte Cadsch nicht die Absicht, seine Opfer bei Tage anzugreifen. Sein Plan bestand darin, sie heimlich in der Nacht zu überfallen, wobei die Plötzlichkeit seines Angriffs verbunden mit der großen Zahl seiner Leute mit Leichtigkeit das im Schlafe liegende Lager in Verwirrung bringen und überwältigen mußte. Die Fährte war so deutlich zu sehen, daß ein Irrtum gar nicht möglich war. Sie zogen langsam den sanften Hang nach dem Talgrund hinab. Kurz vor Morgen brachte sie die Entdeckung einer Dornenboma, die kürzlich auf der kleinen Lichtung vor ihnen erbaut worden war, zum Halten. Aus der Mitte der Borna erhob sich der dünne Rauch eines erlöschenden Feuers. Hier mußte also das Lager des Affenmenschen sein.

Cadsch versteckte seine Leute im Schutz der dichten, die Fährte einfassenden Büsche und entsandte einen einzelnen Mann zur Erkundung. Wenige Augenblicke später kam dieser mit der Meldung zurück, das Lager sei verlassen, und Cadsch rückte mit seinen Leuten weiter vor. Beim Betreten der Boma suchten sie festzustellen, wie stark die Begleitung Tarzans gewesen sein konnte. Als sie noch dabei waren, sah Cadsch etwas halb unter den Büschen verborgen am anderen Ende der Boma liegen und näherte sich ganz vorsichtig, da er die halb im Grase versteckte Gestalt eines Menschen zu erkennen glaubte.

Mit hocherhobenen Keulen schlichen ein Dutzend seiner Leute näher und sahen die leblose Gestalt Tarzans vor sich liegen.

Der Feuergott hat seine Hand ausgestreckt, um die Schändung seines Altars zu rächen, rief der Hohepriester, dessen Augen vom irrsinnigen Feuer des Fanatismus glühten. Ein anderer Priester kniete neben der Gestalt des Affenmenschen nieder und legte sein Ohr an dessen Herz.

Er ist nicht tot, flüsterte er, er schläft vielleicht nur.

Dann packt ihn, schnell! rief Cadsch. Im Nu verschwand Tarzans ganzer Körper unter den behaarten Gestalten, die sich auf ihn warfen. Er leistete keinerlei Widerstand – er öffnete nicht einmal die Augen, und alsbald waren ihm die Arme sicher auf den Rücken gebunden.

Schleppt ihn dahin, wo das Auge des Feuergottes auf ihn ruhen kann, rief Cadsch. Sie schleiften Tarzan ins volle Sonnenlicht nach der Mitte der Boma und Cadsch, der Hohepriester, zog sein Messer aus dem Lendentuch, schwang es hoch über dem Kopfe und trat über die langgestreckte Gestalt seines Opfers.

Obgleich seinen Begleitern nicht recht wohl bei der Sache schien, widersprach ihm doch nur ein einziger.

Cadsch, sagte er, wie kommst du dazu, dem Feuergott ein Opfer darzubringen? Das ist das Vorrecht unserer Königin und Hohepriesterin La, und sie wird dir bitter zürnen, wenn sie hört, was du getan hast.

Schweige, Dooth! rief Cadsch. Ich, Cadsch, bin der Hohepriester von Opar. Ich, Cadsch, bin der Gemahl der Königin La. Mein Wort ist Gesetz in Opar wie das ihre. Wenn dir dein Leben lieb ist, dann schweige.

Dein Wort ist nicht Gesetz, erwiderte Dooth zornig, und wenn du La, die Hohepriesterin, erzürnst oder den Feuergott kränkst, kannst du bestraft werden wie jeder andere. Wenn du jetzt dieses Opfer vollziehst, sind beide gekränkt.

Genug der Worte, rief Cadsch. Der Feuergott hat zu mir gesprochen und von mir verlangt, daß ich ihm diesen Schänder seines Tempels zum Opfer bringe.

Er kniete bei dem Affenmenschen nieder und berührte erst dessen Brust in der Herzgegend mit der scharfen Klinge, dann hob er die Waffe hoch empor und schickte sich zu dem tödlichen Stoß in das kräftig schlagende Herz an. Da überzog eine Wolke das Antlitz der Sonne und warf ihren Schatten auf die Gruppe. Aus der Reihe der Priester ließ sich Gemurmel hören.

Seht ihr, rief Dooth, der Feuergott ist erzürnt. Er verhüllt sein Antlitz vor dem Volke Opars.

Cadsch hielt an. Er warf einen halb trotzigen, halb ängstlichen Blick nach der die Sonne verdunkelnden Wolke. Dann erhob er sich langsam auf die Füße, streckte seine erhobenen Arme dem verhüllten Gott des Tageslichtes entgegen und verharrte einen Augenblick lang schweigend in anscheinend aufmerksamer und lauschender Haltung. Plötzlich wandte er sich seinem Gefolge zu.

Priester von Opar, rief er, der Sonnengott hat zu seinem Hohepriester, Cadsch, gesprochen. Er ist nicht erzürnt. Aber er wünscht zu mir allein zu sprechen und er befiehlt, ihr sollt in die Dschungel gehen und dort warten, bis er gekommen ist und zu Cadsch gesprochen hat. Geht!

Die Mehrzahl schien Cadschs Wort als Gesetz anzunehmen, aber Dooth und einige andere, denen wohl größerer Zweifel innewohnte, zögerten.

Fort mit euch! befahl Cadsch. Und so groß ist die Macht der Gewohnheit beim Gehorchen, daß sich die Zweifler schließlich wegwandten und sich in der Dschungel mit den übrigen zerstreuten. Ein schlaues Lächeln zog über das Gesicht des Hohepriesters, als der letzte von ihnen aus der Sicht verschwand. Dann wandte er seine Aufmerksamkeit wieder dem Affenmenschen zu. Daß tief in seiner Brust noch eine gewisse angeborene Furcht vor der Gottheit lauerte, zeigte sich darin, daß er fragende Blicke auf den Himmel warf. Er wollte den Affenmenschen töten, solange Dooth und die andern nicht da waren, aber eine abergläubische Scheu hielt ihm die Hand zurück, bis das Licht seiner Gottheit wieder auf ihn scheinen würde.

Endlich konnte Cadsch sehen, daß die Sonne den Rand der Wolke erreichte, und jetzt nahm er wieder mit bereitgehaltenem Messer seine kniende Stellung neben dem Affenmenschen ein. Er sah den Lichtstreifen langsam über die Boma auf sich zuhuschen, noch einen Augenblick und der Flammengott würde das Siegel der Billigung auf das Opfer drücken. Cadsch zitterte im Vorgefühl. Er hob das Messer ein wenig höher, und straffte schon die Muskeln für den Stoß, da unterbrach die fast kreischende Stimme eines Weibes die Stille der Dschungel.

Cadsch! Nur dies eine Wort wurde vernehmlich, aber es wirkte in all seiner Plötzlichkeit wie ein Blitz vom heiteren Himmel.

Mit immer noch hochgehaltenem Messer drehte sich der Hohepriester der Störung zu. An der Ecke der Lichtung stand die Gestalt Las, der Hohepriesterin, und hinter ihr Dooth und ein Dutzend der niederen Priester.

Was soll das bedeuten, Cadsch? fragte La voll Empörung, während sie rasch über die Lichtung auf ihn zukam. Mürrisch erhob sich der Hohepriester.

Der Feuergott forderte das Leben dieses Ungläubigen, rief er.

Elender Lügner, entgegnete ihm La, der Feuergott verkehrt mit den Menschen nur durch die Lippen seiner Hohepriesterin. Zu oft schon hast du gesucht, den Willen deiner Königin zu durchkreuzen. Wisse denn, Cadsch, daß die Gewalt über Leben und Tod, die deine Königin besitzt, bei dir so wirksam ist als bei den andern. Die Sage meldet uns, daß mehr als einmal in den Jahrtausenden, seit Opar besteht, ein Hohepriester auf dem Altar des Feuergottes geopfert wurde. Es scheint mir nicht undenkbar, daß noch ein weiterer den Weg der Anmaßenden gehen könnte. Zügle deine Eitelkeit und deinen Machthunger, daß sie dir nicht zum Verderben gereichen.

Cadsch steckte sein Messer in die Scheide und kehrte sich mürrisch ab, aber nicht ohne Dooth, dem er seine Niederlage zuschrieb, einen giftigen Blick zuzuwerfen. Daß er für den Augenblick durch die Gegenwart der Königin in seine Schranken zurückverwiesen war, ließ sich sehen, aber wer Cadsch kannte, wußte, daß er immer den Affenmenschen beseitigen würde, sobald sich Gelegenheit dazu bot, denn Cadsch hatte im Volke und unter den Priestern von Opar eine starke Anhängerschaft. Viele zweifelten, ob es La wagen werde, das Mißvergnügen und den Zorn einer so einflußreichen Partei durch Beseitigung ihres Hohepriesters auf sich zu ziehen.

Jahrelang hatte sie bald diese, bald jene Ausrede gefunden, um die Zeremonien hinauszuschieben, die sie mit dem Hohepriester ehelich vereinigten. Sie hatte durch fühlbare Beweise ihrer Schwäche für den Affenmenschen die Gegnerschaft ihres Volkes erregt, und als sie schließlich notgedrungen Cadsch zum Gatten nahm, verbarg sie ihren Haß gegen Cadsch keineswegs. Da Cadsch alle diese Umstände kannte, war es nicht weiter verwunderlich, daß er hochverräterische Absichten gegen seine Königin hegte. Oah, eine Priesterin, die nach der Macht und Würde Las strebte, hielt zu ihm. Wenn La beseitigt war, hatte Cadsch genug Einfluß, um Oah zur Hohepriesterin zu machen. Oah wollte ihn dafür zum Gatten nehmen und als König herrschen lassen. Zwar vorderhand hielten sich die beiden noch zurück, aber es bedurfte nur eines kleinen Funkens, um die Flammen des Verrats um La emporlodern zu lassen.

Als sie dem Hohepriester die Opferung Tarzans untersagte, war sie in vollem Rechte. Aber ihr Schicksal, vielleicht ihr Leben hing von der Behandlung ab, die sie dem Gefangenen angedeihen ließ. Schonte sie ihn, ließ sie sich nur das geringste von ihrer früheren Liebe merken, dann war ihr Geschick besiegelt.

Cadsch und die übrigen beobachteten sie scharf, als sie zu Tarzan hinübertrat. Sie sah einige Augenblicke schweigend auf ihn hinab.

Ist er tot? fragte sie.

Als Cadsch uns fortschickte, war er noch nicht tot, erklärte Dooth bereitwillig. Wenn er jetzt tot ist, muß ihn Cadsch während unserer Abwesenheit getötet haben.

Ich tötete ihn nicht, sagte Cadsch. Das ist Sache unserer Königin. Hohepriesterin von Opar, das Auge des Feuergottes ruht auf dir, das Messer ist an deiner Seite, das Opfer liegt vor dir bereit.

Ohne sich um die Worte des Mannes zu kümmern, wandte sich La zu Dooth. Wenn er noch am Leben ist, dann fertigt eine Bahre und bringt ihn nach Opar.

So kam Affentarzan abermals in die alte Pflanzstadt der Atlantis.

Die Wirkung des ihm durch Kraski beigebrachten Betäubungstrankes ließ erst nach vielen Stunden nach. Als er die Augen öffnete, war es Nacht und für einen Augenblick war er von der umgebenden Dunkelheit und dem herrschenden Schweigen ganz verwirrt. Alles, was er zunächst durch den Geruch feststellen konnte, war, daß er auf einem Lager aus Fellen lag. Allmählich brach sich die Erkenntnis über den Streich Bahn, den man ihm gespielt hatte. Wie lange er ohne Besinnung gelegen hatte und wo er sich gegenwärtig befand, konnte er sich noch nicht denken. Langsam erhob er sich auf die Füße und merkte, daß er, abgesehen von einem geringen Schwindelgefühl, wieder Herr seiner selbst war. Vorsichtig fühlte er in der Dunkelheit herum, wobei er eine Hand vorausstreckte und Schritt für Schritt erst mit dem Fuße sicheren Grund suchte. Fast unmittelbar hemmte eine steinerne Wand seinen Weg, der folgend er bald herausfand, daß er sich in einem kleinen Raum mit zwei gegenüberliegenden Türen befand. Hier waren ihm nur sein Gefühls- und Geruchsinn von Nutzen. Diese beiden sagten ihm, daß er sich in einer unterirdischen Kammer befinde. Bald war Tarzan überzeugt, daß er mit den im Raume herrschenden Düften vertraut sei. Auf einmal drang zu ihm von oben durch Erde und Mauerwerk ganz schwach ein unheimlicher Schrei, dessen Klang lebhafte Erinnerungen hervorrief. Jetzt wußte er, daß er sich in einer Kammer unter Opar befand.

Über ihm, in ihrem Tempelzimmer, warf sich die Hohepriesterin La ruhelos auf ihrem Lager herum. Sie kannte die Stimmung ihres Volkes und Cadschs Verräterei nur zu gut. Sie vermutete ganz mit Recht, daß Cadsch ihre Untertanen gegen sie aufwiegeln werde, wenn sie sich diesmal der Opferung des Affenmenschen entziehen würde. Ihre Anstrengung, einen Ausweg zu finden, ließ sie ohne Schlaf, denn La brachte es nicht über das Herz, Tarzan zu opfern. Zweimal zuvor war er ihrem Opfermesser entgangen; im letzten Moment hatte die Liebe doch über Eifersucht und Fanatismus triumphiert, und das Weib in La hatte erkannt, daß sie nie und nimmer das Leben des geliebten Mannes gefährden könne, so hoffnungslos ihre Liebe auch war.

Diesmal ging aber die Lösung der Aufgabe über ihre Kräfte. Ihre Ehe mit Cadsch vernichtete die letzte Hoffnung, je das Weib des Affenmenschen zu werden. Doch darum war sie nicht weniger entschlossen, Tarzan wenn irgend möglich zu retten. Zweimal hatte dieser ihr Leben beschützt, einmal als ein Priester toll geworden war, dann als Tantor sie bedrohte. Zudem hatte sie auch ihr Wort verpfändet, daß Tarzan bei seiner Wiederkehr nach Opar als Freund angesehen und empfangen werden solle. Aber Cadsch hatte großen Einfluß, und sie wußte, daß dieser Einfluß unablässig gegen den Affenmenschen am Werke war. Früher oder später würden sie ihr den Gehorsam aufkündigen, sie suchten nur noch nach einer Entschuldigung, die sie in ihrer künftigen Haltung gegen Affentarzan zu finden hofften. Spät nach Mitternacht kam zu ihr eine der Priesterinnen, die stets am Außentor ihrer Räume Wache hielten.

Dooth wünscht mit dir zu sprechen, flüsterte die Dienerin.

Es ist schon spät, erwiderte La und Männer haben zu diesem Teil des Tempels keinen Zutritt. Wie kommt er hierher und was will er?

Er sagt, er komme im Dienste Las, die in großer Gefahr schwebe, erwiderte das Mädchen.

So bringe ihn denn her, sagte La, aber so lieb dir dein Leben ist, sprich mit keinem darüber.

Ich bin stumm wie die Steine des Altars, antwortete das Mädchen.

Bald darauf brachte sie Dooth, der einige Schritte vor der Hohepriesterin stehen blieb und sie begrüßte. La gab dem Mädchen ein Zeichen, sich zurückzuziehen und wendete sich fragend an den Mann.

Sprich Dooth, befahl sie.

Wir kennen alle, sagte dieser, Las Liebe für den Fremden, und es steht mir, einem Unterpriester, nicht zu, über die Gedanken oder Handlungen meiner Hohepriesterin zu urteilen. Meine Pflicht ist, dir zu dienen, wie auch jene besser täten, die sich gegen dich verschwören.

Was willst du damit sagen, Dooth? Wer verschwört sich gegen mich?

Eben in diesem Augenblick entwerfen Cadsch, Oah und mehrere Priester und Priesterinnen einen Plan, dich zu stürzen. Sie haben dich mit Spionen umgeben, die dich bewachen, da sie wissen, daß du den Affenmenschen befreien willst. Jemand wird zu dir kommen und dir sagen, es sei die einfachste Lösung für dich, ihn entkommen zu lassen. Diese Persönlichkeit wird ein Abgesandter von Cadsch sein. Dann werden sie dich scharf überwachen und dem Volke und der Priesterschaft melden, daß sie gesehen haben, wie du das Opfer freigelassen hast. Aber selbst diese Freilassung wird keinen Wert für dich haben, denn Cadsch, Oah und die anderen haben auf dem aus Opar führenden Wege viele Männer in den Hinterhalt gelegt, die den Affenmenschen überfallen und erschlagen werden, ehe der Feuergott zweimal im westlichen Walde zur Ruhe geht. Es gibt nur einen Weg, dich zu retten, La von Opar. Du mußt eigenhändig den Affenmenschen auf dem Altar deines Tempels dem Feuergott opfern.

## Baummenschen

La hatte am nächsten Morgen nach ihrem Frühmahl Dooth mit Essen zu Tarzan geschickt, als eine junge Priesterin, Oahs Schwester, zu ihr kam. Noch ehe das junge Mädchen ein Wort gesprochen hatte, wußte La schon, daß sie eine Abgesandte von Cadsch war und daß der Verrat, vor dem sie Dooth gewarnt hatte, bereits im Gange war. Das Mädchen fühlte sich nicht ganz wohl bei der Sache und hatte augenscheinlich Angst. La hatte sich bereits einen Plan zurechtgelegt, der sicher für Cadsch und seine Mitverschworenen höchst ärgerlich sein mußte, und wartete schweigend darauf, daß das Mädchen sprechen sollte. Diese konnte zunächst keine Einleitung finden und sprach von allem Möglichen, das mit ihrem Auftrag gar nichts zu tun hatte, und die Hohepriesterin belustigte ihre Befangenheit.

Es kommt nicht oft vor, sagte La, daß die Schwester von Oah ungebeten zu den Gemächern ihrer Königin kommt. Ich bin erfreut, zu sehen, daß sie sich endlich des Dienstes erinnert, den sie der Hohenpriesterin des Feuergottes schuldet.

Schließlich sagte das Mädchen wie jemand, der eine auswendig gelernte Rolle hersagt: Ich kam, um dir mitzuteilen, was ich gehört habe und was du sogar sicher gerne vernehmen wirst.

Wirklich? fragte La, die geschwungenen Augenbrauen hochhebend.

Ich hörte, wie Cadsch mit den Unterpriestern sprach, fuhr das Mädchen fort. Er sagte, er wäre froh, wenn der Affenmensch entkäme, da das dich sowohl wie Cadsch aus großer Verlegenheit befreien würde. Ich dachte, La, die Königin, werde froh sein, das zu hören, da wir doch alle wissen, daß La dem Affenmenschen ihre Freundschaft zugesagt hat und darum nicht gewillt ist, ihn zu opfern.

Meine Pflicht liegt klar für mich, erwiderte La hochmütig, und ich brauche weder Cadsch noch eine Dienerin dazu, sie mir auseinanderzusetzen. Ich kenne auch die Vorrechte einer Hohenpriesterin und weiß, daß das Recht zur Opferung eines davon ist. Aus diesem Grunde hinderte ich Cadsch daran, den Fremden zu opfern. Keine andere Hand als meine darf sein Herzblut dem Feuergott darbringen. Heute in drei Tagen muß er auf dem Altar unseres Tempels unter meinem Messer sterben.

Enttäuschung und Ärger malten sich auf dem Gesicht von Cadschs Botin, die alsbald einen hinkenden Vorwand suchte, sich zurückzuziehen. Als sie aus Las Gegenwart verschwand, konnte diese kaum ein Lächeln unterdrücken. Oahs Schwester kehrte zu Cadsch zurück und berichtete, was La gesagt hatte. Der Hohepriester schäumte vor Ärger, denn sein Plan hatte nicht so sehr die Vernichtung Tarzans zum Ziele wie den Zweck, La zur Begehung einer Handlung zu verleiten, die ihr den Zorn des Volkes von Opar zuziehen mußte, das unter geeigneter Verhetzung ihr Leben als Sühne fordern würde. Oah, die bei der Rückkehr ihrer Schwester zugegen war, biß sich auf die Lippen, denn ihre Enttäuschung war groß. Nie war sie der langersehnten Möglichkeit, Hohepriesterin zu werden, so nahe gewesen. Einige Minuten ging sie in tiefem Sinnen auf und ab, dann machte sie plötzlich vor Cadsch halt. La liebt diesen

Affenmensch immer noch, sagte sie, und wenn sie ihn wirklich zum Opfer bringt, tut sie es nur aus Furcht vor ihrem Volke. Sie liebt ihn ganz anders, Cadsch, als sie dich je geliebt hat. Der Affenmensch weiß es und vertraut ihr, und weil er es weiß, gibt es einen Ausweg. Cadsch, höre auf Oah! Wir wollen jemand zu ihm senden, der behauptet, er komme von La und habe Anweisung, ihn aus Opar hinauszugeleiten und in Freiheit zu setzen. Unser Bote wird ihn in einen Hinterhalt führen und wenn er getötet ist, werden wir in großer Zahl vor La treten und sie des Verrates bezichtigen. Der Führer des Affenmenschen wird aussagen La habe es ihm befohlen, dann werden Priester und Volk in Grimm geraten, und du wirst Las Leben fordern. So werden wir beide zusammen los.

Gut, rief Cadsch. Beim nächsten Morgengrauen werden wir es vollbringen, und ehe der Feuergott abends zur Ruhe geht, soll er auf eine neue Hohepriesterin in Opar schauen.

In derselben Nacht wurde Tarzan durch ein Geräusch an einer der Türen seines Verließes aus dem Schlafe erweckt. Er hörte den Riegel zurückschnappen und das Tor leise in seinen alten Angeln kreischen. In der kohlschwarzen Finsternis konnte er keine Gestalt unterscheiden, aber er hörte das verstohlene Schleichen von Sandalen auf dem Steinboden, und eine Frauenstimme flüsterte durch die Dunkelheit seinen Namen.

Hier bin ich, erwiderte er. Wer bist du und was willst du von Affentarzan?

Dein Leben ist in Gefahr, komm und folge mir.

Wer sendet dich? fragte der Affenmensch.

La sandte mich, sagte die Botin, um dich aus dem Kerker von Opar in die Freiheit der Außenwelt jenseits der Stadtmauern zu führen. In der Dunkelheit herumtastend fand sie ihn schließlich. Hier sind deine Waffen, sagte sie, ihm diese in die Hand gebend. Dann nahm sie seine Hand und führte ihn aus dem Verließ, durch einen langen, gewundenen, immer gleichmäßig finsteren Gang, Treppen aus Jahrtausende altem Beton hinab, durch Flure und Stollen, Tor auf Tor aus alten, in rostigen Angeln krächzenden Türflügeln öffnend und schließend. Wie weit und wohin sie in dieser Weise wanderten, vermochte Tarzan nicht abzuschätzen. Von Dooth, der ihm zu essen gebracht hatte, hatte er genug herausgehört, um annehmen zu können, daß La ihm Freund sei und ihm helfen werde, denn Dooth hatte ihm erzählt, wie sie ihn vor Cadsch gerettet hatte. Als daher das Weib sagte, sie komme von La, folgte ihr Tarzan willig genug. Aber er mußte an Janes Prophezeiung denken, daß ihm sicher wieder

Unglück zustoßen werde, falls er darauf bestehe, einen dritten Zug nach Opar zu unternehmen. Er hatte nicht damit gerechnet gehabt, Opar zu betreten, aber über diese verwünschte Stadt schien ein böser Geist zu wachen, der niemand ungestraft dem verbotenen Fleck näherkommen und den vergessenen Schatzkammern einen Teil ihres großen Horts entreißen ließ.

Mehr als eine Stunde lang führte ihn seine Führerin durch das Dunkel unterirdischer Gänge, bis sie schließlich nach dem Ersteigen einer Treppe inmitten eines Dickichts aus Büschen auftauchten, durch die das bleiche Licht des Mondes kaum merklich hindurchschien. Das Weib folgte jetzt einem stets steigenden Pfade, der sich wie in einem Irrgarten durch einen dicht mit Unterholz verwachsenen Wald wand.

Aus der Stellung von Mond und Sternen wie aus dem Aufsteigen des Pfades ersah Tarzan, daß er in die hinter Opar liegenden Berge geführt wurde – er hätte nie daran gedacht, diese Gegend aufzusuchen, denn das Gelände sah rauh und wenig einladend aus und beherbergte kaum Wild. Die Natur des Pflanzenwuchses überraschte ihn, denn er hatte diese Berge für wüst gehalten. Während sie ihren Aufstieg weiter fortsetzten, stieg der Mond am Himmel höher, bis sein sanftes Licht den scharfen Augen des Affenmenschen die Geländeformen des Landes deutlicher enthüllte. Er sah, daß sie eine schmale, dicht mit Bäumen bestandene Schlucht emporstiegen. Im Osten verblaßten schon die Sterne, als die beiden eine steile Felswand erkletterten, die den oberen Abschluß des Hanges bildete, und dann auf ebenes Gelände kamen. Beim weiteren Vorgehen hellte sich der Himmel auf, und bald blieb die Frau, die bisher kein Wort mehr gesprochen hatte, am Rande eines Hanges stehen. Der Tag brach an und Tarzan sah vor sich tief zwischen Bergen einen mit Wald bewachsenen Kessel, während sich drüben, zwischen den Bäumen, in zwei oder drei Meilen Entfernung die Umrisse eines im Lichte der Morgensonne leuchtenden Gebäudes zeigten. Er drehte sich um nach seiner Begleiterin und sah mit Überraschung und Bestürzung La, die Hohepriesterin von Opar, vor sich stehen.

Du?! rief er. Nun hat Cadsch in der Tat den Vorwand, den er, wie Dooth sagte, braucht, um dich aus dem Wege zu räumen.

Dazu wird er keine Gelegenheit mehr haben, erwiderte La, denn ich werde niemals wieder nach Opar zurückkehren.

Nie wieder nach Opar zurückkehren! rief Tarzan. Wohin willst du gehen? Wohin kannst du gehen?

Ich will mit dir gehen, antwortete sie. Ich verlange keine Liebe von dir. Ich bitte dich, nimm mich von Opar und von meinen Feinden fort, die mich töten wollen. Ich hatte keinen anderen Weg. Ob ich dich rettete oder opferte, blieb sich für mich gleich. Sie waren entschlossen, mich auf die Seite zu schaffen, damit Oah Hohepriesterin und Cadsch König von Opar werden konnte. Aber ich hätte dich nie geopfert, Tarzan, unter keinen Umständen, und dies schien mir der einzige Weg, uns beide zu retten. Nach Norden oder Westen über die Ebene von Opar, konnten wir nicht gehen, dort hat Cadsch Krieger in den Hinterhalt gelegt, um dich zu überfallen, und obgleich du ein gewaltiger Krieger bist, hätten sie dich doch durch die Überzahl bewältigt und getötet.

Aber wohin willst du mich denn führen? fragte Tarzan.

Ich habe das kleinere von zwei Übeln gewählt. In dieser Richtung vor uns liegt ein unbekanntes Land, das unseren oparischen Sagen zufolge mit grimmigen Ungeheuern und merkwürdigen Bewohnern erfüllt ist. Noch nie hat sich ein Oparier da hineingewagt, der zurückgekehrt wäre. Aber wenn ein Geschöpf auf der Welt lebt, das sich durch dieses unbekannte Tal hindurchschlagen kann, dann bist du es.

Wenn du aber nichts von diesem Lande und seinen Bewohnern weißt, fragte Tarzan, wie kommt es dann, daß du den Weg so genau kennst, der dorthin führt?

Wir kennen den Pfad bis zum Gipfelgrat gut genug, aber nicht weiter. Die Riesenaffen und die Löwen benützen diesen Pfad, wenn sie nach Opar herunterkommen. Die Löwen können uns natürlich nicht sagen, wohin er führt, und die Riesenaffen tun es nicht, denn wir liegen meist mit ihnen im Kriege. Auf diesem Pfade kommen sie entlang, um uns Leute zu stehlen, und hier lauern wir ihnen auf, um sie zu fangen, denn wir brachten früher oft einen Riesenaffen dem Feuergott als Opfer dar. Aber seit vielen Jahren sind sie für uns zu schlau geworden, und sie rauben nur noch unsere Leute. Wir wissen aber nicht zu welchem Zwecke; es müßte denn sein, um sie zu essen. Jene sind eine ganz gewaltige Rasse, viel höher gewachsen als Bolgani der Gorilla, und unendlich viel schlauer.

Wieso müssen wir denn dieses Tal durchqueren, La, wenn wir aus Opar entkommen wollen? Es muß doch noch einen anderen Weg geben?

Es gibt keinen anderen Weg, Tarzan, erwiderte sie. Die Wege durch das Tal sind von Cadschs Leuten besetzt. Unsere einzige Aussicht auf Entkommen liegt in dieser Richtung, und ich habe dich den einzigen Weg geführt, der diese Opar nach Süden abschließende Felsklüfte durchbricht. Wir müssen durch oder um dies Tal gehen, um einen Weg über den Berg und die andere Seite hinab zu finden.

Der Affenmensch besah sich nachdenklich den bewaldeten Talkessel, während er die augenblickliche Frage überlegte. Allein hätte er das Tal von Opar trotz Cadschs Hinterhalt gefahrlos passieren können. Aber er mußte an La denken und sagte sich, daß sie ihm durch ihre Anstrengungen, die sie zu seiner Rettung unternommen hatte, eine bindende Verpflichtung auferlegte.

Das Klügste schien, den Kessel entlang zu gehen und sich dabei so weit wie möglich von jenem Gebäude fernzuhalten. Trotzdem verursachten ihm die gelegentlichen Blicke, die er auf das halb unter grünen Bäumen versteckte Gebäude tun konnte, eine so brennende Neugierde, daß er einen fast unwiderstehlichen Drang in sich spürte, die Sache zu untersuchen. Er nahm nicht an, daß der Kessel von mehr als nur von wilden Tieren bewohnt sei, und schrieb das Bauwerk lieber einem ausgestorbenen oder ausgewanderten Volke zu. Vielleicht hatten es auch die Oparier selbst gebaut und die Bauten waren von den Nachkommen vergessen worden. Die kurzen Blicke, die er auf das Gebäude tun konnte, ließen ihn eine Pracht und Größe ahnen, die auf einen Palast schließen ließ.

Der Affenmensch kannte keine Furcht. Aber wenn sich Menschen in größerer Zahl zusammenfanden, um ihn zu jagen, dann wußte er, daß ihm wirklich Gefahr drohte, weil ihm angesichts ihrer vereinigten Kraft und Intelligenz seine eigene nicht mehr half. Er sagte sich indessen, es bestehe wenig Wahrscheinlichkeit dafür, daß der Kessel von Menschenwesen bewohnt sei. Zweifellos waren diese Gebäude nur verlassene Ruinen, und die furchtbarsten Gegner, die ihm in den Weg kommen konnten, waren die Riesenaffen und die Löwen. Keinen von beiden brauchte er zu fürchten, mit den Affen durfte er sogar hoffen, freundschaftliche Beziehungen herstellen zu können. Da er den Ausgang aus dem Kessel auf der entgegengesetzten Seite vermutete, war es nur natürlich, wenn er die kürzeste Linie über den Kessel querhin zu nehmen suchte. Seine Geneigtheit, das Tal zu untersuchen, wurde demnach vom Vorteil größerer Schnelligkeit und Bequemlichkeit unterstützt.

Komm, sagte er zu La, und ging in der Richtung auf das Gebäude den abschüssigen Hang hinab.

Du willst doch nicht diesen Weg wählen? rief sie erschrocken.

Warum nicht? sagte er. Es ist der kürzeste Weg über das Tal, und soweit ich beurteilen kann, liegt aller Wahrscheinlichkeit nach unser Pfad über die Berge eher dort als anderswo.

Ich habe Furcht, sagte sie. Der Feuergott allein kann wissen, welch schauerliche Gefahren in den Gründen des Waldes vor uns verborgen liegen.

Wir müssen alle einmal sterben, sagte Tarzan. Sich stets davor zu fürchten, wendet den Tod nicht ab und verbittert uns nur das Leben. Laß uns nur den kürzesten Weg gehen, vielleicht sehen wir dabei Dinge, die unser Wagnis lohnen.

Sie folgten einem stark ausgetretenen Pfad, der anfänglich durch Gestrüpp führte, aber als sie dem Grunde näher kamen, nahmen die Bäume zu an Größe und Zahl, bis sie zuletzt unter dem Laubdach eines großen Waldes dahinschritten. Der Wind wehte von ihrem Rücken her und der Affenmensch war daher scharf auf der Hut, obgleich er mit geräumigen Schritten vorwärtsging. Auf der hartgetretenen Erde des Pfades ließen sich wenig Spuren erkennen, die über die Art der darüberwechselnden Geschöpfe hätten Auskunft geben können, aber da und dort war die Spur eines Löwen erkenntlich. Tarzan hielt oftmals an und lauschte, dann hob er wieder den Kopf und seine Nasenflügel bebten, als ob er nach einer Angabe suchte, die ihm die wehende Luft geben sollte.

Ich glaube, im Tale sind Menschen, sagte er dann. Ich bin seit einiger Zeit sicher, daß wir belauert werden. Aber der Beschleicher ist ungewöhnlich schlau, denn ich kann nur eine ganz schwache Andeutung von seiner Anwesenheit bekommen.

La sah sich ängstlich um und drängte sich an seine Seite. Ich kann niemand sehen, sagte sie ganz leise.

Ich auch nicht, erwiderte er. Ich finde nicht einmal eine klare Witterung, aber ich weiß ganz sicher, daß uns jemand folgt, der klug genug ist, seine eigene Witterung vor uns fernzuhalten. Aller Wahrscheinlichkeit nach geht er oben in den Bäumen entlang, hoch genug, daß seine Witterung über uns wegstreicht. Der Wind steht gerade richtig dafür, und selbst, wenn er über Wind wäre, könnten wir die Witterung doch nicht richtig fassen. Warte hier, ich will mich dessen versichern. Er schwang sich behende auf die Zweige eines nahen Baumes und kletterte mit der Gewandtheit Manus, des Äffchens, hinauf. Einen Augenblick später war er wieder an der Seite der Frau.

Ich hatte recht, sagte er, nicht weit von uns befindet sich jemand oder irgend etwas. Aber ob es ein Mensch oder ein Mangani ist, kann ich nicht sagen, denn diese Witterung ist mir neu und besagt entweder beides oder keines von beiden. Aber diesem Fall sind wir beide gewachsen. Komm! Er hob die Frau auf seine Schulter und schwang sich mit ihr hoch oben durch die Bäume.

La bestaunte wieder einmal die Stärke des Affenmenschen, der sie so mühelos von Baum zu Baum trug und mit solcher Geschwindigkeit durch die belaubten, schwingenden Pfade in der Luft hindurchflog. Eine halbe Stunde lang setzte er seinen Weg fort, dann hielt er plötzlich hoch oben auf einem federnden Ast an.

Schau! sagte er und deutete vor ihnen auf den Boden. Vor ihnen befand sich eine kleine, aus schweren Hölzern hergestellte Umzäunung, mit einem Dutzend Hütten, die ihre Aufmerksamkeit erregten. Hütten waren es offenbar, aber sie schienen sich in der Luft hin und her zu bewegen, einige pendelten langsam hin und her, andere dagegen zuckten in mehr oder weniger heftiger Bewegung auf und ab. Tarzan schwang sich zu einem Baume, der näher war und stieg bis zu einem kräftigen Ast hinab, auf den er La absetzte. Dann kroch er vorsichtig vorwärts, und das Weib folgte ihm, denn auch sie war, wie alle Oparier, auf den Bäumen einigermaßen heimisch. Bald konnten sie das Dorf klar vor sich sehen, und alsbald klärte sich das Geheimnis der tanzenden Hütten auf.

Sie zeigten die vielen afrikanischen Stämmen eigene Bienenkorbform, waren etwa zweieinhalb Meter hoch und hatten ebensoviel Durchmesser; aber statt auf dem Boden aufzustehen, hing jede Hütte an einem tauartigen Grasseil von einem Zweig der großen Bäume herab, die im Innern der Umzäunung wuchsen. Mitten aus dem Boden jeder Hütte hing ein anderes Seil heraus. Von seinem Standpunkt hoch über ihnen konnte Tarzan keine Öffnung in einer der Hütten sehen, die groß genug gewesen wäre, um einen Menschen durchzulassen. Im Inneren der Umzäunung hockten mehrere Einwohner des Dorfes, wenn die kleine Sammlung von schwingenden Häuschen einen solchen Namen verdiente. Diese Bewohner schienen Tarzan nicht weniger merkwürdig als ihre eigenartigen Wohnstätten. Daß sie Neger, wenn auch von einer dem Affenmenschen völlig unbekannten Art, waren, ließ sich klar sehen. Mit Ausnahme einiger regellos auf die Körper gekleckten Farbflecken waren alle unbekleidet und ohne jeden Schmuck. Sie waren groß und äußerst muskulös, obgleich ihre Beine zu kurz und ihre Arme zu lang waren, während die Gesichter fast tierische Formen aufwiesen. Während Tarzan sie betrachtete, sah er einen Neger an einem der unter den Hütten herausbaumelnden Stricke herabgleiten und wußte alsbald über den Zweck der Seile und den Eingang der Hütten Bescheid. Die auf ihren Schenkeln hockenden Geschöpfe waren bei der Mahlzeit. Ein paar hatten Knochen, von denen sie das ungekochte Fleisch mit ihren großen Zähnen herunterrissen, während andere Früchte und Knollen aßen. Es waren Geschöpfe beiderlei Geschlechtes und verschiedenen Alters, von der Kindheit bis zur Reife, aber keines schien sehr alt zu sein. Mit Ausnahme zottiger, rotbrauner Wollköpfe waren sie ziemlich haarlos. Sie sprachen wenig und dann in Tönen, die dem Knurren wilder Tiere glichen. Der Umstand, daß während der ganzen Zeit, die sie Tarzan beobachtete, nicht einer von ihnen lachte oder auch nur lächelte, unterschied sie sehr wesentlich vom Durchschnittseingeborenen Afrikas. Obgleich Tarzan mit seinen Augen das Innere der Umzäunung sorgfältig absuchte, fand er doch nirgends ein Anzeichen von Kochgeräten oder Feuer. Auf dem Boden hatten sie ihre Waffen liegen, kurze gerartige Speere und eine Art Schlachtbeil mit scharfen Metallklingen.

Tarzan wunderte sich, woher diese tiefstehenden Menschen die Intelligenz zur Fertigung solcher Waffen nahmen, denn er sah selbst aus der Entfernung, daß diese sauber und zweckmäßig hergestellt waren. Auch ihre Hütten schienen gut und geschickt gebaut, die Pallisade der Umzäunung hoch, fest und wohlgebaut.

Während Tarzan und La das Dorf noch beobachteten, merkten sie plötzlich, daß sich von links her ein Geschöpf näherte. Einen Augenblick später sahen sie, wie sich ein weiterer Neger durch einen die Umzäunung überragenden Baum schwang und hinabsprang. Er kam heran, hockte sich unter die anderen und schien ihnen etwas zu erzählen. Obgleich Tarzan seine Worte nicht hören konnte, schloß er doch aus seinen Gesten und aus der Zeichensprache, die er zur Ergänzung seiner ausdrucksarmen Sprache zu Hilfe nahm, daß er seinen Gefährten von den merkwürdigen Wesen erzählte, die er eben im Walde gesehen hatte. Der Affenmensch schloß sogleich, daß dies der nämliche sein müsse, der ihnen gefolgt war und den er erfolgreich von der Spur abgebracht hatte. Die Erzählung des Burschen schien Erregung hervorzurufen, denn einige erhoben sich, sprangen mit krummen Knien auf und klatschten sich mit dem Händen an die Seiten. Ihr Gesichtsausdruck indes änderte sich kaum, und einen Augenblick später hockten sie wie vorher auf dem Boden.

Während sie noch dabei waren, tönte ein wilder Schrei durch den Wald, dessen Echo im Affenmenschen wilde Erinnerungen wachrief.

Bolgani, flüsterte er La zu.

Es ist einer der Riesenaffen, sagte sie schaudernd.

Gleich darauf sahen sie ihn den Dschungelpfad entlang auf die Umzäunung zukommen. Einen so riesigen Gorilla wie diesen hatte Affentarzan noch nie gesehen. Das Geschöpf schritt aufrecht mit den Schritten eines Mannes, ohne auch nur mit den Handknöcheln den Boden zu berühren. Kopf und Gesicht waren fast genau wie beim Gorilla, aber es bestand doch ein Unterschied, den Tarzan sogleich bemerkte, als das Geschöpf näher kam. Es war Bolgani mit der Seele und dem Gehirn eines Menschen. Aber merkwürdiger als alles andere war der Umstand, daß er Schmuck trug – und was für Schmuck! Gold und Diamanten glitzerten auf seinem zottigen Fell, an seinen Oberarmen waren zahlreiche Armreifen, Ringe umschlossen die Knöchel, während von einem Gürtel vorn und hinten ein schmaler, fast bis zur Erde reichender Streifen herabhing, der ganz aus mit Edelsteinen besetzten Goldspangen zu bestehen schien.

Unmittelbar nachdem der gräßliche Schrei die vorher friedliche Stille des Waldes unterbrochen hatte, bemerkte Tarzan, welche Wirkung dieser auf die Bewohner der Umfriedung hatte. Im Nu waren alle auf den Füßen. Die Weiber und Kinder huschten hinter die Baumstämme oder sie kletterten an den Stricken in die pendelnden Käfige hinauf, während einige Männer auf die Stelle der Umfriedigung zugingen, in der Tarzan ein Tor sehen konnte. Der Gorilla hielt draußen vor dem Tor und ließ wieder seine Stimme hören, aber diesmal war es kein häßlicher Schrei, sondern eine Rede.

## Speertod

Als der riesige, menschenähnliche Gorilla die Umfriedigung betreten hatte, schlossen die Krieger das Tor und wichen achtungsvoll zurück, während er nach der Mitte des Platzes ging, wo er stehen blieb und sich einen Augenblick umsah.

Wo sind die Weibchen und die Balus? fragte er kurz. Ruft sie her.

Die Weiber und Kinder mußten den Befehl gehört haben, aber sie kamen nicht aus ihren Versteckplätzen.

Ruft sie her, wiederholte jener, oder geht und holt sie. Einer der Krieger faßte endlich zu einer Antwort Mut.

Dies Dorf hat in diesem Monde bereits ein Weib geliefert, sagte er. An einem anderen Dorf ist die Reihe.

Schweige, brüllte der Gorilla, und schritt drohend auf ihn zu. Wagst du dem Willen eines Bolgani zu trotzen? Ich spreche im Namen Numas, des Herrschers. Gehorche oder stirb!

Die Schwarzen wandten sich zitternd um und riefen die Weiber und Kinder, aber keines antwortete auf ihre Aufforderung. Der Bolgani machte eine ungeduldige Bewegung.

Geht und holt sie, befahl er. Eingeschüchtert gingen die Schwarzen nach den Versteckplätzen der Weiber und Kinder und zerrten einige am Arme, die meisten aber am Haar herbei.

Großer Bolgani, sagte einer jetzt, wenn Numa stets von diesem Dorfe lebt, werden hier bald nicht mehr genug Weiber für die Krieger da sein, es wird zu wenig Kinder geben, und bald wird keiner von uns mehr übrig sein.

Was schadet das? knurrte der Gorilla. Ohnedies sind viel zu viel Gomangani auf der Welt. Für welchen anderen Zweck seid ihr denn geschaffen, als für den großen Numa, den Herrscher, und sein auserwähltes Volk, die Bolgani? Während des Redens prüfte er die Weiber und Kinder, faßte ihre Muskeln und betastete ihren Körper. Dann kam er wieder auf ein verhältnismäßig junges Weib zurück, auf deren Hüften ein kleines Kind hockte.

Diese da ist gut, sagte er, riß das Kind von der Mutter und schleuderte es roh über den Platz. Die unglückliche Mutter wollte zu ihrem Kinde laufen. Aber der Gorillamensch packte sie mit einer seiner großen Hände und warf sie zu Boden. Da erscholl aus dem dichten Laub über ihnen der wilde Schrei des zum Kampfe herausfordernden Affenbullen. Die einfältigen Schwarzen warfen schaudernde Blicke nach oben, während der Gorillamensch seine häßliche Fratze wutschnaubend dem Urheber des Schreies zukehrte.

Auf einem Laubast schwingend zeigte sich ihnen ein Geschöpf, wie es keiner von ihnen bisher erschaut hatte – ein weißer Mensch, ein Tarmangani mit einer Haut, die so haarlos war wie der Körper von Histah, der Schlange. Aber als sie ihn erblickten, begrub sich auch schon ein Speer in der Brust des Bolgani. Mit einem einzigen Schrei der Wut und des Schmerzes stürzte der Gorillamensch zu Boden, zuckte noch ein paarmal krampfhaft und lag still.

Obgleich der Affenmensch für die Gomangani als Rasse keine besondere Vorliebe hegen konnte, glaubte er doch sich der Sache der Unterdrückten annehmen zu müssen. Zudem war Bolgani sein Erbfeind. Schon seinen ersten Kampf hatte er ja gegen Bolgani bestanden.

Die armen Schwarzen standen noch ganz bestürzt, als er sich von einem Baume zu ihnen auf den Boden hinunterließ. Schreckensbang wichen sie vor ihm zurück.

Ich bin ein Freund, sagte er. Ich bin Affentarzan. Dann wandte er sich zu dem toten Bolgani und zog seinen Speer wieder heraus. Was ist das für ein Geschöpf, das in euer Dorf kommt, eure Balus tötet und eure Weiber raubt, ohne daß ihr eure Speere durch ihn hindurchjagt?

Es ist einer der großen Bolgani, sagte der Krieger, der der Sprecher und Anführer im Dorfe zu sein schien, einer vom auserwählten Volke Numas, des Herrschers. Wenn Numa erfährt, daß dieser in unserem Dorfe getötet worden ist, müssen wir alle für deine Tat sterben.

Wer ist Numa? fragte der Affenmensch, für den dies Wort in der Sprache der großen Menschenaffen nur die Bedeutung Löwe hatte.

Numa ist der Herrscher, erklärte der Schwarze, der mit den Bolgani im Diamantenpalast weilt.

Die beraubte Mutter war inzwischen zu ihrem verletzten Kind geeilt und nahm es in die Arme. Sie hockte sich neben die Palisade, drückte es an die Brust und liebkoste es, um es zu beruhigen. Tarzan sah bald, daß das Kind mehr erschreckt als verletzt war. Anfangs zeigte sich die Mutter ängstlich, als er ihr Kind untersuchen wollte, sie zog sich zurück und zeigte die Zähne wie ein wildes Tier. Doch dann dämmerte es in ihrem beschränkten Gehirn, daß dies Geschöpf sie ja doch vor dem Bolgani gerettet hatte, daß er sie hatte wieder ihr Kind nehmen lassen und daß er keinerlei Anstalten machte, sie oder das Kleine zu verletzen. Als Tarzan fand, daß das Kind nur ein paar Beulen hatte, wandte er sich wieder der erregten Gruppe von Kriegern zu. Als sie ihn kommen sahen, bildeten sie einen Halbkreis und stellten sich ihm entgegen.

Tarmangani, sagten sie, du mußt mit uns zum Palast der Diamanten gehen; wir werden dich den Bolgani übergeben, vielleicht verzeiht uns Numa dann.

Der Affenmensch lächelte darüber, daß die Schwarzen glaubten, er werde sich so leicht in die Hände eines Numa, Herrscher der Bolgani, übergeben lassen. Affentarzan hatte mehr Aussicht, aus dem Dorfe herauszukommen, als die anderen, ihn festzuhalten. Er wußte ja ganz genau, wie er mit speerbewaffneten Wilden umzugehen hatte, wenn sie sich feindselig zeigten. Gleichwohl suchte er mit diesen Leuten Frieden zu schließen, weil er sie ausfragen wollte.

Wartet, sagte er deshalb. Wollt ihr einen Freund verraten, der euer Dorf betrat, um euch vor einem Feind zu schützen?

Wir werden dich nicht töten, Tarmangani. Wir wollen dich nur zum Herrscher Numa bringen.

Aber das würde auf das gleiche herauskommen, entgegnete Tarzan, denn Numa, der Herrscher, wird mich dann töten lassen.

Das können wir nicht ändern, erwiderte der Sprecher. Wir würden dich retten, wenn wir könnten. Aber wenn die Bolgani den Vorfall in unserem Dorfe entdecken, müssen wir darunter leiden.

Wieso müssen sie denn erfahren, daß der Bolgani in eurem Dorfe getötet wurde? fragte Tarzan.

Wenn sie das nächste Mal kommen, werden sie seine Leiche sehen, meinte der Sprecher.

So beseitigt sie doch, entgegnete Tarzan.

Die Schwarzen kratzten ihre Köpfe. Ihrem beschränkten Verstand wäre diese Lösung nicht eingefallen. Der Fremde hatte recht. Keiner außer ihnen und ihm wußte, daß Bolgani innerhalb ihrer Umfriedigung getötet worden war. Den Körper beseitigen, hieß deshalb, jeden Verdacht von ihrem Dorfe beseitigen. Aber wohin sollten sie ihn bringen? Sie legten Tarzan diese Frage vor.

Ich werde das für euch besorgen, erklärte der Tarmangani. Beantwortet mir meine Fragen der Wahrheit gemäß und ich verspreche euch, ihn dafür fortzuschaffen und so zu beseitigen, daß niemand erfährt, wie und wo er starb.

Was willst du wissen? fragte der Sprecher.

Ich bin in eurem Lande fremd, erwiderte der Affenmensch. Ich möchte gerne in dieser Richtung einen Weg aus dem Tale finden. Damit deutete er nach Südosten.

Der Schwarze schüttelte den Kopf. Es mag einen Weg aus dem Tale nach jener Richtung geben, aber was dahinter liegt, weiß niemand; ich weiß nicht einmal, ob ein solcher Weg besteht. Ich bin nie aus meinem Dorfe herausgekommen – wenigstens nie weiter als einen Tagesmarsch, wenn ich für die Bolgani Wild jagen oder Früchte, Nüsse und Bananen sammeln mußte. Ob es einen Weg dorthin gibt, weiß ich nicht, und keiner von uns würde wagen, ihn zu betreten, falls er bestände.

Was liegt in jener Richtung? fragte Tarzan, nach Opar zu deutend.

Ich weiß es nicht, erwiderte der Schwarze. Die Bolgani kommen manchmal von dort und bringen merkwürdige Wesen mit sich, kleine Männer mit weißer Haut und viel Haaren, die kurze, krumme Beine und lange Arme haben, und manchmal auch weiße Weibchen, die aber den merkwürdigen, kleinen Tarmangani gar nicht ähnlich sehen.

Tarzan merkte, daß er von diesen unwissenden Dorfbewohnern keine weitere Auskunft bekommen konnte. Er mußte den Weg aus dem Tale selbst finden. Das gelang ihm aber rascher und sicherer, wenn er allein war.

Werdet ihr mich als Freund behandeln, wenn ich den Bolgani beseitige, so daß die anderen nicht wissen, daß er in eurem Dorfe getötet wurde?

Jawohl, erwiderte der Sprecher.

Wollt ihr, sagte Tarzan, meiner weißen Frau so lange Zuflucht gewähren, bis ich wieder in euer Dorf komme? Ihr könnt sie in einer eurer Hütten verbergen, wenn ein Bolgani kommen sollte, und keiner braucht zu merken, daß sie bei euch ist. Was sagt ihr dazu?

Ich werde ihr nichts tun, sagte der Häuptling, aber ich weiß nicht, wie die anderen handeln.

Tarzan wandte sich an die andern, die sich zuhörend herumgedrängt hatten. Ich will meine Frau in euer Dorf bringen, erklärte er, und ihr sollt sie verborgen halten, verpflegen und beschützen, bis ich zurückkomme. Den Körper des Bolgani nehme ich mit, so daß auf euch kein Verdacht fällt. Wenn ich zurückkomme, hoffe ich, meine Gattin sicher und unbelästigt zu finden.

Tarzan hatte es für das beste gehalten, La als sein Weib zu bezeichnen, damit jenen verständlich wurde, daß sie sich unter seinem Schutze befand. Er rief sie an und gleich darauf kletterte sie auf die unteren Zweige herab und sprang in seine Arme.

Das ist sie, sagte er zu den versammelten Schwarzen. Behütet sie wohl und schützt sie vor den Bolgani.

La wendete sich flehend an ihn. Du willst mich doch nicht hier verlassen? fragte sie.

Nur für kurze Zeit, antwortete Tarzan. Die armen Leute hier haben Furcht, daß der Tod dieses Burschen bei ihnen entdeckt werden könnte, und daß sie alle unter dem Zorn seiner Gefährten sterben müssen. Deshalb habe ich ihnen versprochen, das Beweisstück dafür so zu beseitigen, daß der Verdacht nach einer anderen Stelle gelenkt wird. Wenn sie auf der Stufenleiter der Entwicklung hoch genug gestiegen sein sollten, um ein Gefühl der Dankbarkeit hegen zu können, woran ich allerdings zweifle, dann müssen sie mir erkenntlich sein, daß ich diese Bestie getötet habe und den auf sie fallenden Verdacht ablenke. Aus diesem Grunde müssen sie dich beschützen. Ich bin überzeugt, du wirst hier bis zu meiner Rückkehr ebenso sicher als in meiner Begleitung sein. Ich kann allein viel schneller vorwärts kommen, und will einen Weg aus diesem Tale suchen, dann komme ich zurück und hole dich. Wir werden dann leichter entkommen; wenigstens haben wir so mehr Aussicht auf Erfolg, als wenn wir langsam zusammen im ungewissen herumtappen.

Kommst du wirklich zurück? fragte sie, mit einer Mischung von Furcht, Sehnsucht und Flehen.

Ich komme zurück, gab er zur Antwort. Dann sprach er zu den Schwarzen: Macht eine dieser Hütten für mein Weib leer, seht zu, daß sie nicht belästigt wird, und versorgt sie mit Speise und Wasser. Denkt wohl daran, daß euer Leben von ihrer Sicherheit abhängt.

Tarzan bückte sich und hob sich den toten Gorillamenschen zum Staunen der Schwarzen ohne große Mühe auf die Schulter, ließ sich das Tor in der Palisade öffnen und trabte den Dschungelpfad so flink entlang, als ob er nichts zu tragen gehabt hätte. Gleich darauf verschwand er hinter einer Wegbiegung und tauchte im Walde unter.

La wendete sich an die Schwarzen: Macht mir meine Hütte zurecht, sagte sie, denn sie war sehr müde und wollte ruhen. Sie sahen auf ihr Verlangen auf und flüsterten lange untereinander. Augenscheinlich bestand zwischen ihnen eine Meinungsverschiedenheit, und bald merkte sie aus einigen ihr verständlichen Bruchstücken der Unterhaltung, daß einige der Schwarzen Tarzans Anweisungen Folge leisten wollten, während andere das Dorf von ihr befreien wollten, damit sie nicht womöglich im Dorfe entdeckt wurde und deren Bewohner dafür leiden mußten.

Wir wollen sie den Bolgani gleich ausliefern, hörte sie einen der Schwarzen sagen, und ihnen sagen, daß ihr Gatte den Boten Numas tötete. Wir wollen sagen, daß wir versuchten, den Tarmangani festzunehmen, daß er uns aber entkam, und daß wir nur seine Gefährtin fangen konnten. Das wird uns die Gunst Numas erwerben, und vielleicht werden sie uns dann nicht mehr so viele unserer Weiber und Kinder wegnehmen.

Aber der Tarmangani ist stark, entgegnete einer der anderen. Er ist noch mächtiger als selbst Bolgani. Er würde ein schrecklicher Feind sein.

Du hast recht, rief La. Der Tarmangani ist groß. Weit besser ist es für euch, ihn zum Freunde als zum Feinde zu haben. Er ringt allein und ohne Hilfe mit Numa, dem Löwen, und tötet ihn. Ihr saht, mit welcher Leichtigkeit er den Körper des ungeheuren Bolgani auf seine Schulter hob. Ihr saht, wie leicht er mit seiner Bürde den Dschungelpfad davoneilte. In der ganzen Welt gleicht keiner Tarzan. Wenn ihr weise seid, ihr Gomangani, dann macht euch Tarzan zum Freunde.

Die Schwarzen lauschten, aber kein Zug auf ihren blöden Gesichtern verriet, was in ihren stumpfsinnigen Gehirnen vor sich ging.

Fort, rief La jetzt gebieterisch, macht meine Hütte zurecht! Nun war sie wieder die Hohepriesterin des Feuergottes, La, Königin von Opar, die ihren Sklaven befahl. Ihre königliche Miene, ihr gebieterischer Ton brachten im Nu eine Änderung in das Benehmen der Dorfbewohner. Eingeschüchtert wie geprügelte Hunde machten sie ihr die nächste Hütte zurecht, indem sie den Boden mit frischen Blättern und Gras belegten und Früchte, Nüsse und Bananen zum Mahle hinsetzten.

Als alles in Ordnung war, kletterte La an dem Stricke zur Hütte hinauf, die sie geräumig, luftig und verhältnismäßig reinlich fand. Das Seil zog sie zu sich in die Höhe und warf sich auf das zurechtgemachte weiche Lager. Das sanfte Pendeln der schwebenden Hütte, das leise Rauschen der Blätter, die Stimmen der Vögel und das Summen der Insekten wiegten sie bald in tiefen Schlummer.

## Tarzans Doppelgänger

Im Nordwesten des Tales von Opar stieg Rauch auf. Ein paar hundert Schwarze und sechs Weiße saßen bei ihrer Abendmahlzeit. Die Neger hockten tückisch und unbehaglich da und murrten über die kärgliche Verpflegung, während die Weißen voll Befürchtung ihre Schußwaffen griffbereit hielten. Die einzige Frau der aus sechs Personen bestehenden Gesellschaft sagte zu ihren Gefährten:

Adolfs Knickrigkeit und Estebans Aufschneiderei haben uns in diese Lage gebracht!

Der fette Bluber zuckte die Achseln, während der große Spanier ein böses Gesicht machte.

Nu, für was bin ich zu tadeln? fragte Adolf.

Du warst zu geizig, genug Träger zu nehmen. Ich habe dir damals gesagt, wir müßten zweihundert Schwarze haben, aber du wolltest ein bißchen Geld sparen und was ist der Erfolg?

Fünfzig Mann müssen jeder achtzig Pfund Gold tragen, die übrigen sind mit dem Lagergerät so überlastet, daß kaum genug Askari übrigbleiben, uns auch nur einigermaßen zu beschützen. Wie Tiere müssen wir sie antreiben, nur um vorwärtszukommen und zu verhindern, daß sie ihre Lasten hinwerfen. Die Leute sind erschöpft, erbost und unterernährt. Wenn wir ihre Bäuche füllen könnten, würden sie wahrscheinlich zufrieden sein, aber im Hunger sind sie weder glücklich noch zufrieden, selbst wenn sie nichts zu tun brauchten. – Wenn sich Esteban nicht so mit seiner Tüchtigkeit als Jäger aufgespielt hätte, hätten wir genug Verpflegung mitgenommen, aber so sind wir eben erst am Anfang unseres Rückmarsches und müssen schon weniger als halbe Rationen ausgeben.

Ich kann kein Wild holen, wenn keines da ist, brummte der Spanier.

Es wimmelt von Wild, entgegnete Kraski, der Russe. Wir sehen täglich die Spuren davon.

Der Spanier sah ihn giftig an. Wenn es so viel Wild gibt, dann geh doch hin und erlege es selbst, sagte er.

Ich habe mich nie als Jäger ausgegeben, erwiderte Kraski, aber ich hole genau so viel wie du!

Der Spanier sprang drohend auf, und der Russe hielt ihm sofort eine schwere Armeepistole entgegen.

Gebt doch Ruhe! rief das Mädchen energisch und warf sich zwischen die beiden.

Laß doch die Pestköpfe sich balgen, knurrte John Peebles. Wenn einer den andern umbringt, bleiben weniger zum Teilen da.

Für was wollen wir streiten? bat Bluber. Es ist genug da für alle – über dreiundvierzigtausend Pfund für jeden. Mich schimpft ihr den schmutzigen Juden und sagt, daß ich bin geizig. Aber, Gott steh mir bei, ihr Christen seid schlimmer. Ihr wollt töten einen von euren Freunden, um zu bekommen mehr Geld.

Das ganze Gerede ist zum Krankwerden, sagte Throck. Ich hab keine besondere Grütze, bei mir langt's nur zum Boxen. Aber so viel Hirn habe ich, zu wissen, daß Flora die einzige von unserem ganzen Paket ist, deren Gehirn nicht in eine Nußschale hineingeht und noch drin 'rum klappert. John, Bluber, Kraski und ich sind hier, weil wir's Geld aufbrachten, um Floras Plan auszuführen. Der Spanier da – hier deutete er auf Esteban – weil seine Visage und sein Körper auf die Annonce paßten. Von uns allen braucht keiner für seine Arbeit viel Hirn, und es hat auch keiner von uns mehr als er braucht. Flora ist das Hirn von der ganzen Aufmachung, und je eher das jeder einsieht und sich von ihr seine Befehle holt, je besser für uns alle. Sie ist vor uns mit dem Kerl, dem Lord Greystoke, in Afrika gewesen – du warst doch die Zofe von seiner Frau, Flora? – Sie kennt was vom Lande und die Eingeborenen und das Viehzeug, und von uns weiß keiner was davon.

Throck hat recht, sagte Kraski rasch, wir haben lange genug Unsinn gemacht. Wir haben keinen Führer und müssen Flora jetzt dazu machen. Wenn uns einer aus dieser Patsche herauskriegen kann, ist sie es. Nach der Art, wie sich die Schwarzen da drüben benehmen, können wir von Glück sagen, wenn wir mit heiler Haut davonkommen, vom Gold mitbekommen ganz zu schweigen.

Oh, oh, du meinst doch nicht, daß wir das Gold liegen lassen müssen? schrie Bluber fast kreischend.

Ich meine, daß wir das tun, was Flora für das beste hält. Wenn sie befiehlt, das Gold liegen zu lassen, dann lassen wir es liegen.

Das tun wir, bekräftigte Throck.

Ich bin dafür, sagte Peebles, was Flora sagt, gilt.

Der Spanier nickte mürrisch zustimmend.

Wir andern sind alle dafür, Bluber, wie steht's mit dir? fragte Kraski.

Oh, nu schön – sicher – wenn ihr meint, sagte Bluber, ganz wie John immer sagt »so sind wir, und so ist es«. Gut denn, erklärte das Mädchen. Zunächst machen wir hier Rast, bis die Leute ausgeruht sind; morgen früh ziehen wir überlegt und mit Verstand aus und holen für sie Fleisch. Mit ihrer Hilfe können wir es durchführen. Wenn sie dann ausgeruht und richtig verpflegt sind, machen wir uns wieder auf den Marsch nach der Küste, wobei wir langsam weiterziehen, um sie nicht zu erschöpfen. Dies ist mein vorläufiger Plan, aber alles hängt davon ab, ob wir Fleisch beschaffen können. Finden wir das nicht, dann müssen wir das Gold vergraben und so schnell wie möglich die Küste zu erreichen suchen. Dort werben wir neue Träger – doppelt so viel als wir jetzt haben – und kaufen so viel Verpflegungsmittel, daß es für hin und zurück reicht. Beim Marsche von der Küste hierher legen wir dann an jedem Lagerplatz für den Rückweg ein Depot an, so daß wir nicht gezwungen sind, die schweren Lasten auf dem ganzen Weg hin und zurück zu tragen. Was ihr davon haltet, kümmert mich nicht. Ihr habt mich zum Führer gemacht, und ich will die Sache nun so leiten, wie ich es für das beste halte.

So ist es recht! brüllte Peebles. So ist mir's aus dem Herzen gesprochen.

Carl, teile dem Häuptling mit, daß ich ihn zu sprechen wünsche, sagte das Mädchen zu Kraski. Einen Augenblick später kam der Russe mit einem plumpen Neger zurück.

Owaza, sagte das Mädchen, als der Schwarze vor ihr stand, wir sind knapp an Lebensmitteln, und die Leute sind mit zweimal so schweren Lasten beladen als sie eigentlich tragen sollen. Sage ihnen, daß wir hier rasten, bis sie ausgeruht sind, und daß wir morgen alle ausziehen und Fleisch jagen werden. Drei zuverlässige Leute wirst du als Führer für die Treiber anstellen und uns das Wild zutreiben lassen. Auf diese Art werden wir reichlich Fleisch beschaffen. Wenn die Leute richtig ausgeruht und wohl verpflegt sind, werden wir langsam weiterziehen. Wo es reichlich Wild gibt, werden wir haltmachen und auf die Jagd gehen. Sage ihnen, wenn sie sich gut halten und wir die Küste sicher und ohne Verlust an Traglasten erreichen, werde ich ihnen zweimal so viel Lohn zahlen als ausgemacht war.

Oh, oh, sprudelte Bluber dazwischen.

Halt die Klappe, du Narr, fuhr ihn Kraski an, und Bluber ergab sich drein, obgleich er sich hin und her wiegte und mißbilligend den Kopf schüttelte.

Das anfänglich mürrische Gesicht des Schwarzen hellte sich auf. Ich werde es ihnen erzählen, sagte er, und ich denke, ihr werdet keine Unannehmlichkeit mehr haben.

Am nächsten Morgen machten sie sich in aller Frühe bereit, auf die Jagd zu ziehen. Die Schwarzen machten in Erwartung des reichlichen Fleisches frohe Gesichter und sangen heiter beim Hinausziehen in die Dschungel. Flora hatte sie in drei Abteilungen geteilt, jede einem Führer unterstellt und genaue Anweisung gegeben, wo sich jede Abteilung in der Treiberlinie anstellen sollte. Weitere Schwarze waren den Weißen als Gewehrträger zugeteilt, während eine kleine Abteilung Askari als Lagerwache zurückblieb. Die Weißen waren mit Ausnahme von Esteban mit Gewehren bewaffnet. Der Spanier bestand darauf, mit Speer und Pfeil und Bogen zu jagen, um seiner Rolle treu zu bleiben. Zwar jagte er schon wochenlang eifrig, ohne eine einzige Beute mitbringen zu können, aber das hatte seine Anmaßung und Eitelkeit nicht gedämpft. So voll und ganz hatte er sich in seine Rolle hineingelebt, daß er sich einbildete, er sei wirklich Affentarzan. Dazu hatte er sich mit solcher Treue bis in die kleinste Einzelheit ausstaffiert und war ein solcher Meister in der Aufmachung, daß er in Ansehung seiner glanzvollen Gestalt und seines hübschen Gesichtes fast genau Tarzans Ebenbild war. Es war daher nicht allzuwunderlich, daß er sich zum Schlusse selbst so erfolgreich zum Narren hielt, wie er es bisher bei anderen fertiggebracht hatte; gab es doch Leute unter den Trägern, die den richtigen Tarzan früher gekannt hatten, und selbst diese ließen sich täuschen, obgleich sie sich wunderten, wenn er sich in Kleinigkeiten nicht so wie Tarzan benahm und, was Jagdbeute anbetraf, völlig enttäuschte.

Flora Hawkes merkte wohl, daß es nicht geraten war, einen ihrer Gefährten unnötig zu verstimmen; deshalb ließ sie Esteban an diesem Morgen seine eigenen Wege gehen, obgleich einige der anderen über ihren Entschluß murrten.

Was macht es denn aus? fragte sie, als der Spanier allein davongezogen war. Wahrscheinlich kann er eine Büchse nicht besser handhaben als Speer und

Bogen. Carl und Dick sind die einzigen Schützen unter uns und wir müssen uns wegen des heutigen Jagderfolgs hauptsächlich auf diese verlassen. Estebans Eitelkeit ist so schwer getroffen, daß er heute wohl das Äußerste tut, um etwas mit nach Hause zu bringen – hoffentlich hat er Glück.

Hoffentlich bricht er das Genick, bemerkte Kraski. Er hat uns für unseren Zweck gedient, und wir wären besser dran, wenn wir ihn los werden könnten.

Das Mädchen schüttelte abweisend den Kopf. Nein, sagte sie, etwas Derartiges dürfen wir nicht denken, geschweige denn reden. Wir haben diese Sache gemeinsam unternommen und müssen sie auch gemeinsam zu Ende führen. Wenn du selbst einem andern von uns den Tod wünschst, könnten andere über dich ebenso denken.

Oh, mich sähe Miranda sicher am liebsten tot. Ich gehe keine Nacht zu Bett, ohne zu fürchten, daß mir der verdammte Spaniole noch vor dem Aufwachen ein Messer in die Rippen sticht. Meine Gefühle gegen ihn werden nicht gerade liebevoller, wenn ich höre, wie du seine Partei nimmst, Flora. Du bist von Anfang an gegen ihn ein bißchen zart gewesen.

Wenn das der Fall ist, dann geht es dich auch nichts an, widersprach ihm das Mädchen.

Esteban war derweil auf seiner einsamen Jagd in der Dschungel von Haß und Eifersucht erfüllt. Sein finsterer Charakter begrüßte jede Möglichkeit, die anderen Teilnehmer der Unternehmung aus dem Wege zu räumen, um das Weib und das Gold für sich allein zu nehmen. In jedem sah er einen Rivalen in der Gunst Floras, und der Tod jedes einzelnen von ihnen bedeutete einen Bewerber um deren Liebe weniger, abgesehen davon, daß weitere dreiundvierzigtausend Pfund unter weniger Teilnehmer zu verteilen blieben. Statt mit der Jagd war also sein Gehirn nur mit solchen Gedanken erfüllt. Eben drang er durch einen mit dichtem Unterholz bewachsenen Fleck und trat ins glänzende Sonnenlicht auf eine weite Lichtung, da sah er sich einem Trupp von fünfzig wohlgebauten, ebenholzschwarzen Kriegern gegenüber. Einen Augenblick lang stand Esteban starr und vergaß ganz die Rolle, die er spielte – er fühlte sich als Weißer, der im Herzen Afrikas auf eine große Schar kriegerischer Eingeborener, womöglich Kannibalen, gestoßen ist. Eben dieser Augenblick des Zögerns rettete ihn aber, denn als er so vor den Waziri stand, sahen diese in der schweigenden, majestätischen Gestalt ihren geliebten Herrn in einer diesem eigenen Pose.

O Bwana, Bwana, rief einer der Krieger und stürzte vorwärts, du bist es wirklich, Tarzan, Herr der Dschungel, den wir schon als verloren aufgegeben hatten. Wir, deine treuen Waziri, haben nach dir gesucht und wollten eben jetzt den Gefahren Opars trotzen, weil wir fürchteten, du könntest dich ohne uns dorthin gewagt haben und gefangen sein.

Der Schwarze, der gelegentlich Tarzan einmal als Leibdiener nach London begleitet hatte, sprach gebrochen Englisch, eine Fähigkeit, auf die er außerordentlich stolz war, weshalb er keine Gelegenheit verlor, diese Errungenschaft vor seinen weniger glücklichen Genossen leuchten zu lassen. Der Umstand, daß gerade ihn das Schicksal dazu ausersehen hatte, als Sprecher aufzutreten, war für Miranda äußerst glücklich, denn er hatte natürlich von der Wazirisprache keine Ahnung. Auf Grund der sorgfältigen und genauen Angaben Floras über Tarzans Lebensführung wußte er sofort, daß er einer Schar der treuen Waziri gegenüberstand. Nie zuvor hatte er solch prächtige Neger gesehen – scharfgemeißelte, kraftvolle Männer mit intelligenten Gesichtern und wohlgeformten Gestalten, die eine weit höhere Entwicklungsstufe vertraten als die Schwarzen von der Ostküste. Noch einen Augenblick stand er schweigend vor ihnen und sammelte seinen Witz, bis er in der Erkenntnis, daß sein Leben vom Erfolg abhing, zu sprechen begann. In diesem kurzen Augenblick des Nachdenkens kam ihm eine plötzliche Erleuchtung.

Seit ich euch das letztemal sah, sagte er, habe ich eine Schar weißer Männer entdeckt, die ins Land eingedrungen sind, um die Schatzkammer von Opar zu berauben. Ich folgte ihnen, bis ich ihr Lager fand, dann war ich auf der Suche nach euch, es sind ihrer gar viele und sie haben viele Barren Goldes, denn sie waren bereits in Opar. Folgt mir, wir wollen ihr Lager überfallen und ihnen das Gold abnehmen. Kommt! Damit lenkte er seine Schritte zu dem Lager zurück, das er eben verlassen hatte.

Während sie ihren Weg den Dschungelpfad entlang verfolgten, schritt Usula, der Waziri, der englisch zu Esteban gesprochen hatte, an dessen Seite. Der Spanier konnte hinter sich die übrigen Krieger in ihrer Heimatsprache reden hören, von der er kein Wort verstand, und ihm fiel ein, daß er bei dieser Gelegenheit in die größte Verlegenheit geraten mußte, sobald ihn einer in der Wazirisprache anredete. Da erinnerte er sich, wie Flora ihm erzählte, Tarzan habe einmal in der Schatzkammer von Opar durch einen Schlag auf den Kopf für einige Zeit sein Gedächtnis eingebüßt gehabt.

Esteban war im Zweifel, ob er sich nicht anfangs zu weit bloßgestellt hatte, um noch durch einen Gedächtnisausfall seine Schnitzer beim Darstellen der von ihm zu spielenden Rolle erklären zu können. Aber es war immer noch schlimmstenfalls das beste, was er tun konnte. Er wandte sich plötzlich an Usula.

Erinnerst du dich des Vorfalls, sagte er, der mich in den Schatzkammern von Opar meines Gedächtnisses beraubte?

Jawohl, Bwana, ich kann mich dessen wohl erinnern, erwiderte der Schwarze.

Ein ähnlicher Unfall hat mich wieder getroffen, sagte Esteban. Ein großer Baum stürzte in meinen Pfad und traf mich im Fall mit einem seiner Zweige auf den Kopf. Ich habe zwar dadurch mein Gedächtnis nicht ganz verloren, aber ich kann mich vieler Dinge nur mit Mühe entsinnen und es gibt andere, die ich völlig vergessen haben muß, denn ich weiß nicht einmal mehr deinen Namen und kann die Worte nicht mehr verstehen, die meine übrigen Waziri um mich sprechen.

Usula sah ihn mitfühlend an. Ach, Bwana, Usulas Herz ist in der Tat betrübt, zu vernehmen, daß dich dieser Unfall traf. Aber zweifellos werden die Folgen vorübergehen wie damals, und inzwischen will ich, Usula, dein Gedächtnis für dich sein.

Gut, sagte Esteban, sage es auch den anderen, damit sie darüber aufgeklärt sind, und sage ihnen auch, daß ich die Erinnerung an viele andere Dinge verloren habe. So könnte ich gegenwärtig nicht ohne euch meinen Weg nach Hause finden und meine übrigen Sinne sind gleichfalls völlig abgestumpft. Aber, wie du sagst, Usula, es wird sich wohl wieder geben und ich werde wieder der Alte sein.

Deine treuen Waziri werden recht glücklich sein, wenn dieser Augenblick eintritt, sagte Usula.

Als sie dem Lager nahe waren, befahl Miranda dem Usula, seine Leute zum Schweigen zu ermahnen. Bald hielten sie vor der Umgrenzung der Lichtung, von wo sie die Boma mit den Zelten übersehen konnten, in der eine kleine Schar Askari Wache hielt.

Wenn sie unsere Übermacht sehen, werden sie keinen Widerstand leisten, sagte Esteban. Laß uns das Lager umzingeln. Auf ein Zeichen von mir werden alle zusammen vorrücken und du wirst zu ihnen sprechen und ihnen sagen, daß Affentarzan mit seinen Waziri kommt, um ihnen das gestohlene Gold abzunehmen, daß er sie aber schonen will, wenn sie das Land sofort verlassen und nie wieder hierher zurückkehren.

Wenn es in seine Zwecke gepaßt hätte, würde der Spanier ebensogut den Waziri befohlen haben, die Wache im Lager zu überfallen und dieses zu zerstören, aber sein schlaues Gehirn trug sich mit einem klügeren Plan. Er wünschte, daß diese Leute ihn mit den Waziri sehen und am Leben bleiben sollten, um den übrigen zu erzählen, daß sie ihn gesehen hätten und um Flora und ihrem Anhang das zu berichten, was er, Esteban, einem der Askari erzählen wollte, während die Waziri die Goldbarren im Lager aufsammelten.

Er wies Usula an, wie er seine Leute um das Lager aufstellen sollte, und ließ die Leute warnen, sich ja nicht zu zeigen, ehe er auf die Lichtung gekrochen und die Aufmerksamkeit der wachestehenden Askari auf sich gezogen habe. Etwa fünfzehn Minuten später kam Usula zu Esteban mit der Meldung, daß alles bereit sei. Wenn ich meine Hand hochhebe, dann wißt ihr, daß jene mich gesehen haben, und werdet vorrücken, wies ihn Esteban vorsichtig an, worauf er langsam auf die Lichtung hinaustrat. Einer der Askari sah ihn und erkannte in ihm Esteban. Der Spanier tat ein paar Schritte weiter auf die Boma zu und hielt an.

Ich bin Affentarzan, sagte er. Euer Lager ist von meinen Kriegern völlig umzingelt. Leistet keinen Widerstand und wir werden euch nichts tun.

Er winkte mit der Hand. Fünfzig stämmige Waziri tauchten aus dem bergenden Laub der umgebenden Dschungel auf. Die Askari erblickten sie mit schlechtverhehltem Schrecken und hantierten ängstlich an ihren Gewehren herum.

Schießt nicht, warnte Esteban, sonst töten wir euch alle.

Er ging näher, während sich die Waziri zusammenzogen und die Boma völlig einschlossen.

Sprich mit ihnen, Usula, sagte Esteban. Der Schwarze trat vor.

Wir sind die Waziri, rief er, und dies ist Affentarzan, der Herr der Dschungel, unser Herr und Meister. Wir sind gekommen, um Tarzans Gold zurückzuholen, das ihr aus den Schatzkammern von Opar gestohlen habt. Dieses Mal werden wir euch noch schonen unter der Bedingung, daß ihr das Land verlaßt und nie mehr zurückkommt. Sagt euren Herren, daß Tarzan und seine Waziri wachen. Legt eure Gewehre nieder! Die Askari waren froh, so leichten Kaufs davonzukommen, und erfüllten Usulas Forderung. Einen Augenblick später waren die Waziri in der Boma und nahmen auf Estebans Weisung die Goldbarren auf. Während sie noch dabei waren, näherte sich Esteban einem der Askari, der, wie er wußte, gebrochen Englisch sprach.

Sage deinen Herren, sagte er, sie sollen froh sein, daß Tarzan gnädig genug nur ein Leben als Sühne für diesen Einfall in sein Gebiet und den Diebstahl des Schatzes verlangt hat. Jenes Geschöpf, das sich unterstand, als Tarzan aufzutreten, habe ich getötet. Sage ihnen, Tarzan vergebe ihnen selbst ihren Versuch, ihn zu vergiften, als er gelegentlich ihr Lager besuchte, aber nur unter der Bedingung, daß sie nie wieder nach Afrika zurückkehren und das Geheimnis von Opar keinem anderen mitteilen. Tarzan wacht und seine Waziri wachen, und niemand vermag das Innere Afrikas ohne Tarzans Wissen zu betreten. Schon ehe jene London verließen, wußte ich, daß sie kamen. Sage ihnen das.

Ehe die Askari sich von ihrer Überraschung erholt hatten, hatten die Waziri die Goldbarren aufgenommen und waren mit ihrem Meister in der Dschungel verschwunden.

Erst am Spätnachmittag kehrten Flora und die vier Weißen von ihrer Jagd zurück, umgeben von zufriedenen, fröhlichen Schwarzen, die die reichen Ergebnisse ihrer erfolgreich ausgefallenen Jagd trugen, und näherten sich dem Lager.

Was zum Teufel ist denn das? fragte Peebles. Was ist denn los mit den Kerlen? Er deutete auf die eben in Sicht gekommene Boma, aus der die Askari rennend und mit erregtem Geschnatter auf sie zugestürzt kamen.

Affentarzan war hier, riefen sie aufgeregt. Er war hier mit all seinen Waziri – mit tausend gewaltigen Kriegern – und obgleich wir kämpften, überwältigten sie uns, nahmen das Gold und zogen davon. Affentarzan sprach, ehe er ging, merkwürdige Worte zu mir. Er sagte, er habe einen aus eurer Zahl getötet, der gewagt habe, sich Affentarzan zu nennen. Wir verstehen das nicht. Er ging heute morgen allein weg, als ihr auf die Jagd zoget und er kam kurz danach mit tausend Kriegern und nahm alles Gold und drohte, uns und euch zu töten, wenn ihr je wieder in dieses Land kommt.

Was, was? schrie Bluber. Das Gold ist fort? Oh, oh! Und nun stellten sie alle zusammen gleichzeitig Fragen, bis Flora ihnen Schweigen gebot.

Komm, sagte sie zu dem Führer der Askari, wir wollen nach der Boma gehen und dort sollst du mir langsam und genau erzählen, was sich seit unserem Auszug ereignet hat.

Sie lauschte gespannt seinem Bericht und fragte ihn mehrmals sorgfältig über gewisse Punkte aus. Zuletzt entließ sie ihn. Dann wandte sie sich an ihre Gefährten.

Jetzt ist mir alles klar, sagte sie. Tarzan erholte sich von der Wirkung der Tropfen, die wir ihm eingaben. Dann folgte er uns mit seinen Waziri, fing Esteban und tötete ihn, fand das Lager auf und nahm das Gold fort. Wir können noch von Glück sagen, wenn wir lebend aus Afrika fortkommen.

Laßt uns doch hinter diesem Tarzankerl hergehen und ihm das schöne Gold wieder abnehmen, rief Peebles wütend.

Flora Hawkes schüttelte den Kopf. Wir haben nicht die mindeste Aussicht von der Welt mehr. Ich kenne den Mann zu gut. Selbst wenn er allein wäre, könnten wir es nicht mit ihm aufnehmen, und jetzt hat er noch sein Pack Waziri mit sich, und bessere Krieger gibt es in ganz Afrika nicht als die. Die fechten für ihn bis zum letzten Mann. Ihr braucht Owaza nur zu sagen, daß ihr hinter Affentarzan und seinen Waziri her wollt, um das Gold wieder zu holen, dann ist im Nu kein einziger Nigger mehr bei uns. Tarzans bloßer Name ist für diese Schwarzen ein Schreckgespenst, wenn sie nur ein Jahr alt sind. Eher würden sie dem Teufel begegnen. Nein, mein Herrchen, wir sind hereingefallen, und können noch von Glück sagen, wenn wir lebend aus dem Lande herauskommen. Der Affenmensch wird uns im Auge behalten. Es sollte mich nicht wundern, wenn er uns gerade in diesem Augenblick bewachte. Auf diese Bemerkung hin sahen sich ihre Gefährten bange um und warfen nervöse Blicke nach der Dschungel. Und er würde uns nimmermehr nochmals nach Opar gelangen lassen, um eine neue Ladung Gold zu holen, selbst wenn wir unsere Schwarzen zum Umkehren bestimmen könnten.

Kraski saß mit niedergeschlagenen Augen und hörte den anderen zu. Jetzt hob er den Kopf. Unser Gold haben wir eingebüßt, sagte er, und ehe wir nach England zurückkommen, geht der Rest von unseren zweitausend Pfund drauf – mit anderen Worten: unser Unternehmen ist ein völliger Fehlschlag. Ihr anderen mögt damit zufrieden sein, ruiniert nach Hause zu gehen, aber ich nicht. Es gibt in Afrika noch andere Sachen als nur das Gold von Opar, und wenn wir aus dem

Lande hier herausgehen, sehe ich nicht ein, warum wir nicht etwas mitnehmen sollen, das uns für Zeit und Geldaufwand entschädigen kann.

Was meinst du damit? fragte Peebles.

Ich habe ein gut Stück Zeit damit verbracht, mit Owaza zu plaudern, erwiderte Kraski, und zu versuchen, seine dumme Sprache zu erlernen. Dabei habe ich allerhand über diesen alten Gauner herausgefunden. Er ist ein ganz geriebener alter Bursche, und ich habe außer seiner Affensprache so viel von ihm gelernt, daß ich ruhig sagen kann, wenn wir zusammenstehen, können wir immer noch mit einem netten Stück Geld aus Afrika abziehen. Ich persönlich habe das Gold von Opar noch nicht aus meinem Plan gestrichen. Was verloren ist, ist verloren, aber dort, wo das andere herkam, hole ich mir mein Teil eines Tages doch noch.

Aber wie steht es denn mit der anderen Sache? fragte Flora. Wieso kann Owaza uns helfen?

Hier irgendwo in der Gegend steckt eine kleine Bande von Arabern, erklärte Kraski, die Sklaven und Elfenbein rauben. Owaza weiß, wo sie an der Arbeit sind und wo ihr Hauptquartier liegt. Sie sind nur ein paar Mann, und ihre Schwarzen sind fast lauter Sklaven, die ihnen jeden Augenblick in den Rücken fallen können. Nun sage ich so: unsere Partei ist stark genug, um sie zu überwältigen und ihnen ihr Elfenbein abzunehmen, wenn wir ihre Sklaven auf unsere Seite ziehen können. Wir wollen ihnen für ihre Hilfe die Freiheit versprechen, und Owaza und seiner Bande einen Anteil am Elfenbein lassen.

Und du denkst, Owaza wird uns helfen? fragte Flora.

Der Plan stammt von ihm, erwiderte Kraski.

Das klingt nicht übel, sagte Peebles. Ich möchte für mein Teil nicht mit leeren Taschen heimgehen. Einer nach dem anderen bekundeten auch die übrigen ihre Zustimmung zu dem Vorschlag.

## Der Diamantenpalast

Als Tarzan den toten Bolgani aus dem Dorfe der Gomangani forttrug, lenkte er seine Schritte nach dem Bau, den er am Talrand erblickt hatte. Da er gegen den Wind ging, meldete ihm der Geruch bald, daß er sich dem Wohnort der Bolgani näherte. Mit der Witterung der Gorillamenschen mengte sich der

Geruch von Gomangani und gekochtem Essen, ferner der Anflug eines schweren, süßlichen Duftes, der sich nur mit Weihrauch vergleichen ließ. Vielleicht kam er aus dem großen Bau, der von Menschenhand errichtet schien und in seinem Inneren Menschen bergen mußte.

Als Tarzan am Stärkerwerden der Witterung merkte, daß er den Bolgani sehr nahe war, begab er sich mit seiner Bürde auf die Bäume, um vor Entdeckung besser geschützt zu sein. Bald sah er von oben durch das dichte Laub einen hohen Wall, hinter dem sich die Umrisse einer so fremdartigen und geheimnisvollen Baukunst zeigten, daß man versucht war, sie für Gebäude aus einer anderen Welt zu halten. Über den Wall kam der Geruch der Bolgani und der Duft des Weihrauchs, jetzt noch vermengt mit der Witterung Numas, des Löwen. Außen, vor dem Wall, war die Dschungel in etwa fünfzehn Meter Breite niedergelegt, so daß kein Baum über die Mauer ragte. Tarzan ging so nahe heran wie er konnte, hielt sich aber gut im Laub verborgen. An einer Stelle fand er sich endlich hoch genug über dem Boden, um über die Zinnen des Walles hinwegsehen zu können. Das Gebäude im Inneren der Umfriedigung hatte bedeutende Abmessungen. Seine einzelnen Teile schienen zu verschiedenen Zeiten und ohne Rücksicht auf das bereits Bestehende erbaut. Daraus ergab sich ein Durcheinander von miteinander verbundenen Gebäuden und Türmen, von denen sich auch nicht zwei glichen, obgleich das Ganze einen gefälligen, aber verschrobenen Eindruck machte. Das Gebäude stand auf einem drei Meter hohen Hügel, war durch eine granitene Umfassungsmauer abgeschlossen und besaß eine breite Steintreppe, die auf den ebenen Boden hinabführte. Um den Hauptbau herum standen Sträucher und Bäume, während ein ungeheurer Turm fast völlig von Efeu überwachsen war.

Die Fläche innerhalb des Walles betrug etwa fünfzehn bis zwanzig Morgen Land und war zum größten Teil von den Gebäuden bedeckt. Die Hügelterrasse war mit Spazierwegen, Blumen, Sträuchern und Zierbäumen versehen, während der untere Teil der Fläche als Gemüsegarten verwendet schien. Im Garten und auf der Terrasse befanden sich nackte Schwarze, die denen im Dorfe glichen, in dem er La zurückgelassen hatte. Ihnen schien die Pflege der Gewächse im Inneren der Einfriedigung anvertraut. Unter ihnen standen einige der gorillaartigen Geschöpfe, deren eines Tarzan im Dorfe getötet hatte, aber sie leiteten nur die Arbeit der Schwarzen, gegen die sie hochfahrend und roh waren. Diese Gorillamenschen waren, ähnlich dem, dessen Leiche hinter dem Affenmenschen in einer Baumgabel ruhte, mit reichem Schmuck angetan.

Während Tarzan mit Interesse alles besah, traten aus dem Hauptportal, einem ungeheuren Tor von etwa zehn Metern Breite und acht Metern Höhe, zwei Bolgani heraus. Diese beiden trugen Stirnbänder, an denen große, weiße Federn saßen. Sie traten vor, nahmen an den zwei Seiten des Eingangs Stellung, legten die Hände an den Mund und stießen eine Anzahl schriller Schreie wie Trompetenstöße aus. Alsbald verließen die Schwarzen ihre Arbeit und hasteten zu den Stufen, die von der Terrasse in den Garten hinabführten. Dort stellten sie sich zu beiden Seiten der Freitreppe auf, während die Bolgani zwei Reihen oben auf der Terrasse vom Hauptportal bis zur Treppe bildeten. Jetzt erscholl aus dem Inneren des Gebäudes ein anderer Trompetenruf und Tarzan sah die Spitze einer Prozession auftauchen. Zuerst erschienen vier Bolgani mit riesigen Keulen, dann kamen die beiden Trompetenrufer und zwanzig Schritt nach diesen schritt ein ungeheurer schwarzmähniger Löwe, den vier stämmige Schwarze, zwei auf jeder Seite, an goldenen Ketten führten, die an seinem von Diamanten funkelnden Halsband festgemacht waren. Hinter dem Löwen marschierten wieder zu vieren zwanzig speerbewaffnete Bolgani.

Die Haltung der Bolgani zu beiden Seiten des Tores bis zur Treppe drückte höchste Ehrfurcht aus, denn sie machten mit dem Körper bis zur Hüfte eine tiefe Verbeugung, als Numa zwischen ihren Reihen durchschritt. Als das Tier die Stufen der Freitreppe erreicht hatte, hielt die Prozession einen Augenblick an; die Schwarzen warfen sich zu Boden und berührten mit der Stirne die Erde. Numa, ein anscheinend bejahrter Löwe, besah mit boshaften Augen die niedergestreckten Menschen. Er bleckte seine Reißzähne, und rollend drang aus seinen tiefen Lungen ein unheilverkündendes Brüllen, bei dessen Ertönen die Gomangani vor unverhehltem Entsetzen zitterten. Die Prozession setzte ihren Weg die Treppe herab fort und zog nach rechts durch den Garten. Sobald sie vorbei war, nahmen Gomangani und Bolgani ihre unterbrochene Tätigkeit wieder auf.

Tarzan blieb in seinem Versteck, beobachtete weiter, und suchte nach einer Erklärung für die merkwürdigen Dinge, die er zu sehen bekam. Der Löwe war mit seinem Gefolge um die Palastecke gezogen und verschwunden. Was bedeutete er wohl diesen fremdartigen Geschöpfen? Wozu diese auf den Kopf gestellte Rangordnung der Arten? Hier galt der Mensch weniger als das Halbtier und ein echtes Tier – ein wildes Raubtier – schien über beiden zu stehen!

Eine Viertelstunde nach dem Verschwinden Numas um die Ostecke des Palastes herum erschollen erneut schrille Trompetentöne vom anderen Ende des

Baues. Die Prozession kam wieder in Sicht und nahm ihren Weg nach der Freitreppe. Alsbald nahmen die Gomangani und Bolgani wieder ihre Stellen vom Fuße der Freitreppe an bis zu den Türflügeln des Palastes ein, und wieder wurde Numa Ehrfurcht erwiesen, als er das Gebäude betrat.

Tarzan fuhr sich mit den Fingern durch sein dichtes krauses Haar, aber er konnte keine Deutung für das Gesehene finden. Doch war seine Neugierde nunmehr so stark erregt, daß er den Palast und seine Umgebung zu untersuchen beschloß.

Er ließ den Körper des Bolgani in seinem Versteck und begann eine Erforschung des Gebäudes von allen Seiten aus. Die Architektur war von allen Seiten die gleiche und der Garten ging auf allen vier Seiten um das Gebäude herum, obgleich ein Teil davon auf der Südseite mit Koppeln und Käfigen besetzt war, in denen zahlreiche Ziegen und ein beträchtliches Volk Hühner gehalten wurden. Auf dieser Seite befanden sich auch mehrere hundert jener schwebenden, bienenkorbförmigen Hütten, wie er sie im Dorfe der Gomangani gesehen hatte. Hier hausten wohl die schwarzen Sklaven, die alle harte und unangenehme Arbeit für Instandhaltung des Palastes verrichten mußten.

Die hohe Granitmauer der Umwallung war nur von einem einzigen Tor durchbrochen, das sich gegenüber der Ostseite des Palastes befand. Dies Tor war so groß und fest gebaut, als ob es dem Angriff zahlreicher und wohlbewaffneter Angreifer widerstehen sollte. In der Tat konnte es auch gegen mit schweren Rammböcken versehene Angreifer schützen. Daß aber je in absehbaren Zeiten Angriffe erfolgt waren, schien unwahrscheinlich. Mauer und Tor stammten wohl aus fast undenklich alten Zeiten, vielleicht aus den lange vergessenen Tagen der Atlantis, und sollten damals die Insassen des Diamantenpalastes vor den wohlbewaffneten Streitkräften beschützen, die von der Atlantis gekommen waren, um die Goldminen von Opar auszubeuten und Zentralafrika zu kolonisieren.

Mauer, Tor und Palast ließen zwar ein fast unvorstellbares Alter vermuten, waren aber in so gutem Zustand, daß sie von vernunftbegabten Wesen bewohnt sein mußten. Dazu sah Tarzan auf der Südseite einen neuen Turm im Bau, während eine Anzahl Schwarze unter Leitung einiger Bolgani Granitblöcke sägten, zurichteten und einbauten.

Tarzan machte nahe dem Osttor auf einem Baume halt und beobachtete, das Leben und Treiben auf dem Palasthofe vor dem alten Portal, als ein langer Zug kräftiger Gomangani aus dem Walde auftauchte und in die Umfriedigung einzog. In an je zwei Stangen aufgehängten Häuten trug dieser Trupp, zu je vier Mann an einem Block, rohbehauene Granitblöcke. Haltung und Benehmen der schwarzen Träger wie der Bolgani erinnerte auffällig an eine Eselkarawane, die nach dem Belieben ihrer Treiber stumpfsinnig ihres Weges trottet. Wenn einer träge war, wurde er mit der Spitze eines Speers angetrieben oder mit dem Speerschaft geschlagen. Dabei wurde nicht gröber als in der ganzen Welt bei Behandlung der Lasttiere vorgegangen, und die Schwarzen zeigten nicht mehr Lust zu Einwand oder Empörung als dummes getriebenes Vieh. Langsam zogen sie durch den Torweg und verschwanden aus der Sicht.

Bald darauf kam eine andere Abteilung aus dem Walde. Diese bestand aus fünfzig bewaffneten Bolgani und zweimal so viel schwarzen, mit Speer und Axt bewaffneten Kriegern. Die bewaffneten Geschöpfe umgaben eng vier muskulöse Träger, die auf einer kleinen Tragbahre eine verzierte, wohl zwei Fuß breite und hohe und etwa vier Fuß lange Kiste beförderten. Diese Kiste bestand aus dunklem, verwittertem Holz und war anscheinend mit Bändern und Ecken aus reinem, diamantbesetztem Gold verstärkt. Tarzan konnte nicht erraten, was diese Kiste enthielt, aber die Bewachung zeigte, daß es etwas Wertvolles sein mußte. Die Kiste wurde geradewegs in den großen, mit Efeu bewachsenen Turm am Nordosteck des Palastes getragen.

Tarzan schwang sich jetzt über den Dschungelpfad zu der Stelle, an der er den Körper des Bolgani gelassen hatte, warf sich diesen über die Schulter und kehrte zur Fährte nahe dem Osttor zurück. Als der Verkehr dort für einen Augenblick aussetzte, schleuderte er den Körper so nahe wie möglich an das Portal.

Dann machte sich Tarzan auf den Weg nach den Bergen auf der Rückseite des Tales mit dem Diamantenpalast. Er mußte oft Umwege machen, um Dörfer zu vermeiden und den zahlreichen Bolgani aus dem Wege zu gehen, die in jeder Richtung den Wald durchstreiften. Am Spätnachmittag kam er aus den Hügeln heraus zu voller Sicht des hinter ihnen liegenden Gebirges – rauhe Granitfelsmassive, deren jähe Gipfel hoch über den Pflanzenwuchs hinaufragten. Gerade vor ihm führte ein deutlich sich abzeichnender Pfad in eine Schlucht, die sich nach dem Gipfel hinaufschlängelte. Da die Luft rein war, stieg er vom Baum und nahm, unter Ausnützung des Unterholzes neben der Fährte, lautlos, aber rasch seinen Weg nach den Bergen. Auf dem größten Teil des Weges mußte er seinen Weg durch die Dickichte bahnen, denn der Pfad wurde dauernd von

Gomangani und Bolgani begangen, die mit leeren Händen hinzogen und mit schweren Granitblöcken zurückkamen.

Als er tiefer in die Berge eindrang, machte das dichte Unterholz einem leichteren Gestrüpp Platz, durch das er mit weit größerer Leichtigkeit, wenn auch mit mehr Gefahr, entdeckt zu werden, durchkam. Indessen fand Tarzan mit seiner Weidmannskunst Deckung, wo andere sich in vollster Sicht befunden hätten. In halber Höhe des Berges führte der Pfad durch eine nur sieben Meter breite Kluft, die aus dem Granitmassiv herausgewaschen schien. Hier ließ sich allerdings keine Deckung finden. Betreten der Kluft und Entdecktwerden wäre eins gewesen. Da bemerkte Tarzan, daß er auf einem kleinen Umweg den Gipfel der Schlucht erreichen konnte, wo er bestimmt zwischen zerklüfteten Granitklötzen und krummgewachsenen Bäumen und Gestrüpp Deckung finden und besseren Überblick über den Pfad unten haben konnte.

Als er eine günstige Stelle hoch über dem Pfad erreicht hatte, sah er im Gebirge einen offenen Kessel, der von einem Felsgrat umschlossen war. Überall ausmündende Löcher gaben ihm ein Ansehen wie ein Sieb und konnten nur Stolleneingänge sein. Zu einigen führten roh zurechtgezimmerte Leitern hinauf, während von anderen Stricke mit Knoten herunterbaumelten. Aus diesen Stollen kamen Leute heraus, die kleine Säcke mit Erde trugen, die sie neben einem durch die Schlucht fließenden Bach auf einen Haufen packten. Hier waren unter Aufsicht der Bolgani andere Schwarze damit beschäftigt, die geschürfte Erde auszuwaschen, aber was sie dabei zu finden erwarteten, konnte Tarzan nicht erraten.

An einer Seite des Felskessels brachen wieder andere Schwarze den Granit von den Felswänden, die dadurch allmählich zu einer vom Boden des Kessels bis zum Gipfel reichenden Terrasse geworden waren. Nackte Schwarze plagten sich mit rohen Werkzeugen unter der Aufsicht grimmiger Bolgani. Die Beschäftigung der Steinbrecher war klar genug, aber was mochten die anderen aus den Stollen herausholen? Ob es nicht Gold war? Aber woher bekamen sie nur ihre Diamanten? Sicherlich nicht aus diesen massiven Granitfelsen. Einige Minuten belehrten Tarzan, daß der Pfad vom Walde her in dieser kleinen Sackgasse endete. Deshalb suchte er noch weiter nach oben und im Bogen herumzukommen, um einen Paß durch den Grat der Berge zu finden.

Den Rest dieses Tages und den ganzen folgenden Tag verwendete er dazu; doch auf dieser Seite des Tales fand sich kein Ausgang. Er stieg bis hoch über die

Baumgrenze hinauf, kam aber immer wieder vor jäh, fast senkrecht abfallende Granitwände. Hinaus über die Seiten südlich und östlich des Kessels erstreckte er seine Untersuchung, aber mit dem gleichen enttäuschenden Erfolg, bis er wieder seine Schritte nach dem Walde lenkte, um nach Einbruch der Dunkelheit mit La den Weg durch das Tal von Opar zu versuchen.

Die Sonne ging eben auf, als Tarzan am Negerdorf ankam, in dem er La zurückgelassen hatte, aber seine Augen hatten es kaum erspäht, als er schon fürchtete, es möge etwas verkehrt gegangen sein. Das Tor stand weit offen und kein Bewohner war zu sehen. Stets vor einem Hinterhalt auf der Hut, spähte Tarzan erst sorgfältig herum, ehe er in das Dorf hinabstieg. Für seine geschulten Sinne war es klar, daß das Dorf seit wenigstens vierundzwanzig Stunden verlassen war. Er eilte zu der Hütte, in welcher La verborgen gewesen war, kletterte hastig am Strick in die Höhe und fand sie leer; von der Hohepriesterin zeigte sich keine Spur. Er hatte bereits noch weitere Hütten untersucht, als er die schwache Bewegung einer der schwebenden Wohnstätten bemerkte. Beim Näherkommen sah er, daß kein Strick zur Bodenöffnung heraushing. Tarzan blieb unter der Hütte stehen, hob sein Gesicht nach der Öffnung im Boden, konnte aber nichts als das Dach der Hütte erkennen.

Gomangani, rief er, ich bin es, Affentarzan. Komm an die Öffnung und sage mir, was aus deinen Genossen und meinem Weibe geworden ist, die ich hier unter eurem Schutze zurückließ.

Da keine Antwort kam, rief Tarzan nochmals, denn er war vollkommen davon überzeugt, daß sich jemand in der Hütte verborgen hielt.

Komm herunter, rief er wieder, sonst komme ich hinauf und hole dich.

Wieder erhielt er keine Antwort. Da zog er sein Jagdmesser aus der Scheide, nahm es zwischen die Zähne, sprang mit einem katzenartigen Satz nach der Öffnung, erfaßte deren Rand und zog sich ins Innere der Hütte hinauf.

Widerstand fand er keinen. Er konnte überhaupt im dämmerigen Licht der Hütte zunächst niemand finden. Erst als sich seine Augen daran gewöhnt hatten, entdeckte er ein Bündel Blätter und Gras, das an der anderen Seite des Flechtwerks lag. Er zog das Bündel auseinander und legte die zusammengekauerte Gestalt eines erschreckten Weibes frei.

Was ist vorgefallen? fragte er. Wo sind die Dörfler? Wo ist mein Weib?

Töte mich nicht! Töte mich nicht! kreischte sie. Ich war es nicht, es war nicht meine Schuld.

Sage mir die Wahrheit, erwiderte Tarzan, und dir soll nichts geschehen.

Die Bolgani haben sie mitgenommen, schrie das Weib. Sie erschienen, als die Sonne tief stand, und waren sehr zornig, denn sie hatten den Körper ihres Genossen vor dem Diamantenpalast gefunden. Sie wußten, daß er hier zu unserem Dorfe gegangen war, und seit dem Verlassen des Palastes hatte ihn keiner mehr lebend gesehen. Daher kamen sie hierher und bedrohten und folterten unsere Leute, bis ihnen die Krieger endlich alles sagten. Ich verbarg mich. Ich weiß nicht, warum sie mich nicht fanden. Aber endlich zogen sie ab und nahmen alle die anderen mit, auch dein Weib nahmen sie. Sie alle werden nie wiederkommen.

Du denkst, die Bolgani werden sie töten? fragte Tarzan.

Ja, entgegnete sie, sie töten alle, die ihr Mißfallen erregen.

Tarzan mußte nunmehr erst feststellen, wo sich La befand, und wenn sie noch lebte, mußte er alles aufbieten, sie zu befreien und ihr aus diesem Tale der Gefahren herauszuhelfen.

Er verbrachte den ganzen Tag damit, die Umgebung außerhalb des Palastes zu erkunden, fand aber keine Gelegenheit, unentdeckt hineinzukommen, weil sich stets und ständig Gomangani oder Bolgani im Garten befanden. Bei Einbruch der Dunkelheit wurde das große Osttor geschlossen und die Bewohner von Palast und Hütten zogen sich hinter die Mauern zurück, ohne auch nur eine einzige Wache aufzustellen – ein Umstand, der klar bewies, daß die Bolgani keinen Angriff befürchteten. Demnach war die Unterjochung der Gomangani eine vollständige und die turmhohe Mauer rund um den Palast mithin nur eine Erinnerung an alte Zeiten, in denen ein einst mächtiger, aber nun verschwundener Gegner Frieden und Sicherheit der Bolgani bedroht hatte.

Als völlige Dunkelheit eingetreten war, nahte sich Tarzan dem Tore und warf die Schlinge seines Grasseils über einen der in Stein gemeißelten Löwen, die die Zinne der Torpfosten krönten. Er erstieg flink die Mauer und ließ sich wie eine Feder drüben in den Garten hinab. Um sich für den Fall, daß er La fand, eine rasche Rückzugslinie zu sichern, entriegelte er die schweren Türflügel und schwang sie auf. Dann kroch er zu dem mit Efeu bewachsenen Turm, den er sich nach den Erkundigungen eines ganzen Tages herausgesucht hatte, weil er den leichtesten Zutritt zum Palast zu bieten schien. Der ganze Erfolg seines Planes hing von der Stärke des Efeus ab, der bis zur Zinne des Turmes hinaufgewachsen war, und zu seiner erheblichen Erleichterung fand er, daß dieser mit Leichtigkeit sein Körpergewicht trug.

Hoch über dem Boden, ganz nahe der Zinne des Turmes, hatte er ein offenes Fenster gesehen, das, ungleich den anderen in diesem Teil des Palastes, nicht vergittert war. Schwaches Licht schien aus verschiedenen Fenstern des Turmes wie aus anderen Stellen des Gebäudes. Unter Vermeidung dieser erhellten Fenster kletterte Tarzan rasch, aber mit Vorsicht zu der unvergitterten Öffnung hinauf. Als er sie erreicht hatte und seine Augen vorsichtig über den Sims hob, sah er mit Entzücken, daß es in eine unbeleuchtete Kammer hineinführte, deren Inneres aber so finster war, daß er nichts darin erkennen konnte. Vorsichtig zog er sich am Sims hoch und stieg lautlos in das Gemach hinein. Im Dunkel herumtastend, fand er eine Lagerstatt eigentümlicher Bauart, einen Tisch und ein Paar Bänke. Auf der Bettstelle lagen gewebte Stoffe, die über weiche gegerbte Antilopen- und Leopardenfelle geworfen waren.

Dem Fenster gegenüber befand sich eine geschlossene Tür. Diese öffnete er langsam und lautlos, bis er durch einen schmalen Schlitz auf einen schwach erleuchteten Flur oder vielmehr auf eine kreisrunde Wandelhalle hinaussehen konnte, in deren Mitte sich eine etwa vier Fuß weite Öffnung befand. Ein gerader Balken, in den alle Fuß lang Sprossen eingelassen waren, stand mitten in der Öffnung und verschwand nach oben durch eine ähnliche Öffnung in der Decke – ganz augenscheinlich war dies der Treppenschacht, der die verschiedenen Stockwerke des Turmes miteinander verband. Drei senkrechte Säulen in gleichmäßigem Abstand um den Umfang der kreisrunden Öffnung in der Mitte stützten die Decke nach oben. Rundherum an der Außenseite dieses runden Flurs waren weitere Türen. Da Tarzan kein Geräusch hörte und niemand sah, öffnete er die Tür ganz und trat in den Rundgang hinaus. Seine Nasenflügel fingen jetzt ganz deutlich den gleichen schweren Duft nach Weihrauch auf, der ihn schon vor einigen Tagen gelegentlich seiner ersten Annäherung an den Palast begrüßt hatte. Im Inneren des Turmes war indessen der Geruch so stark, daß er jede andere Witterung betäubte und für die Suche des Affenmenschen nach La ein fast unüberwindliches Hindernis bildete. In der Tat, als er sah, wie viele Türen sich auf diesem einzigen Stockwerk des Turmes befanden, fühlte er mit Bestürzung, wie wenig Aussicht auf Erfolg er hatte. Es schien undurchführbar, diesen riesigen Turm allein, ohne Unterstützung durch seine scharfen Geruchssinne zu untersuchen, selbst wenn er nur die allergewöhnlichsten Vorsichtsmaßregeln gegen Entdeckung traf.

Das Selbstvertrauen des Affenmenschen verstieg sich in keiner Weise etwa zu tölpelhafter Eitelkeit. Er kannte die Grenzen, die ihm gezogen waren und wußte, daß ihm wenig oder gar keine Aussicht gegenüber auch nur einigen Bolgani blieb, wenn sie ihn in ihrem Palaste entdeckten, wo ihnen alles vertraut und ihm alles fremd war. Hinter ihm befand sich das offene Fenster, die stille Nacht und die Freiheit. Vor ihm lauerten Gefahr, sicherer Fehlschlag und wahrscheinlicher Tod. Was sollte er wählen? Einen Augenblick stand er in schweigendem Nachdenken, dann hob er den Kopf, reckte seine breiten Schultern, schüttelte trotzig die schwarzen Locken und trat kühn auf die nächste Tür zu. Raum auf Raum untersuchte er, bis er im Kreise um den ganzen Flur herum war, aber seine Untersuchung verlief völlig ergebnislos. Er fand sinnreiche Möbel, Teppiche und Vorhänge, Ornamente von Gold und Diamanten und in einem matt erleuchteten Raum fand er sogar einen schlafenden Bolgani.

Als Tarzan mit der Runde auf diesem Flur zu Ende war, entschloß er sich, erst die oberen und dann die unteren Stockwerke durchzusehen. Diesem Plan zufolge stieg er die merkwürdige Treppe hinauf. An drei Fluren kam er vorbei, bis er den obersten Stock des Turmes erreicht hatte. Um jeden Flur zog sich ein Kranz von geschlossenen Türen, während jeder Flur von Dreifüßen – flachen goldenen Schalen, anscheinend voll Talg, in dem ein strickartiger Docht saß – matt erhellt wurde.

Auf dem obersten Flur fanden sich nur drei Türen. Die Decke dieses Stockwerkes wurde von dem kuppelartigen Dach des Turmes gebildet. Durch eine weitere in dessen Mitte befindliche Öffnung ragte der Steigbaum ins Dunkle der Nacht hinaus.

Als Tarzan die nächste Tür öffnete, krächzten die Angeln und gaben damit den ersten hörbaren Ton seit Tarzans Nachforschung bisher. Das Innere der vor ihm liegenden Kammer war unbeleuchtet. Tarzan stand ein paar Sekunden lang starr wie eine Bildsäule. Da wurde er plötzlich einer Bewegung, eines ganz schwachen Hauches von Geräusch, in seinem Rücken gewahr. Flink sich herumwerfend, sah er einen Menschen auf der entgegengesetzten Seite des Flurs in einer offenen Tür stehen.

## Die Goldbarren

Esteban Miranda hatte die Rolle Affentarzans vor den Waziri als seinen Zuschauern noch keine vierundzwanzig Stunden gespielt, als er schon merkte, daß es trotz der angeblichen Hirnbeschädigung ein recht schwieriges Ding war, die Täuschung erfolgreich fortzuführen. Zu alledem ereignete sich noch am Nachmittag ein Vorfall, der dem Spanier bewies, daß er sich alles andere als ein Bett von Rosen bereitet hatte, und daß er so bald als möglich die Gesellschaft der Waziri unter einer Ausrede verlassen mußte, wenn er sein Leben behalten wollte.

Sie zogen um diese Zeit eben durch eine stark gelichtete Dschungel. Das Gesträuch war nicht sonderlich dicht und die Bäume standen ziemlich weit auseinander, als sie plötzlich ohne vorherige Warnung ein Nashorn angriff. Zur Bestürzung der Waziri machte Affentarzan im selben Augenblick, in dem seine Augen den anstürmenden Buto erblickten, kehrt und floh nach dem nächsten Baum. In seiner Hast stolperte Esteban und fiel, und als er schließlich doch den rettenden Baum erreichte, suchte er, statt behend in die unteren Zweige hinaufspringen, an dem dicken Baumstamm wie ein Schuljunge in die Höhe zu klettern, rutschte ab und fiel abermals rücklings auf den Boden.

Buto, der nur nach Gehör oder Geruch angreift, weil sein Sehvermögen außerordentlich gering ist, hatte sich inzwischen durch einen Waziri von seiner ursprünglichen Richtung abbringen lassen, verfehlte ihn aber und verschwand tobend wieder im Busch.

Als sich Esteban schließlich wieder erhob und feststellte, daß das Nashorn fort war, sah er sich von einem Halbkreis ungeheurer Schwarzer umringt, auf deren Gesichtern ein Ausdruck von Mitleid und Kummer, manchmal nicht ganz frei von Verachtung, geschrieben stand. Der Spanier merkte, daß er sich durch den Schrecken zu einem nicht wieder gut zu machenden Fehler hatte hinreißen lassen, griff aber mit dem Mute der Verzweiflung nach der einzigen Ausrede, die er vorbringen konnte.

Mein armer Kopf, rief er, beide Hände an die Schläfen pressend.

Der Schlag traf doch deinen *Kopf*, Bwana, sagte Usula. Deine treuen Waziri dachten immer, das *Herz* ihres Herrn kenne keine Furcht.

Esteban gab keine Antwort und schweigend nahmen sie wieder ihren Weg auf. Schweigend zogen sie weiter, bis sie kurz vor Einbruch der Dunkelheit an einem

Flußufer gerade über einem Wasserfall lagerten. Esteban, der aus seiner Zwangslage entkommen wollte, befahl den Waziris den Schatz zu vergraben.

Wir wollen ihn hier lassen, sagte er, und morgen auf die Suche nach den Dieben ziehen und ihnen beibringen, daß sie nicht ungestraft in Tarzans Dschungel kommen dürfen. Die Verletzung meines Kopfes hielt mich davon ab, sie unmittelbar nach Entdeckung ihrer Hinterlist zu bestrafen.

Diese Haltung gefiel den Waziri besser. Sie schöpften Hoffnung. Affentarzan schien wieder der alte zu werden, darum zogen sie am nächsten Morgen mit leichteren Herzen und neuer Fröhlichkeit aus, um das Lager der Engländer zu suchen. Auf Grund eines schlauen Hinweises von Usula schnitten sie in der Dschungel ein Stück des Weges quer nach deren wahrscheinlicher Marschlinie ab und trafen bereits gegen Abend um die Lagerzeit auf das Lager. Schon lange vorher konnten sie den Rauch der Feuer riechen und das Singen und Plaudern der Träger von der Westküste hören.

Jetzt sammelte Esteban die Waziri um sich. Meine Kinder, sagte er, sich auf Englisch an Usula wendend, diese Fremden kamen hierher, um Tarzan ein Unrecht zuzufügen. Daher ist die Vergeltung Tarzans Recht. Geht ihr daher und überlaßt es mir allein, die Feinde nach meiner Art zu bestrafen. Zieht nach Hause und laßt das Gold noch, wo es ist, denn es wird wohl eine lange Zeit dauern, ehe ich es brauche.

Die Waziri waren enttäuscht, denn dieser neue Plan stimmte nicht im mindesten mit ihren Wünschen überein, die dahin gingen, ein höchst erfreuliches Blutbad unter den Schwarzen von der Westküste anzurichten. Erst standen sie in unbehaglichem Schweigen da, dann begannen sie miteinander im Waziridialekt zu reden und bestürmten Usula, bis er sich wieder an ihn wandte.

Oh, Bwana, rief der Schwarze. Wie können wir wieder zu Lady Greystoke heimziehen und ihr melden, wir hätten dich verletzt und allein den Gewehren der weißen Männer und ihrer Askari gegenüber gelassen? Seit der Verletzung deines Kopfes bist du nicht mehr der alte und wir haben Furcht, dich in der Dschungel allein zu lassen. Überlasse es lieber uns, deinen treuen Waziri, diese Leute zu bestrafen, dann wollen wir dich nachher sicher nach Hause bringen, wo du dich von dem Unfall, der dich betroffen hat, erholen kannst.

Der Spanier lachte. Ich bin wieder fast hergestellt, sagte er, und befinde mich allein in keiner größeren Gefahr, als wenn ich mit euch zusammen bin. Ihr habt meinen Wünschen Folge zu leisten. Zieht alsbald auf dem Wege zurück, den wir eben gekommen sind. Wenn ihr wenigstens zwei Meilen entfernt seid, schlagt für diese Nacht das Lager auf, und morgen früh zieht ihr weiter heimwärts. Macht kein Geräusch, ich will nicht, daß jene erfahren, daß ich hier bin. Sorgt euch nicht um mich. Ich werde euch wahrscheinlich auf dem Heimweg überholen. Geht!

Sorgenvoll wandten sich die Waziri nach der eben zurückgelegten Fährte zurück und einen Augenblick später verschwand der letzte von ihnen aus des Spaniers Augen.

Mit einem Seufzer der Erleichterung ging Esteban Miranda nach dem Lager seiner eigenen Leute. Da er fürchtete, bei Überraschung von den Askari mit Schüssen begrüßt zu werden, pfiff er erst und rief sie dann bei der weiteren Annäherung laut an.

Es ist Tarzan, rief der erste der Schwarzen, der ihn sah. Nun werden wir doch alle getötet werden.

Esteban sah die wachsende Erregung unter den Trägern und den Askaris – er sah wie die letzteren bereits ihre Gewehre faßten und nervös am Abzug spielten.

Ich bin es, Esteban Miranda, rief er laut. Flora! Flora! sag diesen Narren, sie sollen ihre Gewehre beiseite legen.

Auch die Weißen standen und paßten auf ihn auf, aber beim Klang seiner Stimme wandte sich Flora zu den Schwarzen. Es ist alles in Ordnung, sagte sie, dies ist nicht Tarzan. Laßt eure Gewehre weg.

Wir dachten, du seiest tot, sagte Kraski. Einige von diesen Burschen behaupteten, Tarzan habe gesagt, er habe dich getötet.

Er nahm mich fest, sagte Esteban, und ich dachte, er werde mich töten, aber er tat es nicht und ließ mich schließlich laufen. Vielleicht nahm er an, ich würde in der Dschungel umkommen.

Muß dich wohl gekannt haben, sagte Peebles. Gestorben wärst du todsicher, wenn du mitten in der Dschungel allein gelassen worden wärest – verhungert wärst du.

Esteban gab auf diesen Spott keine Antwort, sondern wandte sich an Flora. Bist du nicht froh, mich zu sehen, Flora? fragte er. Das Mädchen zuckte mit den Achseln. Warum soll ich anders sein? fragte sie. Unsere Unternehmung ist fehlgeschlagen. Und die anderen denken, du seist daran schuld.

Der Spanier machte ein finsteres Gesicht. Er kümmerte sich zwar nicht um die anderen, aber er hatte angenommen, Flora werde über seine Rückkehr einige Freude zeigen. Ja, wenn sie gewußt hätte, was er im Schilde führte, wäre sie wohl glücklicher gewesen, ihn zu sehen und nur zu froh, ihm etwas Zuneigung zu beweisen. Aber sie wußte es eben nicht. Sie wußte nicht, daß Esteban Miranda die Goldbarren an einer Stelle verborgen hatte, von der er sie eines schönen Tages wiederholen konnte. Er hatte die Absicht gehabt, sie zum Verlassen der anderen zu überreden, später wollten sie dann beide zurückkehren und den Schatz wiedergewinnen, aber nun war er gereizt und beleidigt – keiner von ihnen sollte auch nur einen Pfennig haben – er würde warten, bis sie Afrika verlassen hatten, dann wollte er zurückkommen und alles für sich nehmen. Der einzige Wermutstropfen für ihn war, daß die Waziri den Ort des Schatzes wußten und daß sie früher oder später mit Tarzan zurückkehren und ihn holen würden. Dieser schwache Punkt in seinen Erwägungen mußte geändert werden, und dazu brauchte er Beistand. Das bedeutete soviel wie, er mußte sein Geheimnis mit einem anderen teilen. Aber mit wem?

Ohne die mürrischen Blicke seiner Gefährten sehen zu wollen, nahm er unter ihnen seinen Platz ein. Augenscheinlich waren sie keineswegs erfreut, ihn zu sehen, aber er wußte nicht gerade warum. Kraski brachte aber bald den Grund zur Sprache.

Miranda, sagte er, wir sind alle der Ansicht, daß du und Bluber am Fehlschlag der Unternehmung schuld sind. Wir andern haben uns nichts vorzuwerfen. Aber während deiner Abwesenheit haben wir einen Plan entworfen, um etwas aus Afrika mitzunehmen, das uns wenigstens teilweise für den Verlust des Goldes entschädigen soll. Aber dich brauchen wir nicht zur Ausführung. Wir haben ja nichts dagegen, wenn du der Gesellschaft halber mit uns gehst, aber du kannst an allem, was wir dabei herausholen, keinen Anteil haben. Der Spanier lächelte. Das ist ganz in der Ordnung, sagte er. Ich werde nichts verlangen. Ich möchte unter keinen Umständen einem von euch etwas wegnehmen. Dabei grinste er innerlich beim Gedanken an das Gold, das er sich eines Tages allein aus Afrika holen wollte. Bei dieser unerwartet ruhigen Zustimmung fühlten sich die anderen stark erleichtert und die schwüle Atmosphäre der Zurückhaltung war alsbald beseitigt.

Ich hab es immer gesagt, daß du ein anständiger Mensch bist, meinte Peebles, und ich bin mächtig froh, dich wieder heil und munter zurück zu sehen. Es ging mir schrecklich nahe, als ich hörte, du wärst kaltgemacht. Wahrhaftig!

Ja, sagte Bluber, John war so elend, daß er sich jede Nacht hat geweint in Schlaf, nicht wahr, John?

Rede dir nix an den Hals, Bluber, brummte Peebles böse.

Ich will mir doch nichts reden an den Hals, antwortete Adolf beschwichtigend. Natürlich waren wir alle traurig, weil wir dachten, Esteban sei getötet und natürlich sind wir alle froh, daß er ist wieder zurück.

– – Und daß er nicht mit Kippe machen will, ergänzte Throck.

In dieser Nacht verbrachte der Spanier vor dem Einschlafen ein oder zwei Stunden mit Entwerfen eines Planes, der ihm das Gold sicherte, ohne daß es die Waziri später wegholen konnten. Die Stelle, an der es verborgen lag, konnte er leicht wiederfinden und es zu einer anderen in nächster Nähe schaffen, vorausgesetzt, daß er alsbald auf den mit Usula gegangenen Pfade zurückgehen konnte. Das konnte er allein durchführen; dann war er sicher, daß keiner außer ihm die neue Stelle wußte. Aber ebenso sicher konnte er nie mehr von der Küste zurückkehren und es in seinem Versteck auffinden. Also mußte er sein Geheimnis doch mit einem anderen teilen, der die Stelle jederzeit und aus jeder Richtung wiederfinden konnte. Wem konnte er in dieser Beziehung trauen? Er ließ im Geiste sorgfältig die gesamte Mannschaft ihrer Safari Revue passieren und beständig kam er auf eine einzige Persönlichkeit zurück – Owaza. Er hatte zwar kein besonderes Zutrauen zu der Ehrlichkeit des alten Schurken, aber er fand keinen geeigneteren. Schließlich würde er sich lieber auf dessen Habsucht als auf seine Ehre verlassen. Er konnte ja den Kerl gut bezahlen und ihn über seine wildesten Träume hinaus reich machen. Schließlich fiel er in Schlaf und träumte davon, was er mit seinem Golde in den heiteren Hauptstädten der Welt alles anfangen könne.

Als sie am nächsten Morgen frühstückten, erwähnte Esteban so nebenbei, er sei am Tage zuvor an einer zahlreichen Antilopenherde vorbeigekommen und schlug vor, er wolle vier oder fünf Leute nehmen und eine kleine Jagd unternehmen. Abends wolle er die anderen dann wieder im nächsten Lager treffen. Niemand erhob hiergegen eine Einwendung, denn alle hofften, er werde einmal von einer solchen Jagd nicht wiederkommen.

Ich werde mir Owaza mitnehmen, sagte er. Als Jäger ist er der klügste von allen. Aber als er nachher Owaza mit seiner Sache kam, erhob der Schwarze Einwendungen.

Wir haben noch reichlich für zwei Tage Fleisch, sagte er. Laß uns so rasch wie möglich weiterziehen, damit wir aus dem Lande Tarzans und der Waziri herauskommen. Ich kann von hier bis zur Küste Wild genug finden. Laß uns erst noch zwei Tage weiterrücken, dann will ich mit dir auf die Jagd gehen.

Höre, sagte Esteban flüsternd. Ich will mehr als nur Antilopen jagen. Hier im Lager kann ich es dir nicht sagen, aber warte, bis wir fort sind. Die Jagd mit mir heute wird dir mehr einbringen als das ganze Elfenbein der Räuber.

Owaza spitzte die Ohren und kratzte seinen Wollkopf.

Es ist ein guter Tag zum Jagen, Bwana, sagte er. Ich werde mit dir gehen und fünf Burschen mitbringen.

Sobald Owaza für den Haupttrupp den Tagesmarsch vorgeschrieben und den Lagerplatz für die Nacht so bestimmt hatte, daß er ihn finden konnte, zog der Jagdtrupp nach der Fährte, die Usula am Tage nach dem Vergraben des Schatzes gemacht hatte. Sie waren noch nicht weit gekommen, als Owaza die frische Spur der Waziri bemerkte.

Viele Leute sind hier gestern durchgekommen, sagte er, den Spanier forschend ansehend.

Sie müssen nach mir hier vorbeigekommen sein, antwortete dieser.

Sie kamen fast bis an unser Lager, sagte Owaza. Dann gingen sie zurück. Höre, Bwana, ich habe hier mein Gewehr. Du sollst vor mir gehen. Wenn diese Fährte von deinen Leuten gemacht ist, und wenn du mich in einen Hinterhalt lockst, dann sollst du der erste sein, der stirbt.

Owaza, sagte Esteban, wir sind nun weit genug vom Lager entfernt, so daß ich dir alles erklären kann. Diese Fährte ist von den Waziri Affentarzans gemacht, die einen Tagemarsch von hier das Gold für mich vergraben haben. Ich habe sie nach Hause gesendet und du sollst mir jetzt helfen, das Gold an einem anderen Platze zu verbergen. Wenn die übrigen ihr Elfenbein bekommen haben und nach England zurückgekehrt sind, kommen wir beide, du und ich, hierher zurück und holen uns das Gold. Dann werden wenigstens wir beide wohl belohnt sein.

Aber wer bist du denn eigentlich? fragte Owaza. Ich habe oft daran gezweifelt, daß du Affentarzan bist. Als wir das Lager vor Opar verließen, sagte mir einer meiner Leute, du seiest vergiftet im Lager zurückgelassen worden. Er sagte, er habe es mit eigenen Augen gesehen – dein Körper lag hinter einigen Büschen verborgen – und doch warst du an jenem Tage auf dem Marsche bei uns. Ich dachte damals, er habe mich belogen. Gibt es denn zwei Affentarzans?

Ich bin nicht Tarzan, sagte Esteban. Er war es, der von den Unsrigen im Lager vergiftet wurde. Aber sie gaben ihm nur etwas, das ihn auf lange Zeit in Schlaf versenkte. Vielleicht hoffen sie auch, er werde vor dem Erwachen von wilden Tieren getötet werden. Ob er noch lebt oder nicht, wissen wir nicht. Was mich betrifft, hast du also weder von den Waziri noch von Affentarzan etwas zu fürchten, Owaza, denn ich gehe ihnen vielleicht noch mehr aus dem Wege als du.

Der Schwarze nickte. Aber er blieb immer noch mit dem schußbereiten Gewehr in der Hand hinter dem anderen.

Vorsichtig, um die Waziri nicht zu überholen, rückten sie vor, aber bald, nachdem sie die Stelle passiert hatten, an der deren Lager gewesen war, sahen sie, daß jene einen anderen Weg eingeschlagen hatten, und daß keine Gefahr mehr bestand, mit ihnen zusammenzugeraten.

Als sie noch etwa eine Meile von dem Versteckplatz des Goldes entfernt waren, sagte Esteban zu Owaza, er solle seine Leute zurücklassen, sie wollten den Platzwechsel der Goldbarren selbst vornehmen.

Je weniger davon wissen, erklärte er dem Schwarzen, um so sicherer für uns.

Der Bwana spricht Worte der Weisheit, erwiderte der schlaue Schwarze.

Esteban fand die Stelle bei dem Wasserfall ohne Schwierigkeit und stellte durch eine Frage fest, daß Owaza die Gegend ganz genau kannte.

Sie schafften das Gold nur eine kurze Strecke weit, und verbargen es nahe dem Flußufer in einem Dickicht. Dort lag es ebenso sicher, als wenn sie es Hunderte von Meilen weit fortgeschafft hätten, denn weder die Waziri noch sonst jemand, der den ursprünglichen Versteckplatz des Goldes erfuhr, würde es in nächster Nähe wieder suchen.

Als sie fertig waren, sah Owaza nach der Sonne.

Es ist unmöglich, das Lager heute noch vor der Nacht zu erreichen, sagte er. Selbst wenn wir sie nur bis morgen einholen wollen, müssen wir uns sehr beeilen.

Das dachte ich mir, erwiderte Esteban, aber wenn wir sie nie wieder finden, soll es mir auch recht sein.

Owaza verstand und grinste.

Wozu das Leben im Kampfe mit den Elfenbeinräubern wagen, dachte er, um ein paar armselige Stoßzähne als Anteil zu bekommen, während all dies Gold hier nur darauf wartet, nach der Küste geschafft zu werden, um unser zu sein?

## Der flache Turm

Auf dem obersten Flur des efeuüberwachsenen Ostturmes vom Diamantpalast drehte sich Tarzan um und sah hinter sich den Mann stehen. Mit flinken Fingern riß er sein Messer aus der Scheide. Aber fast im selben Augenblick ließ er die Hand sinken, und starrte ungläubig auf den anderen. Denn das war ein Weißer, kahlköpfig, alt und runzelig, mit langem, weißem Barte – ein Weißer, nackt bis auf einige barbarische Schmuckstücke aus Goldspangen und Diamanten.

Mein Gott! rief die eigenartige Erscheinung.

Tarzan sah den anderen verwundert an und kam beinahe aus der Fassung.

Was bist du, wer bist du? fragte der Alte diesmal in der Sprache der Riesenaffen.

Sie gebrauchten eben ein englisches Wort, sagte Tarzan auf englisch. Sprechen Sie diese Sprache?

Ach, guter Gott, rief der alte Mann, daß ich es doch erlebt habe, die Sprache noch einmal zu hören! Auch er sprach jetzt englisch, stockend, wie es einer spricht, der es lange nicht mehr gehört hat.

Wer sind Sie? fragte Tarzan, was tun Sie hier?

Die gleiche Frage wollte ich Ihnen stellen, antwortete der alte Mann. Haben Sie keine Scheu, mir Auskunft zu geben. Sie sind offenbar ein Engländer und haben als solcher nichts von mir zu fürchten.

Ich suche eine Frau, die die Bolgani gefangengenommen haben, entgegnete Tarzan.

Der andere nickte. Ja, sagte er, ich weiß; sie ist hier.

Befindet sie sich in Sicherheit? fragte Tarzan.

Man hat ihr nichts getan, sagte der alte Mann. Sie wird hier bis morgen oder übermorgen sicher sein. Aber wer sind Sie und wie fanden Sie Ihren Weg aus der Außenwelt hierher?

Ich bin Affentarzan, erwiderte der Affenmensch. Ich kam in dies Tal, als ich nach einem Wege aus dem Tale von Opar suchte, wo das Leben meiner Gefährtin bedroht war. Und Sie?

Ich bin ein alter Mann, entgegnete der andere, und schon seit meiner Jugend hier. Ich kam mit Stanley nach Afrika und zog mit ihm in das Innere. Eines Tages verirrte ich mich und fiel unfreundlichen Eingeborenen in die Hände, die mich zu ihrem Dorfe schleppten, aus dem ich schließlich entkam, aber ich war so gründlich verirrt, daß ich nicht einmal mehr die Richtung nach der Küste wußte. Monatelang wanderte ich herum, bis ich schließlich – verwünscht sei der Tag – den Eingang in dieses Tal fand. Die Burschen hier fanden heraus, daß sie meine Kenntnisse verwerten konnten, und seitdem helfe ich ihnen in ihren Steinbrüchen und Minen und beim Diamantenschneiden. Ich habe ihnen eiserne Bohrer mit gehärteten Spitzen und Kronenbohrer mit Diamanten gemacht und heute bin ich wie einer von ihnen, aber ich hoffte immer, ich könnte eines Tages aus dem Tale entkommen. Doch das ist aussichtslos.

Gibt es keinen Weg nach draußen? fragte Tarzan.

Ja, aber er ist stets bewacht.

Wo ist er? erkundigte sich Tarzan.

Er ist die Verlängerung von einem der Minenstollen, der bis zu dem Tale auf der anderen Seite durch das Gebirge durchgeht. Auf der Rückseite der goldhaltigen Quarzgesteine befindet sich ein Diamanten führendes Lager von zersetztem Olivinfels. Einer der Schächte ist durch einen Stollen mit der entgegengesetzten Seite des Berges verbunden. Dieser Tunnel und der Pfad nach Opar sind die einzigen Ausgänge. Der Tunnel ist bewacht, um das Entkommen von Sklaven zu verhüten. Den Pfad nach Opar bewachen sie nicht, weil sie die Oparier nicht länger fürchten und weil sie genau wissen, daß keiner ihrer Gomanganisklaven das Tal der Sonnenanbeter zu betreten wagt.

Wie ist der Tunnel bewacht? fragte Tarzan.

Zwei Bolgani und ein Dutzend oder mehr Gomanganikrieger sind stets dort auf Wache, erwiderte der alte Mann.

Würden die Gomangani gerne entkommen?

Man hat mir erzählt, daß sie es früher oft genug versucht haben, sagte der Alte, obgleich es zu meiner Zeit, seit ich hier bin, nicht vorgekommen ist. Aber sie wurden stets wieder gefangen und gefoltert. Dazu wurde ihre ganze Rasse dafür bestraft und mußte um so härter fronen, weil einige wenige einen solchen Versuch unternommen hatten.

Sind sie zahlreich – die Gomangani?

Es sind ihrer wohl fünftausend im Tale, antwortete der alte Mann.

Und wieviele Bolgani? fragte der Affenmensch.

Etwa zehn bis elfhundert.

Fünf zu eins, murmelte Tarzan, und doch fürchten sie sich, einen Versuch zur Befreiung zu machen.

Sie müssen bedenken, sagte der Greis, daß die Bolgani die beherrschende und intelligente Rasse sind – die anderen stehen mit ihrem Intellekt nur wenig über den Tieren des Waldes.

Aber dennoch sind sie Menschen, beharrte Tarzan.

Nur der Gestalt nach, entgegnete der Alte. Sie können sich noch nicht einmal wie Menschen zusammengesellen. Das Zusammensein in Dörfern, ebenso wie die Waffen, haben ihnen erst die Bolgani beigebracht, damit sie nicht gänzlich von Löwen und Leoparden ausgerottet würden. Früher baute jeder Gomangani, abseits von den anderen, für sich allein eine Hütte und nahm sein Einsiedlerleben auf. Später lehrten die Bolgani sie, Dörfer und Palisaden zu bauen und zwangen Männer und Weiber, darin zu verbleiben und ihre Kinder zurückzuhalten. Nachher mußten die Kinder im Dorfe bleiben, so daß nunmehr einzelne Gemeinden etwa vierzig bis fünfzig Einwohner aufweisen. Aber die Mißhandlungen durch die Bolgani töten viele, und die Raubtiere holen gleichfalls manchen.

Fünf zu eins, und doch dulden sie die Sklaverei – was müssen das für Feiglinge sein, sagte der Affenmensch.

Im Gegenteil, sie sind keineswegs Feiglinge, widersprach der Alte. Einem Löwen werden sie mit der größten Tapferkeit entgegentreten. Aber sie sind seit so vielen Menschenaltern dem Willen der Bolgani untertan, daß ihnen die Unterwerfung zur Gewohnheit geworden ist wie uns die Gottesfurcht.

Das ist bemerkenswert, sagte Tarzan. Aber sagen Sie mir, wo ist die Frau, nach der ich suche.

Ist sie Ihre Gattin? fragte der Alte.

Nein, erwiderte Tarzan. Sie ist La, Königin von Opar, Hohepriesterin des Feuergottes.

Der alte Mann sah ihn ungläubig an. Unmöglich! rief er. Es kann nicht sein, daß die Königin von Opar zum Sitze ihrer Erbfeinde kam.

Sie mußte, erwiderte Tarzan. Ein Teil ihres Volkes bedrohte ihr Leben, weil sie mich nicht ihrem Gotte opfern wollte.

Wenn das die Bolgani wüßten, wie würden sie sich freuen, sagte der Greis.

Geben Sie mir an, wo sie sich befindet, forderte Tarzan. Sie beschützte mich vor ihrem Volke, und es ist meine Pflicht, ihr beizustehen.

Ich kann Ihnen wohl angeben, wo sie ist, sagte der Alte, aber Sie können sie nicht retten.

Ich kann es versuchen, erwiderte der Affenmensch.

Der alte Mann zuckte die Achseln. Sie kennen die Bolgani nicht, meinte er.

Sagen Sie mir, wo die Frau ist, drängte Tarzan.

Der Alte gab Tarzan einen Wink, ihm in sein Gemach zu folgen, und ging an ein nach Westen hinausgehendes Fenster. Dort deutete er nach einem merkwürdigen flachen Turm, der sich nahe dem Westende des Palastes über das Dach des Hauptgebäudes erhob. Wahrscheinlich befindet sie sich im Inneren dieses Turmes, sagte der Alte, aber Sie würden sie ebensogut am Nordpol suchen.

Tarzan nahm mit seinen scharfen Augen jeden wichtigen Punkt des vor ihm liegenden Bildes in sich auf. Er sah den merkwürdigen Turm mit dem flachen Dach, das ihm vom Hauptgebäude aus erreichbar schien, denn die Zweige der alten Bäume berührten es an einigen Stellen. Außer einem matten Licht in einigen Palastfenstern war kein Zeichen von Leben zu bemerken. Er drehte sich wieder kurz nach dem alten Manne um.

Ich kenne Sie zwar nicht, sagte er, aber ich glaube, daß ich Ihnen trauen kann. Sie könnten sich vielleicht durch den Verrat meiner Person Gunst erwerben, aber ich kann nicht glauben, daß Sie es tun werden.

Haben Sie keine Furcht, sagte der Alte; wenn ich helfen könnte, würde ich es tun, aber ich weiß ja, daß ihre Pläne hoffnungslos sind. Das Weib können Sie nicht retten und Sie werden auch nicht mehr aus dem Palaste herauskommen, wenn es nicht die Bolgani selbst wollen.

Der Affenmensch lachte nur. Wenn Sie zu entkommen wünschen, dann kommen Sie mit mir. Wir werden vielleicht keinen Erfolg haben, aber wenn Sie es mit mir zusammen versuchen, haben Sie immer noch bessere Aussicht, als wenn Sie hier im Turme bleiben.

Der alte Mann schüttelte den Kopf. Nein, sagte er, es ist hoffnungslos. Wenn ein Entkommen möglich wäre, dann wäre ich schon lange fort.

Nun, dann Gott befohlen, sagte Tarzan, schwang sich aus dem Fenster, und kletterte an den kräftigen Stämmen des alten Efeu auf das Dach hinab.

Der Alte beobachtete ihn eine Zeitlang, bis er ihn vorsichtig das Dach des Hauptgebäudes überqueren sah. Dann drehte er sich um und huschte eilig über den rohen, leiterartigen Sprossenständer hinab.

Tarzan nahm seinen Weg über das unregelmäßige Dach des Hauptgebäudes und kletterte die Seiten seiner höheren Zinnen hinauf, bis er die Strecke zwischen dem Ostturm und dem eigenartig gebauten, abgeflachten Gebäude übersehen konnte. Er kam nur langsam vorwärts, denn er bewegte sich mit der Vorsicht eines Raubtiers und hielt oft im dichten Schatten an, um zu lauschen.

Als er endlich den Turm erreicht hatte, fand er daran viele Öffnungen, die, wie in dem anderen Turm, nur mit Vorhängen aus dem schweren Gewebe geschlossen waren. Er zog einen davon zur Seite und fand einen weiten Raum ohne irgendwelche Einrichtung. In der Mitte war wie im Ostturm eine kreisrunde Öffnung, durch die ein Sprossenständer herausragte. Niemand war im Raume zu sehen, deshalb ging Tarzan sofort zu dem Treppenschacht hinüber. Tarzan sah vorsichtig durch die Öffnung hinunter und stellte fest, daß der Schacht tief hinabführte und an vielen Stockwerken vorbeiging. Er konnte nicht beurteilen, wie weit er reichte, aber er schien sich bis in unterirdische Räume zu erstrecken. Geräusch von Leben und Treiben drang durch den Schacht herauf und Gerüche machten sich bemerkbar, aber sie waren alle von dem schweren Weihrauchduft übertäubt und unkenntlich gemacht.

Gerade dieser Umstand aber hatte für den Affenmenschen Folgen, denn andernfalls hätte seine feinfühlige Nase die Witterung eines ganz in der Nähe befindlichen Gomangani entdeckt. Dieser Bursche lehnte hinter einem der Vorhänge an einer Maueröffnung und hatte Tarzan schon beim Betreten des Raumes gesehen. Wenn er Intelligenz genug besessen hätte, um abergläubisch sein zu können, würde er Tarzan für einen vom Himmel herabgestiegenen Gott gehalten haben. Da aber jede Art von Einbildungskraft für ihn zu hoch war, wußte er nur, daß er ein fremdartiges Wesen erblickt hatte, und fremdartig hieß nach seiner Überzeugung feindselig. Demnach war es seine Pflicht, seine Herren im Palaste von dieser Erscheinung zu benachrichtigen, aber er wagte nicht, sich zu rühren, ehe nicht die Erscheinung weit entfernt war; er legte keinen Wert darauf, die Aufmerksamkeit auf sich zu ziehen, denn er hatte herausgefunden, daß man um so weniger zu dulden hatte, je mehr man sich aus dem Gesichtskreis der Bolgani heraushielt. Der Fremde sah lange Zeit den Treppenschacht hinunter und eben so lange lag der Gomangani ruhig auf der Lauer. Als jener endlich die Sprossen hinabstieg und verschwand, eilte der Schwarze hurtig über das Dach des Palastes nach einem hohen Turm am Westende.

Während Tarzan die Leiter hinabstieg, wurde der Weihrauch immer lästiger. Ohne diesen Umstand hätte er in kürzester Zeit nach dem Geruch seine Untersuchung anstellen können; nun mußte er auf jeden Laut hören und in vielen Fällen sogar die einzelnen Räume vom Mittelflur aus öffnen und betreten. Wo die Türen verschlossen waren, legte er sich flach hin und lauschte nahe dem Schlitz am Boden. Bei verschiedenen Gelegenheiten wagte er sogar, La beim Namen zu rufen, aber in keinem Falle erhielt er eine Antwort.

Er hatte schon vier Stockwerke untersucht und stieg zum fünften hinab, als er in einer der Türen dieses Stockes einen sehr erregten und verängstigten Schwarzen stehen sah. Der Bursche war von riesiger Gestalt, aber völlig unbewaffnet. Er sah den Affenmenschen mit großen Augen an, als dieser ihm gegenüberstand.

Was suchst du? stammelte der Schwarze endlich. Suchst du nach dem Weib, nach deiner Gefährtin, die die Bolgani gefangen nahmen?

Ja, erwiderte Tarzan. Was weißt du von ihr?

Ich weiß, wo sie verborgen ist, entgegnete der Schwarze, und wenn du mir folgen willst, werde ich dich zu ihr führen.

Wie kommst du dazu, mir dies Anerbieten zu machen? fragte Tarzan, dessen Mißtrauen sofort erregt war. Warum gehst du nicht zu deinen Herren und meldest, daß ich hier sei, damit sie Männer senden, um mich zu fangen?

Die Bolgani sendeten mich, erklärte der Schwarze. Ich hatte nicht den Wunsch, zu kommen, weil ich Angst hatte.

Wohin sollst du mich dann führen? fragte Tarzan.

Ich soll dich in eine Kammer führen, deren Tor alsbald hinter uns geschlossen wird. Dann bist du ein Gefangener.

Und du? forschte Tarzan.

Ich muß mit dir zusammen bleiben. Die Bolgani kümmern sich nicht um das, was aus mir wird.

Wenn du mich in eine Falle führst, werde ich dich töten, erwiderte Tarzan. Wenn du mich aber zu dem Weibe führst, können wir vielleicht alle entkommen. Würdest du gerne entkommen, oder nicht?

Ich würde gerne entkommen, aber ich kann nicht.

Hast du es je versucht?

Nein. Wozu sollte ich etwas Unmögliches versuchen?

Wenn du mich in einen Hinterhalt führst, dann werde ich dich ganz sicher töten, wenn du mich aber zu dem Weibe führst, hast du wenigstens ebensoviel Aussicht am Leben zu bleiben wie ich. Was wirst du tun?

Der Schwarze begann langsam zu begreifen.

Du bist sehr weise, sagte er. Ich werde dich zu dem Weibe führen.

Gehe voran, sagte Tarzan. Ich werde dir folgen.

Der Schwarze stieg zum nächsten Stockwerk hinunter, öffnete ein Tor und betrat einen langen Gang. Der Affenmensch überlegte, durch welche Mittel die Bolgani wohl von seiner Anwesenheit im Turme Kenntnis erlangt haben konnte. Der alte Mann mußte ihn verraten haben, denn er allein wußte von seiner Anwesenheit. Der Schwarze führte ihn jetzt einen sehr dunklen Gang entlang und hielt vor einer geschlossenen Tür an.

Das Weib ist hier drin, sagte er auf die Tür deutend.

Ist sie allein? fragte Tarzan.

Nein, antwortete der Schwarze. Schau! Er Öffnete die Tür, und zog einen schweren Vorhang leise soweit auseinander, daß Tarzan das Innere des Raumes dahinter sehen konnte.

Tarzan packte den Schwarzen am Handgelenk, damit er ihm nicht entkommen könne, und legte sein Auge an den Schlitz. Vor ihm lag ein breiter Raum, an dessen einem Ende sich ein erhöhter reichgeschnitzter Antritt befand. Die Hauptfigur auf diesem Podium bildete der ungeheure, schwarzmähnige Löwe, den Tarzan durch die Palastgärten hatte führen sehen. Seine goldenen Ketten waren jetzt an Ringen auf dem Boden befestigt, während die vier Schwarzen starr wie Bildsäulen, zwei rechts, zwei links von ihm, standen. Auf goldenen Thronen saßen hinter dem Löwen drei prächtig geschmückte Bolgani. Am Fuße der zum Antritt hinaufführenden Stufen stand La zwischen zwei Gomangani. Auf beiden Seiten eines durch die Mitte führenden Ganges standen dem Antritt gegenüber geschnitzte Bänke, auf denen einige fünfzig Bolgani saßen, unter welchen Tarzan den alten Mann erblickte, den er im Turme getroffen hatte. Bei dessen Anblick war Tarzan sofort von seinem Verrat überzeugt.

Der Raum war von Dreifüßen erhellt, in denen eine Masse brannte, die gleichzeitig Licht gab und den schweren Weihrauch erzeugte, der schon dauernd Tarzans Geruchsorgane beleidigt hatte. Die hohen, offenen Fenster auf einer Seite des Saales ließen die laue Luft der Dschungelsommernacht ein. Tarzan stellte fest, daß sich der Saal mit der Palastterrasse auf einer Höhe befand. Jenseits der Fenster führte ein offener Weg zur Dschungel und zur Freiheit, aber zwischen ihm und den Fenstern saßen fünfzig bewaffnete Gorillamenschen. Vielleicht war Strategie eine bessere Waffe als der Versuch, sich durch rohe Gewalt mit La einen Weg zur Freiheit zu bahnen. Gleichwohl hatte er das Gefühl, daß er sich zum Schlusse doch durch Gewalt durchhelfen müsse. Er wandte sich zu dem Schwarzen an seiner Seite.

Würden die Gomangani, die den Löwen bewachen, gerne den Bolgani entkommen? fragte er.

Alle Gomangani würden fliehen, wenn sie könnten, erwiderte der Schwarze.

Falls es für mich nötig wird, den Saal zu betreten, sagte Tarzan zu dem Schwarzen, wirst du mich dann begleiten und den übrigen Gomangani sagen, daß ich sie aus dem Tale herausführen will, wenn sie für mich fechten?

Ich werde es ihnen sagen, aber sie werden es nicht glauben, erwiderte der Schwarze.

Dann sage ihnen, daß sie sterben, wenn sie mir nicht helfen, erklärte Tarzan.

Ich werde es ihnen sagen.

Als Tarzan darauf wieder dem Saale seine Aufmerksamkeit zuwandte, hörte er, wie der Bolgani auf dem Mittelthron sprach.

Edle des Numas, des Königs der Tiere, des Beherrschers aller erschaffenen Dinge, sagte er in tiefen, rollenden Tönen, Numa hat die Worte dieses Weibes gehört und will, daß sie sterben soll. Der große Herrscher ist hungrig. Er selbst will sie hier in Gegenwart seiner Edlen und des kaiserlichen Rates der Drei verzehren. Es ist Numas Wille.

Ein Beifallsgeknurr erscholl aus der tierähnlichen Zuhörerschaft, während der große Löwe seine häßlichen Zähne bleckte und brüllte. Seine bösen, gelbgrünen Augen hingen mit schrecklichem Ausdruck an dem Weibe.

Übermorgen, fuhr der Sprecher fort, wird der Gatte dieses Geschöpfes, der mittlerweile im Turm des Herrschers in sicherem Gewahrsam ist, zum Gericht vor Numa gebracht werden. Sklaven! rief er, schleppt das Weib vor euren Herrscher.

Im Nu begann der Löwe zu rasen, peitschte mit dem Schweif und zerrte brüllend und knurrend an seinen starken Ketten, während er sich auf der Hinterhand erhob und auf La zu springen suchte, die nun gewaltsam zu der Empore geführt wurde, auf der sie das juwelengeschmückte menschenfressende Raubtier so ungeduldig erwartete.

Sie ließ keinen Schrei hören, obgleich sie sich erfolglos den Händen der kräftigen Gomangani zu entwinden suchte.

Schon wollten diese La in den Bereich der Löwenpranken stoßen, als ein lauter Schrei von einer Seite des Saales sie einhalten ließ. Die versammelten Bolgani sprangen vor Staunen und Empörung auf, denn das Bild, das sich nun ihren Augen bot, war wohl geeignet, sie zu erregen. Mit hocherhobenem Speer stürzte sich ein fast unbekleideter weißer Mann, von dem sie wohl gehört hatten, den aber noch keiner von ihnen bisher gesehen hatte, in den Saal. So flink war er, daß er seinen Speer entsandt hatte, noch ehe sie sich auf die Füße erheben konnten.

## Der Kampf um den Saal

Ein schwarzmähniger Löwe zog durch die Dschungelnacht. Ab und zu hob er die Nase in der Luft, witterte und lauschte. So kam er schließlich bis an eine hohe

Mauer, an deren Fläche er entlang schnüffelte, bis er an einer Stelle die Mauer durch ein halb offenes Portal unterbrochen fand, durch das er die Umfriedigung betrat.

Vor ihm ragte ein großes Gebäude aus dem Düster empor. Da, als er es noch lauschend betrachtete, scholl aus dem Innern das donnernde Brüllen eines Löwen.

Der Schwarzmähnige neigte seinen Kopf auf eine Seite und schlich leise vorwärts.

Gerade als La in die Pranken Numas geschleudert werden sollte, brach Tarzan mit einem lauten Schrei ins Gemach, so daß die Gomangani einen Augenblick innehielten, und während dieses kurzen Augenblicks wurde der rasche Speer entsandt. Mit Wut und Bestürzung sahen die Bolgani, wie er sich im Herzen ihres Beherrschers, des großen schwarzmähnigen Löwen begrub.

An Tarzans Seite stand der durch Angst zu seinem Dienste gezwungene Gomangani und rief seinen Gefährten zu, wenn sie dem Fremden helfen würden, könnten sie frei werden und für immer den Bolgani entkommen.

Ihr habt den großen Herrscher töten lassen, rief er Numas Wächter zu. Dafür werden euch die Bolgani töten. Helft, den fremden Tarmangani und sein Weib zu retten, und ihr habt wenigstens die Aussicht auf Leben und Freiheit. Auch euch, wendete er sich an Las Häscher, werden sie verantwortlich machen – eure einzige Hoffnung liegt auf unserer Seite.

Tarzan hatte La erreicht und zog sie die Stufen der Empore hinauf, auf der er hoffte, sich einen Augenblick gegen die fünfzig heranstürzenden Bolgani halten zu können.

Tötet die drei auf dem Throne, rief Tarzan den noch zögernden Gomangani zu. Tötet sie, wenn ihr euch die Freiheit erringen, wenn ihr euer Leben retten wollt.

Der gebieterische Ton seiner Stimme, die zauberische Macht seiner Persönlichkeit, seine ihm angeborene Führergabe gewannen sie in der kurzen Zeitspanne für ihn, die nötig war, sich gegen die verhaßte, von den drei Bolgani auf dem Throne verkörperte Gewalt zu kehren. Als sie ihre Speere durch die zottigen Körper ihrer Herren trieben, wurden sie für immer Affentarzans Geschöpfe, denn für sie gab es im Lande der Bolgani keine Hoffnung mehr.

Der Affenmensch zog seinen Speer aus dem Körper des toten Löwen. Dann sah er den ankommenden Bolgani entgegen, setzte einen Fuß auf den Körper des erlegten Tieres und hob seine Stimme zu dem markerschütternden Siegesruf der Affen Kerschaks.

Die Bolgani vor ihm hielten an, während die Gomangani in seinem Rücken vor Schrecken zitterten.

Halt! rief Tarzan, eine Hand gegen die Bolgani erhebend. Hört! Ich suchte mit eurem Volke keinen Streit. Aber ich suche einen Weg aus eurem Lande. Laßt mich in Frieden mit diesem Weibe meines Weges gehen und diese Gomangani mit mir nehmen!

Ein Chor grimmigen Knurrens erscholl aus der Reihe der Bolgani. Plötzlich sprang der alte Mann vom Ostturm aus ihren Reihen und lief auf Tarzan zu.

Ha, Verräter, rief Tarzan, willst du denn der erste sein, der Tarzans Zorn zu kosten bekommt? Er rief es auf Englisch und der Alte antwortete ihm in der gleichen Sprache.

Verräter? rief er ganz überrascht.

Ja! Verräter! donnerte Tarzan. Hast du nicht den Bolgani hinterbracht, daß ich im Palaste sei, damit sie den Gomangani abschickten, um mich in eine Falle zu locken?

Nichts derart, rief der andere. Ich kam hierher, um der weißen Frau oder dir im Notfall behilflich zu sein. Hier bin ich, Landsmann, um an deiner Seite zu stehen und zu sterben, denn sterben müssen wir, so wahr ein Gott im Himmel ist.

Dann komm! rief Tarzan. Beweise deine Treue! Besser sterben, als immer hier in Sklaverei zu leben!

Die sechs Gomangani hatten sich zu dreien auf beiden Seiten von Tarzan und La aufgestellt, während der siebente, der den Saal waffenlos mit Tarzan betreten hatte, einem der drei getöteten Bolgani die Waffen abnahm.

Vor dieser ihnen ganz neuen Entwicklung einer Schlachtlinie hielten die Bolgani am Fuße der Thronstufen einen Augenblick an. Aber es standen nur neun gegen ihrer fünfzig. Als sie dann die Stufen emportobten, warfen sich ihnen Tarzan und seine Gomangani mit Axt, Speer und Keule entgegen. Einmal drängten sie die Angreifer zurück, aber die Übermacht war zu groß. Wieder wogte eine neue Angriffswelle heran, die sie zu verschlingen drohte, als den Streitern ein furchtbares Brüllen aus nächster Nähe zu Ohren drang, das den Kampf zu einem plötzlichen, kurzen Stillstand brachte.

Ein ungeheurer Löwe mit schwarzer Mähne sah zu einem der Fenster des Saales herein. Einen Augenblick lang stand er da wie eine mächtige bronzene Bildsäule, dann erzitterte wieder das Gebäude unter dem Dröhnen seines mächtigen Gebrülls.

Hoch über allen anderen sah Tarzan vom Thron auf das große Tier unten hinab, dann erhob er freudig seine Stimme.

Dschadbalja, rief er, auf die Bolgani deutend. Faß! Faß! Und schon warf sich das riesige Ungeheuer wie ein Teufel auf die behaarten Gorillamenschen.

Rasch! rief Tarzan den Gomangani zu, fallt über die Bolgani her. Hier ist jetzt der echte Numa, König der Tiere, und Herr aller Geschöpfe. Er tötet seine Feinde, aber er beschützt Affentarzans Freunde, die Gomangani.

Als die Gomangani sahen, wie ihre verhaßten Herren vor dem schrecklichen Löwen zurückwichen, griffen sie mit Axt und Keule an, während Tarzan, seinen Speer beiseitewerfend, mit gezücktem Messer unter ihnen stand und in Dschadbaljas Nähe bleibend, den Löwen von einem Opfer zum anderen wies, damit er nicht aus Versehen über einen der Gomangani oder den kleinen, alten, weißen Mann oder gar über La herfiel. Zwanzig Bolgani lagen tot auf dem Boden, ehe der Rest aus dem Saale entkommen konnte, dann wandte sich Tarzan zu Dschadbalja und rief ihn bei Fuß.

Geht! sagte er zu den Gomangani, schleift den falschen Numa vom Throne, denn der wahre Herrscher ist gekommen, um seinen Thron in Besitz zu nehmen.

Der alte Mann und La sahen voll Staunen auf Tarzan und den Löwen.

Wer bist du, fragte der Alte, daß du mit einem wilden Tier der Dschungel solche Wunder tun kannst? Was willst du tun?

Warte ab, sagte Tarzan mit grimmigem Lächeln. Ich denke, daß wir bald in Sicherheit sind, und daß die Gomangani in Ruhe und Frieden werden leben können.

Als die Schwarzen den Kadaver des Löwen beseitigt und zu einem der Fenster hinausgeworfen hatten, ließ Tarzan Dschadbalja auf dem Throne Platz nehmen.

So, sagte er zu den Gomangani, da seht ihr den richtigen Herrscher. Er braucht keine Ketten. Drei von euch gehen jetzt zu euren Leuten in den Hütten hinter dem Palast und holen sie her, damit auch sie sehen, was vorgefallen ist. Macht schnell, damit wir viele Krieger hier haben, ehe die Bolgani mit Verstärkung zurückkommen.

Mit einer Erregung, die ihren dummen Schädeln fast einen Anschein von Intelligenz gab, hasteten drei der Gomangani davon, um Tarzans Befehl auszuführen, während die übrigen mit solch ehrfurchtsvollem Grauen auf Tarzan blickten, wie es wohl der Anblick einer Gottheit verursacht. Dann kam La, trat zu Tarzan und betrachtete ihn mit Augen, die nicht weniger Ehrfurcht ausdrückten als die Haltung der Schwarzen.

Ich habe dir noch nicht danken können, Affentarzan, sagte sie, für das, was du für mich gewagt und getan hast. Ich weiß, daß du auf der Suche nach mir hierhergekommen sein mußt, um mich zu retten, obgleich dich nicht Liebe zu dieser heldenhaften Tat antrieb. Daß du soweit Erfolg hattest, grenzt an ein Wunder, aber weil ich die Bolgani kenne, weiß ich, daß es für uns alle zusammen keine Hoffnung auf Entkommen gibt. Darum bitte ich dich, flüchte dich ohne weitere Verzögerung davon, denn du bist von uns allen der einzige, der Aussicht auf Entkommen hat.

Mir scheint es eher, La, als ob wir mit gutem Grunde unserer Rettung tatsächlich sicher sein können, ich glaube sogar, wir werden diese armen Gomangani von der Bedrückung der Bolgani befreien. Aber damit bin ich noch nicht zufrieden. Dieses Volk, das sich Fremden gegenüber so ungastlich zeigt, muß bestraft werden; auch deine eigenen treulosen Priester verdienen es. Zu diesem Zweck beabsichtige ich aus dem Tale des Diamantenpalastes mit einer genügenden Streitmacht Gomangani nach der Stadt Opar zu ziehen, um Cadsch zur Aufgabe der angemaßten Herrschergewalt zu zwingen, und dich wieder auf den Thron von Opar zu setzen. Mit weniger bin ich keinesfalls zufrieden, und ich werde dich nicht eher verlassen, als bis dies durchgeführt ist.

Du bist ein tapferer Mann, sagte der Alte, aber La hat recht, du kennst nicht die Wildheit und die Hilfsquellen der Bolgani und den Einfluß, den sie auf die Gomangani ausüben. Könntest du aus den blöden Gehirnen der Schwarzen die Furcht beseitigen, dann könntest du vielleicht eine genügende Anzahl von ihnen für dich gewinnen, aber das wird über deine Kräfte gehen. Bestenfalls können wir hoffen, während des augenblicklichen Zustandes der Verwirrung aus dem

Palast zu entweichen und uns im Vertrauen auf Schnelligkeit und gut Glück bis über die Grenzen des Tales zurückzuziehen.

Seht, rief La, es ist schon zu spät – sie kommen zurück.

Tarzan sah durch das offene Portal am anderen Ende des Saales eine große Zahl Gorillamenschen herankommen. Seine Augen suchten schnell die Fenster in der anderen Wand ab. Oh, abwarten! sagte er dann. Schaut, in dieser Gleichung gibt es noch einen anderen Faktor.

Die anderen schauten durch die Fenster und bemerkten ein Getümmel von mehreren hundert Schwarzen, die eilig auf die Fenster zurannten. Die übrigen Schwarzen auf dem Throne riefen ganz begeistert: Sie kommen, sie kommen! Wir werden frei sein und nicht länger sollen uns die Bolgani zur Arbeit antreiben, bis wir vor Erschöpfung umfallen, oder uns schlagen und foltern und Numa zu fressen geben.

Als der erste Bolgani das Portal erreichte, strömten die Gomangani bereits durch verschiedene Fenster in den Saal. Die drei Abgesandten hatten ihren Auftrag so gut ausgeführt, daß die Schwarzen bereits ein ganz anderes Volk zu sein schienen, so sehr hatte sie der Gedanke an die versprochene Freiheit verändert. Der Führer der Bolgani schrie ihnen laut zu, die Eindringlinge auf dem Throne zu ergreifen, aber als Antwort bekam er von dem nächsten Schwarzen einen Speer in die Brust und als er tot vornüberstürzte, entbrannte der Kampf.

Die Bolgani im Palaste waren den Schwarzen an Zahl überlegen, aber diese letzteren hatten den Vorteil, durch Besetzung des Saalinnern das gleichzeitige Eindringen vieler Bolgani zu verhindern. Tarzan, der die Veranlagung der Schwarzen alsbald erkannte, rief Dschadbalja zu sich und stieg vom Throne herab, um den Befehl über die Schwarzen zu übernehmen. An jedem Eingang stellte er eine genügende Anzahl Leute als Wache auf, während er den Rest in der Saalmitte als Reserve zurückbehielt. Dann rief er den Alten zur Beratung herbei.

Das Tor in der Ostmauer ist offen, sagte er. Ich ließ es so beim Eintreten. Wäre es für einige Schwarze möglich, auf diesem Wege in die Dörfer Nachricht von den Vorgängen hier zu bringen? Sie müssen sämtliche Krieger sofort hierher holen, damit das begonnene Werk der Befreiung vollendet werde.

Das ist ein ausgezeichneter Plan, erwiderte der alte Mann. Die Bolgani sind nicht auf dieser Seite des Palastes zwischen uns und dem Tore, und jetzt ist die Zeit dazu. Ich will die Leute heraussuchen, Häuptlinge, deren Wort bei den Dörflern außerhalb der Palastmauern einiges Gewicht hat.

Gut, rief Tarzan. Mache ihnen die Notwendigkeit dringender Eile begreiflich.

Der alte Mann suchte einzeln dreißig Krieger aus, denen er sorgfältig erklärte, was sie zu tun hätten. Sie waren über diesen Plan ganz begeistert und versicherten Tarzan, in weniger als einer Stunde würden die ersten Verstärkungen kommen.

Wenn ihr durch das Tor hinausgeht, sagte der Affenmensch, dann zerstört dessen Schloß, damit die Bolgani es nicht wieder verschließen und unsere Verstärkungen aussperren können. Die ersten Ankömmlinge sollen solange außerhalb der Mauern warten, bis genug zum sicheren Eindringen in den Palasthof versammelt sind. Die Schwarzen verschwanden alsbald durch eines der Fenster in der dunklen Nacht.

Kurz nach dem Weggange dieser Schwarzen unternahmen die Bolgani einen entschlossenen Angriff auf den Haupteingang, wobei sich ein Dutzend oder mehr der Gorillamenschen siegreich ihren Weg in den Raum bahnten. Beim ersten Anzeichen eines Umschwungs zeigten die Schwarzen bereits ein Wankendwerden und ihr Zögern ließ offenbares Widerstreben gegen einen Gegenangriff erkennen. Tarzan warf sich dem Ansturm der Bolgani entgegen, um den Widerstand zu unterstützen, rief Dschadbalja an seine Seite und hetzte ihn mit faß, faß! auf den nächsten Bolgani.

Dschadbalja fuhr dem Opfer geradewegs an die Kehle. Nur einmal schloß sich der riesige Rachen über dem kreischenden Gesicht des entsetzten Gorillamenschen, dann ließ der goldene Löwe die Leiche nach einmaligem Schütteln fallen und sprang auf einen weiteren. Drei Bolgani waren bereits rasch hintereinander auf diese Weise umgekommen, als sich die übrigen zur Flucht aus dieser Kammer des Schreckens wandten. Aber die Gomangani, deren Mut wieder kam, als sie sahen, wie leicht dieser wilde Bundesgenosse Tod und Entsetzen unter den Tyrannen verbreitete, schnitten ihnen den Rückzug ab.

Nehmt sie fest! rief Tarzan. Tötet sie nicht. Dann rief er den Bolgani zu: Ergebt euch und euch soll nichts geschehen!

Dschadbalja stand mit funkelnden Augen an der Seite seines Herrn und knurrte die Bolgani an.

Fünfzehn der eingedrungenen Bolgani waren am Leben geblieben. Einen Augenblick zögerten sie, dann warf einer von ihnen seine Waffen zu Boden und die anderen folgten seinem Beispiel.

Tarzan wandte sich wieder zu Dschadbalja. Zurück! sagte er und deutete auf den Thron, worauf sich der Löwe nach der Plattform zurückschlich, während sich Tarzan wieder den Bolgani zuwendete.

Laßt einen aus eurer Zahl gehen, sagte er, und euren Genossen ansagen, daß ich deren sofortige Übergabe verlange.

Die Bolgani flüsterten einige Minuten miteinander; schließlich erklärte sich einer bereit, mit den anderen zu sprechen. Als er den Saal verlassen hatte, näherte sich der alte Mann Tarzan.

Sie werden sich nie ergeben, sagte er. Sei vor Verrat auf der Hut.

Oh, keine Sorge, sagte Tarzan. Damit rechne ich, aber ich gewinne Zeit. Wenn ich nur diese hier irgendwo einsperren könnte.

Hier ist ein Raum dafür, sagte der Alte, auf eines der Portale im Thronsaal deutend – es gibt eine Menge solcher Räume im Turm des Herrschers.

Gut, sagte Tarzan. Einen Augenblick später waren seinen Weisungen zufolge die Bolgani sicher in einem Raum eingesperrt. Auf den Gängen draußen konnte man die Hauptmacht der Gorillamenschen verhandeln hören. Ganz offenbar erörterten sie die von Tarzan gesandte Botschaft. Eine Viertelstunde verging, endlich sogar eine halbe ohne Mitteilung von seiten der Bolgani und ohne Wiederaufnahme der Feindseligkeiten, bis an den Haupteingang des Thronsaales der Bursche zurückkam, den Tarzan mit seiner Aufforderung zur Übergabe entsandt hatte.

Nun, fragte der Affenmensch, wie lautet die Antwort?

Sie werden sich nicht ergeben, erwiderte der Bolgani, aber sie wollen dir gestatten, das Tal zu verlassen, wenn du die Gefangenen freilassest und weiter keinen verletzest.

Der Affenmensch schüttelte den Kopf. Das hat keinen Zweck, entgegnete er. Ich habe die Macht, die Bolgani zu zerschmettern. Schau, er deutete auf Dschadbalja, hier ist der wahre Numa. Sieh ihn dir an. Muß er etwa wie ein

Gefangener oder ein Sklave in goldenen Ketten gehalten werden? Nein, er ist wirklich ein Herrscher. Aber es gibt einen, der noch größer als er ist, einen, von dem er seine Befehle bekommt. Und dieser eine bin ich, Affentarzan. Ihr braucht mich nur zu erzürnen, dann werdet ihr nicht nur den Zorn Numas, sondern auch den Zorn Tarzans dazu verspüren. Die Gomangani sind mein Volk, aber die Bolgani werden meine Sklaven sein. Geh, und sage deinen Genossen, wenn sie am Leben bleiben wollen, sollen sie bald kommen und um Gnade bitten. Nun geh!

Der alte Mann sah Tarzan mit einem Ausdruck an, der Scheu oder Ehrfurcht hätte bedeuten können, wäre nicht das leichte Zwinkern in den Augenwinkeln gewesen. Der Affenmensch ließ einen tiefen Seufzer der Erleichterung hören. Das verschafft uns wenigstens noch einmal eine halbe Stunde, sagte er.

Wir werden sie brauchen, und noch mehr dazu, erwiderte der Alte, obgleich du in den Gemütern der Bolgani, die nie zuvor ihre eigene Macht in Frage gezogen hätten, eine Unsicherheit hervorgerufen hast.

Inzwischen machten die Geräusche von Streit und Erörterung draußen bei den Bolgani einer Bewegung Platz. Eine Abteilung von etwa fünfzig Gorillamenschen postierte sich schweigend außen vor dem Haupteingang des Thronsaales, wie um jeden Versuch zum Entkommen seiner Besatzung zu verhindern. Die übrigen Gorillamenschen sah man durch Gänge und Flure verschwinden.

Die Gomangani, zusammen mit La und dem alten Mann warteten ungeduldig auf das Eintreffen der schwarzen Verstärkungen, während Tarzan auf dem Rande des Thrones saß und einen Arm um Dschadbaljas Nacken gelegt hielt.

Sie haben irgend etwas vor, sagte der Alte. Wir müssen uns vor einer Überraschung hüten. Wenn die Schwarzen nur endlich kämen, solange das Portal nur von fünfzig Mann besetzt ist, wir könnten sie leicht überwältigen und hätten eine gewisse Aussicht, aus dem Palast zu entkommen.

Dein langer Aufenthalt hier, sagte Tarzan, hat dich mit derselben sinnlosen Furcht erfüllt, die auch die Gomangani im Banne hält. Aus der Art, wie du über sie denkst, müßte man schließen, sie seien eine Art von Übermenschen – sie sind aber nur Tiere, mein Freund.

Sie mögen Tiere sein, entgegnete der alte Mann, aber sie sind Tiere mit Menschenverstand.

Es folgte ein langes Schweigen, das nur ab und zu von dem nervösen Flüstern der Gomangani unterbrochen wurde, deren Mut unter der Nervenanspannung des erzwungenen Abwartens und dem Ausbleiben der Hilfe litt. La brach zuerst das Schweigen.

Wenn die dreißig Gomangani den Palast so leicht verlassen konnten, warum konnten wir das nicht auch tun? fragte sie.

Es gibt zwei Gründe dafür, antwortete Tarzan. Wären wir alle zusammen abgezogen, so hätten uns die an Zahl überlegenen Bolgani lange genug aufgehalten, um Zeit zu gewinnen und Boten in alle Dörfer vor uns zu schicken, mit dem Erfolge, daß wir in kurzer Zeit von Tausenden feindlicher Krieger umringt gewesen wären. Außerdem wünsche ich diese Geschöpfe so zu bestrafen, daß in Zukunft ein Fremder unbehelligt ins Tal des Diamantenpalastes kommen kann. Er machte eine Pause. Und nun will ich euch auch noch den dritten Grund angeben, warum wir in diesem Augenblick kein Entkommen versuchen können. Er deutete auf die Terrassenfenster. Die Terrasse und der Garten sind mit Bolgani erfüllt. Was sie auch für einen Plan haben mögen, ich nehme an, sein Erfolg hängt davon ab, daß wir versuchen, durch die Fenster zu entkommen, denn wenn ich mich nicht irre, machen die Bolgani auf der Terrasse und im Garten den Versuch, sich vor uns verborgen zu halten.

Der alte Mann ging an ein Fenster und spähte hinaus. Du hast recht, sagte er, als er zurückkam. Die Bolgani sind vor den Fenstern versammelt bis auf die wenigen, die den Haupteingang und wahrscheinlich auch die Flure, die von anderen Seiten zum Thronraum führen, bewachen. Das müssen wir indessen feststellen. Er ging rasch nach der anderen Seite des Saales, zog die Vorhänge vor einer der Türen weg und entdeckte eine kleine Schar Bolgani. Regungslos standen sie da, ohne einen Versuch zu machen, ihn zu ergreifen oder zu verletzen. Er ging zu einem anderen Ausgang, zum nächsten und übernächsten, überall zeigte sich der Besatzung des Saales die gleiche schweigsame Wache der Gorillas. Der Alte ging im Kreise um den Saal herum, stieg hinter den drei Thronsesseln über die Empore und kam wieder zurück.

Es ist, wie ich vermutete, sagte er, wir sind völlig umzingelt, wenn nicht bald Hilfe kommt, sind wir verloren.

Was ist denn das? rief La. Vom Geräusch aufmerksam gemacht, hob die ganze Besatzung des Thronsaales die Augen nach der Decke und sah, wie von einem Dutzend Öffnungen oben die Decken weggezogen wurden.

Was haben sie denn jetzt vor? rief Tarzan, und gleichsam als Antwort auf seine Frage begannen die Bolgani von oben Bündel aus brennenden, mit Öl getränkten Lumpen in den Thronsaal hinabzuwerfen, der sich alsbald mit einem dicken, erstickenden Rauch zu füllen begann.

## Die Landkarte auf dem Leopardenfell

Als Esteban und Owaza das Gold vergraben hatten, kehrten sie zu ihren fünf Leuten zurück und gingen mit ihnen bis zum Flusse weiter, an dessen Ufer sie für die Nacht ihr Lager aufschlugen. Hier beschlossen sie, es den anderen zu überlassen, wie sie am besten die Küste erreichten, während sie selbst zu einem anderen Küstenstrich wollten, um Träger anzuwerben und das Gold herauszubringen.

Warum wollen wir uns die Träger nicht aus den nächsten Dörfern besorgen? fragte Esteban.

Solche Leute würden nicht bis zur Küste mitkommen, meinte Owaza. Bestenfalls würden sie uns das Gold bis zum nächsten Dorfe tragen. Wir haben auch nichts, um unsere Träger zu bezahlen.

Der Spanier dachte schweigend nach. Ich habe es, rief er. Selbst wenn wir die Träger hätten, könnten wir jetzt doch nicht geradewegs nach der Küste, weil wir womöglich der Partei von Flora Hawkes begegnen würden – wir müssen sie erst aus Afrika fortgehen lassen, ehe wir das Gold an die Küste bringen. Zwei Monate Wartezeit wird nicht zuviel sein, denn sie werden eine verteufelte Zeit brauchen, bis sie mit ihrem Haufen meuterischer Träger an die Küste gelangen. Laß uns deshalb während des Wartens einen Goldbarren nach einer Stelle bringen, wo wir ihn am ersten gegen Handelswaren eintauschen können. Dann können wir zurückkehren und Träger mieten, die uns die Lasten von Dorf zu Dorf bringen.

Der Bwana spricht Worte der Weisheit, erwiderte Owaza. Es ist nicht so weit nach der nächsten Handelsstation wie nach der Küste und wir werden auf diese Art nicht nur Zeit, sondern auch viele lange, beschwerliche Märsche ersparen.

Am Morgen werden wir also zurückkehren und einen der Barren ausgraben, aber wir müssen sicher sein, daß keiner deiner Leute uns begleitet, denn keiner darf wissen, wo das Gold vergraben liegt.

So kam es denn, daß am nächsten Morgen der Spanier und Owaza zu dem vergrabenen Schatz zurückkehrten, wo sie einen einzelnen Barren wieder ausgruben.

Ehe sie den Fleck verließen, zeichnete sich der Spanier auf der Innenseite des Leopardenfells, das er über der Schulter trug, eine genaue Karte von der Lagerstätte des Schatzes, wobei er die Striche mit einem spitzen Stöckchen zog, den er in das Blut eines kleinen zu diesem Zweck getöteten Nagetiers tauchte. Von Owaza ließ er sich die Namen der Eingeborenen für den Fluß und für solche Landmarken geben, die von dem Versteckplatz des Schatzes aus sichtbar waren. Dazu schrieb er so gut als möglich Angaben, wie die Stelle von der Küste aus zu erreichen sei.

*

Als Jane Clayton die Küste erreicht hatte und Überfahrt nach London nehmen wollte, fand sie eine Kabelnachricht vor, die ihr sagte, ihr Vater sei gänzlich außer Gefahr und es bestehe für sie keinerlei Notwendigkeit, zu ihm zu kommen. Nach einigen Ruhetagen machte sie sich wieder auf den Rückweg. Als sie endlich wieder beim Bungalow eintraf, erfuhr sie zu ihrer Bestürzung, daß Tarzan von seinem Zuge nach der Stadt Opar und dem Golde der Schatzkammer noch nicht zurück war. Sie fand Korak offenbar sehr erregt, aber keineswegs geneigt, an der Fähigkeit seines Vaters, für sich selbst zu sorgen, zu zweifeln. Mit Bedauern hörte sie auch vom Entweichen des goldenen Löwen, denn sie wußten, wie Tarzan an dem edlen Tier hing.

Als dann zwei Tage später die Waziri von Tarzans Begleitung ohne ihn zurückkamen, machte sie sich doch Sorge um ihren Gatten. Sie fragte die Leute sorgfältig aus, und als sie erfuhr, daß Tarzan einen neuen sein Gedächtnis in Mitleidenschaft ziehenden Unfall erlitten habe, entschloß sie sich sofort, auf die Suche nach ihm zu gehen.

Korak versuchte erst, es ihr auszureden, dann bestand er darauf, sie zu begleiten.

Wir können nicht alle gleichzeitig weg sein, sagte sie. Du mußt hierbleiben, mein Sohn. Wenn es mir fehlschlägt, komme ich zurück, und dann kannst du gehen.

Ich kann dich nicht allein gehen lassen, Mutter, entgegnete Korak.

Die Waziri gehen mit mir, ich bin nicht allein, erklärte sie lachend.

Ja, ja, das weiß ich, erwiderte er, aber ich möchte lieber, ich ginge selbst, oder Meriem wäre hier.

Ja, ich möchte auch gerne, daß Meriem hier wäre, antwortete Lady Greystoke. Aber mache dir keine Gedanken. Du weißt, wenn meine Dschungelkenntnis auch nicht an die von Tarzan oder von Korak heranreicht, so ist sie doch nicht zu verachten, und in Gesellschaft der treuen Waziri bin ich vollkommen sicher.

Trotz Koraks Einwänden zog Jane Clayton am nächsten Morgen mit fünfzig Wazirikriegern aus, um ihren Gatten zu suchen.

*

Als Esteban und Owaza nicht, wie sie versprochen hatten, zum Lager zurückkehrten, dachten die anderen zwar nicht an den Spanier, aber sie fürchteten, Owaza könnte etwas zugestoßen sein, so daß er sie nicht mehr sicher an die Küste führen könne. Denn er allein schien befähigt, die mürrischen und meuterischen Träger zu behandeln. Die Neger neigten mehr der Ansicht zu, daß er und Esteban sie vorsätzlich verlassen hatten. Luvini, der in Owazas Abwesenheit als Häuptling fungierte, hatte seine eigene Erklärung dafür.

Owaza und der Bwana sind allein zu den Elfenbeinjägern gegangen. Durch Schlauheit können sie ebensoviel erreichen, wie wir durch Gewalt, und sie brauchen das Elfenbein dann nur zu zweien unter sich zu teilen. Aber wieso können zwei Leute eine ganze Räuberbande überwältigen? fragte Flora zweifelnd.

Du kennst Owaza nicht, antwortete Luvini. Wenn er an die Ohren der Sklaven kommen kann, wird er sie für sich gewinnen, und wenn die Araber sehen, daß es Affentarzan ist, der Owaza begleitet und an der Spitze der sich empörenden Sklaven kämpft, dann werden sie voll Schrecken fliehen.

Ich glaube, er hat Recht, brummte Kraski, es sähe dem Spanier gerade ähnlich. Er wandte sich kurz an Luvini. Kannst du uns nach dem Lager der Räuber führen? fragte er.

Ja, entgegnete der Neger.

Gut, rief Kraski, und nun, Flora, was hältst du von folgendem Plane. Wir wollen einen Eilboten zu den Räubern senden und sie vor Owaza und dem Spanier warnen, wobei wir ihnen mitteilen, daß der letztere gar nicht Affentarzan, sondern ein Betrüger ist. Wir können sie bitten, die zwei festzunehmen und festzuhalten, bis wir kommen, und wenn wir dann dort sind, können wir unsere weiteren Pläne den Umständen anpassen. Wahrscheinlich können wir unseren ursprünglichen Plan noch durchführen, wenn wir ihr Lager als Freunde betreten haben.

Die Sache klingt nicht übel, erwiderte Flora, und schurkisch genug ist sie auch. Sie paßt zu dir.

Der Russe errötete. »Gleiche Brüder, gleiche Kappen«, zitierte er.

Das Mädchen zuckte gleichgültig die Achseln, aber Bluber, der mit Peebles und Throck stiller Zuhörer gewesen war, kam in Wärme.

Was meinen Sie vielleicht mit gleichen Brüdern? fragte er empört. Wer war ein Ganef? Ich sage Ihnen, Mister Carl Kraski, ich bin en ehrenhafter Mann, das ist e Ding, was soll nachsagen niemand Adolf Bluber, daß er is e Spitzbube.

Oh, halt die Klappe, fuhr ihn Kraski an. Diese Kerle haben das Elfenbein gestohlen und eine Menge Leute umgebracht. Außerdem haben sie dabei noch Sklaven gemacht, die wir befreien.

Oh, wie heißt, sagte Bluber, soweit ist die Sache edel und lobenswert, nu, schon recht, aber nicht wahr, Mister Kraski, vergessen Sie nicht, daß ich bin en anständiger Mann.

Verflucht nochmal! rief Throck. Wir sind alle die Anständigkeit selbst. Hab in meinem ganzen Leben noch kein solch sanftes Paketchen Pfaffen beisammen gesehen.

Klar, daß wir anständig sind, brüllte John Peebles. So sind wir und so ist es!

Das Mädchen lächelte etwas mühsam. Man findet überall *nur* anständige Leute, sagte sie. Aber wir müssen über Kraskis Vorschlag abstimmen. Wir sind unser fünf. Dafür oder nicht?

Werden uns die Leute begleiten? fragte Kraski, sich an Luvini wendend.

Wenn ihnen ein Anteil am Elfenbein versprochen wird, werden sie es tun, entgegnete der Schwarze.

Wieviele sind für Carls Plan? fragte Flora.

Eine halbe Stunde später wurde ein Läufer mit einem Briefe nach dem Räuberlager abgesandt. Bald danach schlug die Abteilung das Lager ab und nahm nach der gleichen Richtung den Marsch auf.

Als sie eine Woche später das Lager der Räuber erreichten, fanden sie, daß ihr Bote unbehindert dort angelangt war. Esteban und Owaza hatten sich nicht sehen lassen. Die Araber zeigten sich daher mißtrauisch, weil sie fürchteten, die ihnen gesandte Botschaft sei nur eine List gewesen, um einer beträchtlichen Anzahl Weißer und bewaffneter Schwarzer sicheren Eingang in ihre Verschanzung zu gestatten.

Jane Clayton und ihre Waziri zogen eilig vorwärts und nahmen an dem Lager, wo die Waziri das letztemal den falschen Affentarzan gesehen hatten, die Fährte der Safari von Flora Hawkes auf. Viel rascher als diese vordringend, schlug Jane mit den Waziri etwa eine Meile von den Räubern entfernt ihr Lager auf. Eine Woche schon war die Abteilung von Flora Hawkes eingetroffen, aber sie blieb immer noch, um auf das Kommen von Owaza und Esteban zu warten oder um einen günstigen Augenblick zum verräterischen Angriff auf die Araber zu erspähen. In der Zwischenzeit hatten Luvini und ein paar andere erfolgreich Empörungsgelüste unter den Sklaven der Araber erregt. Dabei schwieg sich Luvini gegenüber Flora Hawkes wohlweislich über das Gedeihen seines eigenen kleinen Sonderplanes aus, der, außer der Empörung der Sklaven und der Tötung der Araber, noch die Niedermachung aller Weißen im Lager außer Flora vorsah; diese wünschte Luvini selbst zu behalten oder an irgendeinen schwarzen Sultan im Norden zu verkaufen. Erst wollte er die Araber mit Hilfe der Weißen niedermachen, dann sollten diese selbst an die Reihe kommen, sobald ihnen ihre Leibdiener die Waffen gestohlen hatten.

Luvini hätte seinen Plan mit Leichtigkeit durchführen können, wäre nicht die Ergebenheit eines schwarzen Knaben gewesen, der Flora Hawkes zur persönlichen Bedienung zugeteilt war.

Obgleich die junge weiße Frau bei der Befriedigung ihrer Habsucht und Gier keine Grenzen kannte, war sie doch als Herrin gütig und nachsichtig. Die Güte, mit der sie den kleinen Schwarzen behandelt hatte, trug jetzt Zinsen.

Luvini hatte sie nachmittags benachrichtigt, daß alles bereit sei und daß die Meuterei der Sklaven und die Ermordung der Araber unmittelbar nach Eintritt der Dunkelheit vor sich gehen sollte. Die Habgier der Weißen war schon längst durch die reichen Elfenbeinvorräte erregt, so daß sie alle mehr als ungeduldig auf den letzten Schritt der Verschwörung warteten.

Eben vor der Abendmahlzeit kroch der kleine Negerjunge in Floras Zelt.

Was gibt es denn? fragte sie.

Sst! warnte er. Bringe mir dein Ohr nahe, damit ich dir leise sagen kann, was Luvini vorhat.

Was meinst du da? rief Flora mit gedämpfter Stimme. Sobald die Araber getötet sind, wird Luvini Befehl geben, alle weißen Männer zu töten und dich gefangen zu nehmen. Er will dich selbst behalten oder für eine große Summe Geld nach dem Norden verkaufen.

Aber woher weißt du das alles? fragte das Mädchen.

Alle Schwarzen im Lager wissen es, erwiderte der Knabe. Ich soll dein Gewehr und deine Pistole stehlen, genau wie jeder andere der Boys die Waffen seines weißen Masters zu stehlen hat.

Das Mädchen sprang auf die Füße. Dem Nigger will ich aber eine Lektion erteilen, rief sie, griff nach der Pistole und schritt auf die Lappen des Zelteingangs zu.

Der Knabe umklammerte ihre Knie und hielt sie fest. Nein, nein! schrie er. Sage nichts. Sie würden sonst die Weißen vorher töten und dich dennoch gefangennehmen. Jeder im Lager ist gegen euch. Luvini hat versprochen, daß das Elfenbein im Lager unter alle gleichmäßig verteilt werden soll. Sie sind schlagbereit, und wenn du Luvini bedrohst, werden sie sofort über euch herfallen.

Was soll ich denn dann tun? fragte sie ratlos.

Du mußt mit den Weißen in die Dschungel zu entkommen suchen. Nicht einmal ich kann dich begleiten.

Das Mädchen sah den Kleinen eine Zeitlang an. Endlich sagte sie: Gut, ich will tun, was du sagst. Du hast mein Leben gerettet, vielleicht kann ich dich nie dafür belohnen, vielleicht kommt noch einmal der Tag. Geh jetzt, ehe wir Argwohn erregen.

Der Schwarze kroch unter der Rückwand hinaus, damit ihn keiner seiner Genossen sah, da diese den Zelteingang genau sehen konnten. Flora ging danach wie zufällig über den Platz und begab sich zu dem Zelt, das der Russe und Bluber gemeinsam bewohnten. Sie fand die beiden vor und teilte ihnen flüsternd mit, was ihr der Schwarze gesagt hatte. Kraski rief Peebles und Throck, und sie beschlossen, sich keinen Argwohn merken zu lassen. Die Engländer wollten sich einfach auf die Schwarzen stürzen und sie niederschießen, aber Flora Hawkes redete es ihnen aus.

Bluber schlug vor, den Arabern Mitteilung zu machen, um dann mit vereinten Kräften eine möglichst starke Stellung im Lager zu suchen und das Feuer auf die Schwarzen zu beginnen, ohne erst deren Angriff abzuwarten.

Aber Flora Hawkes war wieder dagegen. Das hat keinen Zweck, sagte sie, die Araber sind innerlich ebensosehr unsere Feinde wie die Schwarzen. Wenn wir wirklich die Nigger mit Erfolg unterbekommen würden, dann erführen die Araber unseren Plan gegen sie, und von da ab würde unser Leben nicht *soviel* wert sein. Dabei schnappte sie mit den Fingern.

Flora hat Recht, wie gewöhnlich, grollte Peebles. Aber wie, zum Teufel, sollen wir uns in der Dschungel hier herumdrücken, wenn wir keine Nigger haben, die für uns jagen und kochen und die Sachen tragen und den Weg suchen? Das möcht' ich einmal wissen. So sind wir, so ist es!

Ich taxiere, es bleibt uns weiter nichts übrig, sagte Throck, aber verdammt will ich sein, wenn mir das gefällt, vor diesen Niggern davonzulaufen.

In diesem Augenblick ließ sich aus weiter Entfernung das rollende Brüllen eines Löwen hören.

Oh! Oh! jammerte Bluber. Wir sollen allein in die Dschungel hinaus? Gott der Gerechte! Ebensogut kann ich hier bleiben und mich gleich töten lassen.

Sie werden dich nicht so einfach sterben lassen, sagte Kraski. Sie werden dich langsam zu Tode schinden.

Bluber rang die Hände und der Angstschweiß lief ihm über sein fettes Gesicht. Oh, wozu hab ich das getan? Warum hab ich das gemacht? winselte er. Für was bin ich nicht geblieben zu Hause in London, wo ich hingehöre?

Halt den Mund! fuhr ihn Flora an. Uns bleibt nur ein Ausweg, wir müssen warten, bis der Angriff auf die Araber beginnt. Wir haben immer noch unsere Waffen, die sie uns erst nach der Niedermachung der Araber stehlen wollen. In der Verwirrung des Kampfes müssen wir in die Dschungel zu entkommen suchen, und dann –, ja, Gott weiß, was dann wird.

Einen Augenblick später kam Luvini. Bwanas, es ist alles bereit, sagte er. Sobald die Abendmahlzeit eingenommen ist, werdet ihr einen Schuß hören. Dann beginnt, auf die Araber zu feuern.

Gut, sagte Kraski, wir werden unsere Stellung am Tore nehmen, um etwaiges Entkommen zu verhindern.

Es ist gut, sagte Luvini, aber du mußt hier bleiben. Er sprach zu Flora. Es wäre nicht sicher für dich, wenn du dich in der Nähe des Kampfes befinden würdest. Bleibe hier in deinem Zelte.

Schon recht, sagte Flora, ich werde mich an einer geschützten Stelle aufhalten.

Der Schwarze ging befriedigt und bald darauf saß das Lager bei der Abendmahlzeit. Über dem ganzen Lager herrschte eine Atmosphäre der Spannung und der höchsten Nervenerregung, die selbst den Arabern auffallen mußte. Bluber konnte vor Angst nicht essen und sah sich bleich und zitternd im Lager erst nach den Schwarzen, dann nach den Arabern, schließlich nach dem Tore um, während er dasaß und auf den Schuß wartete, der das Zeichen zum Gemetzel gab, für ihn das Zeichen, daß er hinaus in die Dschungel mußte, wo er sicher die Beute eines Löwen zu werden meinte.

Peebles und Throck aßen ihr Mahl mit größter Ruhe, was Bluber besonders ärgerte. Kraski, dessen Veranlagung übernervös war, aß wenig, obgleich er kein Zeichen von Furcht von sich gab. Ebensowenig ließ Flora etwas merken, trotzdem sie sich über die Hoffnungslosigkeit ihrer Lage klar war.

Die Dunkelheit brach herein. Einige der Schwarzen und die Araber waren noch beim Essen, als die Stille plötzlich durch den scharfen Peitschenknall eines Gewehres unterbrochen wurde. Einer der Araber sank lautlos zu Boden. Kraski sprang auf und packte Flora am Arme. Komm! rief er.

Bluber, dessen Füßen die Angst Flügel lieh, voran, Peebles und Throck hinter ihnen her, so eilten sie nach dem Tor der Palisade.

Die Luft erfüllte sich mit dem heiseren Schrei der Kämpfenden und dem Geknatter der Gewehre. Die Araber, obgleich nur ein Dutzend an der Zahl, hielten sich nicht schlecht, so daß sich ein ordentliches Gefecht entspann, und da sie weit bessere Schützen als die Schwarzen waren, war der Ausgang des

Kampfes noch unentschieden, als Kraski das Tor öffnete und mit den übrigen Weißen in die Dschungelnacht hinausfloh.

Der Ausgang des Kampfes im Lager konnte nicht gut anders sein, als er war, denn die Schwarzen waren den Arabern an Zahl so sehr überlegen, daß sie schließlich doch trotz ihres jämmerlichen Schießens, den letzten der Nomaden aus dem Norden durch einen Zufallstreffer niederstreckten. In diesem Augenblick entdeckte Luvini die Flucht der Weißen. Zwei Umstände waren ihm sofort klar. Erstlich, daß ihn jemand verraten haben mußte, und zweitens, daß die Weißen noch nicht weit gekommen sein konnten.

Er rief seine Krieger um sich und stellte ihnen vor, daß die Weißen, wenn man sie entkommen ließe, gelegentlich mit Verstärkung zur Bestrafung der Schwarzen zurückkommen würden. Damit überzeugte er seine Genossen, die nunmehr auf zweihundert Krieger angewachsen waren, von der Notwendigkeit, sich alsbald an die Verfolgung der Flüchtlinge zu machen und sie einzuholen, ehe sie ein Dorf erreichten, zumal das nächste nur einen Tagesmarsch entfernt war.

## Der Diamantenhort

Als die primitiven Rauchbomben den Thronsaal mit ihrem erstickenden Qualm erfüllten, drängten sich die Gomangani um Tarzan und flehten ihn an, sie zu retten.

Wartet noch eine Minute, sagte Tarzan, bis der Rauch dick genug ist, um unsere Bewegungen vor den Bolgani zu verbergen, dann wollen wir uns durch die auf den Garten gehenden Fenster nach der Terrasse hinausmachen.

Ich habe einen besseren Vorschlag, sagte der alte Mann. Folgt mir, sobald uns der Rauch einhüllt. Es gibt noch einen Ausgang, den sie unbewacht gelassen haben, wohl weil sie nicht dachten, wir könnten ihn benützen. Wohin führt er? fragte Tarzan.

In den Keller des Diamantenturmes – das ist der Turm, in dem ich dich entdeckte. Jener Teil ist dem Osttor am nächsten und wenn wir unbemerkt bis dahin kommen, können wir wenigstens den Wald erreichen.

Famos! rief der Affenmensch. Es wird jetzt nicht mehr lange dauern, bis uns der Rauch den Blicken der Bolgani entzieht.

Der Qualm war inzwischen so dick geworden, daß die meisten husteten und würgten, und allen tränten unter der Einwirkung des beißenden Rauches die Augen. Gleichwohl waren sie immer noch nicht völlig der Beobachtung ihrer Umgebung entzogen.

Ich weiß nicht, wieviel wir davon noch vertragen können, meinte Tarzan, ich für meinen Teil habe soviel wie ich brauche.

Es *wird* ein bißchen dick, sagte der Alte. Noch einen Augenblick, dann können wir uns fortmachen.

Ich halte es nicht länger aus, rief La.

Schon gut, sagte der Alte, ich glaube, sie können uns jetzt nicht mehr sehen. Kommt, folgt mir. Damit führte er sie zum Throne hinauf und ging durch einen kleinen von Vorhängen verdeckten Ausgang hinter den Thronsesseln. Der Alte ging voran, dann kam La, der Tarzan mit Dschadbalja folgte. Der Löwe war am Ende seiner Geduld, so daß ihn Tarzan nur noch mit Mühe halten konnte. Hinter Tarzan und seinem Löwen drängten sich die hustenden Gomangani. Aber da Dschadbalja gerade vor ihnen schritt, trauten sie sich nicht so sehr zu drängen.

Die Öffnung führte in einen dunklen Gang, über eine Flucht Treppenstufen hinab, dann in völliger Dunkelheit eine beträchtliche Strecke geradeaus. Alle waren so froh, aus dem dicken Qualm des Thronsaales entkommen zu sein, daß keiner sich über die Dunkelheit im Gange beklagte; sie folgten alle geduldig dem alten Mann.

Am Ende des Ganges hielt dieser vor einer schweren Tür an, die er nach beträchtlichen Schwierigkeiten aufbekam.

Wartet einen Augenblick, sagte er, bis ich Licht machen kann.

Sie hörten ihn eine Zeitlang herumhantieren, dann leuchtete ein schwaches Licht, und der Docht in einer Dreifußschale flackerte auf. Tarzan sah sich in einem großen, rechteckigen Raum, der nur zum Teil im ungewissen Licht des Dreifußes erkenntlich wurde.

Kommt alle herein, sagte der alte Mann, und schließt die Tür. Dann rief er Tarzan zu sich. Folge mir, sagte er. Ehe wir diesen Raum verlassen, will ich dir ein Bild zeigen, auf dem noch keine anderen Menschenaugen geruht haben.

Er führte ihn auf die andere Seite des Raumes, auf der Tarzan im Scheine des Dreifußes Reihe auf Reihe von Gefachen erblickte, in denen kleine aus Fellen genähte Säcke aufgestapelt waren. Der Alte nahm ein Säckchen, öffnete es, und ließ sich einen Teil des Inhalts in die hohle Hand rollen. Diamanten! sagte er. Jedes dieser Päckchen wiegt fünf Pfund. Seit zahllosen Jahrhunderten werden sie hier aufgehäuft, denn die Minen bringen größeren Ertrag, als die Bolgani selbst verbrauchen. Hier, nehmt euch eines der Päckchen, sagte er. Damit behändigte er Tarzans eines, gab La ein zweites und nahm sich selbst eines mit den Worten: Ich glaube zwar nicht, daß wir das Tal je lebend verlassen, aber unmöglich ist es nicht.

Dann führte er sie aus dem Diamantengewölbe eine primitive Leiter hinauf bis zum darüberliegenden Gang zu ebener Erde, der sie rasch nach dem Hauptausgang des Turmes brachte. Nur noch zwei schwere, auf der Innenseite verriegelte Tore befanden sich zwischen ihnen und der Terrasse, hinter der das offene Osttor lag. Der alte Mann wollte schon das Tor aufreißen, als ihn Tarzan zurückhielt.

Warte einen Augenblick, sagte er, bis der Rest der Gomangani da ist. Wenn sie alle hier hinter uns sind, wirf das Tor auf und brich mit La und zehn oder zwölf Gomangani, die hier in eurer unmittelbaren Nähe sind, nach dem Portal durch. Wir anderen bilden die Nachhut und halten die Bolgani auf. – Macht euch fertig, sie sind alle da.

Sorgfältig erklärte Tarzan den Gomangani seine Absicht. Dann wendete er sich zu dem Alten und kommandierte: Jetzt! Der Riegel flog zurück, die Tore schwangen auf, und mit einem Male setzte die ganze Schar zum Sturme nach dem Ostportal an.

Die Bolgani, die immer noch um den Thronraum in Haufen herumstanden, merkten den Ausbruch erst, als Tarzan, der mit Dschadbalja die Nachhut bildete, durch das Osttor war. Mit fürchterlichem Geschrei stürzten sie zu Hunderten nach.

Da kommen sie, rief Tarzan La zu. Lauf, was du kannst, geradewegs nach dem Tale von Opar.

Und du? fragte die Frau.

Ich bleibe noch hier und suche diese Burschen zu bestrafen.

Nicht einen Schritt gehe ich ohne dich weiter, Affentarzan, sagte La. Du hast meinetwegen schon zu viel gewagt. Ich bleibe.

Der Affenmensch zuckte die Achseln. Wie du willst, sagte er. Da sind sie!

Nur mit großer Schwierigkeit gelang es ihm, einen Teil der Gomangani wieder zum Halten zu bringen. Vielleicht fünfzig Krieger bekam er zusammen, und mit diesen besetzte er nur den Torweg, gegen den einige hundert Bolgani heranstürmten.

Der alte Mann kam, faßte Tarzan am Arme. Du tust besser, zu flüchten, sagte er. Die Gomangani werden beim ersten Stoß geworfen werden und fliehen.

Wir können bei der Flucht nichts gewinnen, sagte Tarzan, wir würden nur das Errungene wieder verlieren, und dann hätten wir die ganzen Talbewohner wie ein Nest Hornissen hinter uns her.

Er hatte kaum zu Ende gesprochen, als ein Gomangani nach dem Walde zeigte und rief: Schaut! schaut! Sie kommen!

Zur rechten Zeit, bemerkte Tarzan, als sich der erste neue Schwarm Gomangani auf das Ostportal zustürzte. Vorwärts, schrie er den Schwarzen zu. Die Bolgani sind an uns. Kommt und rächt eure Bedrückung. Dann sammelte er die nächsten Schwarzen um sich und warf sich dem Angriff der Gorillamenschen entgegen. Hinter seinem Rücken drang Welle auf Welle der Gomangani durch das Ostportal des Diamantenpalastes, alles vor sich herfegend, bis die Bolgani an die Mauern des Palastes zurückgedrängt waren.

Das Jauchzen, das Fechten und das rinnende Blut brachten Dschadbalja in eine so wahnsinnige Erregung, daß ihn Tarzan nur noch mit Mühe davon abhalten konnte, wahllos auf Freund wie Feind loszuspringen, und nicht imstande war, am Kampfe teilzunehmen. Aber alles ging planmäßig, und die völlige Niederlage der Bolgani war sicher, wenn kein unerwarteter Zwischenfall eintrat.

Die Gomangani waren vom Blutdurst der Rache erfüllt und wie trunken vom Siege. So endete der Kampf erst, als sich kein Bolgani mehr fand.

Als alles vorbei war, kehrten Tarzan, La und der alte Mann nach dem Thronsaal zurück, aus dem sich der Qualm mittlerweile verzogen hatte. Sie riefen die Häuptlinge der einzelnen Dörfer vor und ließen sie sich vor dem Throne sammeln, auf dem die drei Weißen mit dem großen, schwarzmähnigen Löwen Dschadbalja standen. Dann sprach Tarzan sie an:

Gomangani vom Tale des Diamantenpalastes, diese Nacht habt ihr euch eure Freiheit erkämpft. Seit so zahllos vielen Menschenaltern seid ihr geknechtet gewesen, daß nie ein Führer unter euch erwachsen konnte, der imstande gewesen wäre, euch weise und gerecht zu beherrschen. Daher müßt ihr euch heute einen Herrscher aus einer anderen als eurer eigenen Rasse erwählen.

Dich! Dich! schrien sie darauf ein über das anderemal.

Nein, rief der Affenmensch, mit hocherhobener Hand Schweigen gebietend. Aber hier ist einer, der lange unter euch gelebt hat, der eure Lebensweise, eure Sitten und Gebräuche kennt und eure Wünsche und Bedürfnisse besser als ein anderer versteht. Wenn er einwilligt, bei euch zu bleiben und über euch zu herrschen, wird er euch sicherlich ein guter König sein. Tarzan deutete mit diesen Worten auf den Alten.

Der alte Mann sah Tarzan bestürzt an. Aber ich will doch fort von hier, sagte er. Ich will wieder zurück in die zivilisierte Welt.

Du weißt nicht, was du da redest, entgegnete ihm der Affenmensch. Du würdest nirgends mehr einen Freund finden, aber Betrug, Muckertum, Gier, Geiz und Grausamkeit. Niemand hätte Interesse an dir. Ich, Affentarzan, habe meine Dschungel verlassen und mich in die Städte der Menschen begeben, aber ich war angewidert und froh, als ich wieder in meine Dschungel zurückkehren konnte – zu den edlen Tieren, die in Liebe wie in Haß gleich ehrenhaft sind – zur Freiheit und Unverdorbenheit der Natur.

Hier hast du Gelegenheit, ein Werk zu vollbringen, das das Leben des Lebens wert macht. Diese armen Geschöpfe brauchen dich. Ich kann nicht hier bleiben, aber du vermagst sie aus der Finsternis zu führen, und sie zu einem fleißigen, tugendhaften, gütig denkenden Volk zu formen.

Du hast Recht, Affentarzan, erwiderte der alte Mann. Für mich gibt es nichts mehr in jener anderen Welt. Darum, wenn die Gomangani mich zu ihrem Fürsten wollen, will ich hier bleiben.

Die Häuptlinge versicherten Tarzan, wenn sie ihn nicht als Führer bekommen könnten, wären sie froh, den alten Mann zu haben, der dafür bekannt war, sich nie einer Grausamkeit gegen einen Gomangani schuldig gemacht zu haben.

Die wenigen übrig gebliebenen Bolgani, die sich nach verschiedenen Teilen des Palastes geflüchtet hatten, wurden gesucht und nach dem Thronsaal gebracht. Hier wurden sie vor die Wahl gestellt, als Sklaven im Tale zu verbleiben, oder das Land zu verlassen. Die Gomangani wären am liebsten über sie hergefallen und hätten sie erschlagen, doch ihr neuer König wollte das nicht zulassen.

Aber wohin sollen wir denn gehen, wenn wir das Tal des Diamantenpalastes verlassen müssen, fragte einer der Bolgani. Außer der Stadt Opar kennen wir nichts und dort finden wir nur Feinde.

Tarzan betrachtete sie mit kritischen Blicken, während mehrere der Gomanganihäuptlinge und einige der Bolgani Vorschläge für die Zukunft der Gorillamenschen machten. Endlich erhob sich der Affenmensch und winkte die Bolgani heran.

Ihr seid euer etwa hundert, sagte er. Ihr seid kraftvoll gebaute Geschöpfe und müßt grimmige Kämpfer sein. Neben mir sitzt La, die Hohepriesterin und Königin von Opar. Ein verbrecherischer Priester hat sich ihre Macht angemaßt und sie von ihrem Throne vertrieben, aber morgen wollen wir mit den tapfersten Gomangani vom Tale des Diamantenpalastes gegen Opar ziehen, um dort den Hohepriester Cadsch für den Verrat an seiner Königin zu bestrafen. Zieht mit uns gegen Opar und kämpft an unserer Seite, um La wieder auf ihren Thron zu setzen. Ist der Kampf vorbei, so bleibt dort als Leibgarde Las, um sie nicht nur vor ihren Feinden von außen sondern mehr noch vor ihren inneren Gegnern zu beschirmen.

Die Bolgani berieten miteinander, dann kam einer von ihnen zu Tarzan. Wir wollen tun, was du uns rätst, sagte er.

Werdet ihr La treu sein? fragte der Affenmensch.

Ein Bolgani ist nie ein Verräter, erwiderte der Gorillamann.

Gut denn! rief Tarzan, und du, La, bist du mit dieser Regelung einverstanden?

Ich nehme sie in meine Dienste, erklärte die Königin.

Am nächsten Morgen zogen Tarzan und La mit dreitausend Gomangani und den hundert Bolgani aus, um den verräterischen Cadsch zu bestrafen. Sie zogen durch das Tal des Diamantenpalastes, stiegen die Felsschlucht nach dem Tale von Opar hinab und marschierten geradewegs auf die Rückseite von Las Palast zu.

Ein kleines graues Äffchen, das unter den Weinranken und Schlingpflanzen auf der Zinne der Tempelmauer hockte, sah sie kommen. Es neigte seinen Kopf erst auf die eine, dann auf die andere Seite, und war ganz gespannt. Je näher die Heeressäule kam, desto erregter wurde Manu, das Äffchen, und als schließlich die große Zahl der Gomangani erkennbar wurde, geriet er ganz außer sich. Aber was ihm den Rest gab und ihn Hals über Kopf nach dem Palaste von Opar zurückjagte, war der Anblick der Bolgani – der Menschenfresser in seiner kleinen Welt.

Cadsch war im Lichthof des Innentempels. Bei ihm befanden sich einige der unteren Priester, dazu Oah mit ihren Priesterinnen. Daß eine Uneinigkeit unter ihnen bestand, war aus ihren zornigen Gesichtern so gut wie aus den Worten zu entnehmen, die Oah an Cadsch richtete.

Du bist abermals zu weit gegangen, Cadsch, rief sie bitter. Nur die Hohepriesterin des Feuergottes darf die Opferhandlung vornehmen. Wieder und wieder wagst du, das geweihte Messer mit deiner unwürdigen Hand zu entheiligen.

Schweige, Weib, zürnte der Hohepriester. Ich bin Cadsch, König von Opar, Hohepriester des Flammengottes. Du bist, was du bist, nur durch die Gunst von Cadsch. Stelle meine Geduld nicht zu sehr auf die Probe, sonst wirst du in der Tat erfahren, wie sich das heilige Messer anfühlt. Es war gar nicht möglich, die finstere Drohung seiner Worte mißzuverstehen. Einige aus seiner Umgebung konnten ihre verletzte Überraschung schlecht verhehlen, die sie bei dieser gotteslästerlichen Haltung gegenüber der Hohepriesterin empfanden.

Hüte dich, Cadsch, warnte ihn einer der älteren Priester. Es gibt eine Grenze, die selbst du nicht überschreiten kannst.

Wer wagt es, mir zu drohen? schrie Cadsch, dem die wahnwitzige Wut des Fanatismus aus den Augen funkelte. Du wagst es, *mir* zu drohen, mir, Cadsch, dem Hohepriester des Feuergottes? Mit diesen Worten sprang er auf den Mann zu, der ihn beleidigt hatte und schwang das Opfermesser drohend über dem Kopf. In diesem Augenblick kam ein kleines, graues Äffchen kreischend durch eine Schießscharte in der Mauer herein.

Die Bolgani, die Bolgani! kreischte er. Sie kommen, sie kommen!

Cadsch hielt an und drehte sich zu Manu um. Die Hand mit dem Messer ließ er zur Seite herabsinken. Hast du sie gesehen, Manu? fragte er. Sprichst du die Wahrheit? Ich sah sie mit eigenen Augen, schnatterte das Äffchen. Wieviel sind es ihrer? fragte Cadsch. Und wie nahe sind sie heran?

Sie sind so zahllos wie die Blätter auf den Bäumen, erwiderte Manu, und sie sind der Tempelmauer schon ganz nahe – die Bolgani und die Gomangani.

Cadsch wandte sich und kehrte sein Gesicht der Sonne zu, dann warf er den Kopf in den Nacken und ließ einen langgezogenen Schrei hören, der in einem durchdringenden Kreischen endete. Dreimal stieß er diesen häßlichen Schrei aus, dann gab er den anderen im Hofe den Befehl, ihm zu folgen, und setzte sich nach dem Palastteil in scharfen Trab. Während Cadsch seine Schritte nach der alten Straße lenkte, auf die die Palastfront hinaussah, strömten von überall her die krummen, behaarten Männer von Opar zusammen, die mit schweren Keulen und Messern bewaffnet waren. Kreischend und schnatternd bewegte sich über ihnen in den Bäumen ein Dutzend kleiner Äffchen.

Nicht hier, schrien sie, nicht hier! Dabei deuteten sie nach dem Südende der Stadt.

Wie eine undisziplinierte Horde betrat der Haufen, Priester und Krieger, wieder den Palast und ging den Weg nach dem entgegengesetzten Ende des Gebäudes zurück.

Hier erkletterten sie die Zinne der hohen Mauer, die den Palast beschützte, gerade als Tarzans Streitkräfte davor zum Halten kamen.

Felsstücke, Felsstücke! kreischte Cadsch. Als Antwort auf seinen Befehl begannen die Weiber unten im Hofe die losen Steinbrocken zu sammeln, die aus der Mauer und den Palastwänden herausgefallen waren.

Geht fort, kreischte Cadsch den Feinden zu. Ich bin Cadsch, Hohepriester des Feuergottes, und dies ist sein Tempel. Entweiht nicht den Tempel des Feuergottes, sonst werdet ihr seinen Zorn spüren.

Tarzan trat etwas vor die anderen vor und hob seine Hand, um Schweigen zu gebieten.

La, eure Hohepriesterin und Königin ist hier, rief er den Opariern auf der Mauer zu. Cadsch ist ein Verräter und Thronräuber. Öffnet eure Tore, übergebt die Verräter der Gerechtigkeit und euch soll nichts geschehen. Verweigert ihr aber La den Einzug in die Stadt, so werden wir sie mit Waffengewalt einnehmen und mit Blutvergießen zurückgewinnen, was rechtmäßig La gehört.

La trat an seine Seite, damit alles Volk sie sehen konnte, und schon ließen sich einzelne verstreute Stimmen hören, die ihr zuriefen, und ein oder zwei Rufe gegen Cadsch wurden laut. Cadsch merkte wohl sofort, daß nicht viel dazu gehörte, um die Wagschale zu seinen Ungunsten zum Sinken zu bringen, deshalb schrie er seinen Mannen zu, sie sollten zum Angriff übergehen, wobei er selbst den ersten Stein nach Tarzan schleuderte. Nur seiner wunderbaren Gewandtheit dankte es der Affenmensch, daß das Wurfgeschoß an ihm vorbeiging. Ein Regenschauer von Steinen hagelte hernieder, und Tarzan rief seine Krieger zum Angriff. Brüllend und knurrend warfen sich die Bolgani wie die Gomangani in den Kampf. Wie Katzen kletterten sie im Angesicht der oben drohenden Keulen die unebene Mauer hinauf. Tarzan, der sich Cadsch als Angriffsziel ausersehen hatte, war als der erste oben. Einer schlug mit der Keule nach ihm, aber er hielt sich mit einer Hand an der Zinne fest, griff mit der anderen nach der drohenden Waffe und entrang sie dem Angreifer. Da drehte sich Cadsch um und verschwand im Innern des Gebäudes, jenseits des Hofes. Kaum war Tarzan auf der Mauer oben, als sich zwei Krieger von Opar auf ihn stürzten. Mit der Waffe, die er ihrem Gefährten entrissen hatte, schlug er sie rechts und links zu Boden, dann sprang er auf das Pflaster hinab, gerade als der Hohepriester auf dem entgegengesetzten Ende des Lichthofes durch einen Torbogen verschwand.

Einige Priester suchten sein Vordringen aufzuhalten. Er packte einen der ersteren bei den Knöcheln und schwang den Körper im Kreise um sich, womit er sich beim Vorgehen den Weg freihielt, bis er auf der anderen Seite des Hofes war. Dort machte er kehrt und schleuderte den Körper des Priesters seinen Verfolgern an die Köpfe.

Ohne Zeit zu verlieren, nahm er die weitere Verfolgung Cadschs auf. Der Bursche war ihm immer ziemlich weit voraus, denn Cadsch kannte den Weg durch die labyrinthartigen Irrgänge des Palastes und Tempels besser als Tarzan. Daß der Weg nach dem Innenhof des Tempels führte, davon war Tarzan überzeugt. Cadsch konnte dort leicht in die Gewölbe unter dem Palast eindringen und ein Versteck finden, aus dem er schwer wieder herauszuholen war, so zahlreich und gewunden waren die dunklen, unterirdischen Stollen. Tarzan strengte sich auf das äußerste an, um den Opferhof vor Cadsch zu erreichen, aber als er endlich durch einen Torweg nach dem Innenhof sprang, legte sich eine schlau gestellte Schlinge um eines seiner Fußgelenke, so daß er mit voller Wucht zu Boden stürzte. Während er noch halb betäubt dalag, warf sich eine Anzahl der kleinen, knorrigen Männer von Opar auf ihn und ehe er sich besann, war er schon sicher gefesselt.

Immer noch halb bewußtlos spürte er, wie sie ihn vom Boden aufhoben und wegtrugen. Gleich darauf fühlte er, daß man ihn auf eine kalte steinerne Fläche niederlegte. Jetzt erst kam er zu vollem Bewußtsein und merkte, daß er noch einmal auf dem Opferaltar im Innenhof des Tempels des Feuergottes, ausgestreckt lag, sah, daß der Hohepriester Cadsch mit seinem grausamen

Gesicht über ihm stand und das grausame Gesicht im Vorgefühl der Rache zu einer gehässigen Fratze verzerrte.

Endlich! triumphierte die glotzende Mißgestalt. Diesmal, Affentarzan, sollst du nicht den Grimm des Feuergottes, sondern den von Cadsch kennenlernen. Diesmal werde ich nicht warten, bis mir wieder etwas dazwischen kommt.

Er schwang schon das Opfermesser, als Tarzan auf der Zinne der Hofmauer das Haupt und die Schultern eines mächtigen Löwen mit schwarzer Mähne auftauchen sah. Dschadbalja! rief er. Faß, faß!

Cadsch zögerte und sah in die Richtung, nach der der Affenmensch blickte. Der goldene Löwe sprang auf das Pflaster herab und stürzte mit zwei mächtigen Sprüngen auf den Hohepriester von Opar. Das Messer fiel klirrend zu Boden, und der riesige Rachen schloß sich über dem entsetzten Gesicht. Die Unterpriester flohen kreischend aus dem Hofe, und nun blieben Tarzan, Dschadbalja und die Leiche Cadschs im Opferhof des Tempels allein.

Komm, Dschadbalja, befahl Tarzan. Lasse keinen an Affentarzan heran.

Eine Stunde später hatten Las siegreiche Streitkräfte den alten Palast und die Tempel von Opar erstürmt. Priester und Krieger, soweit sie nicht getötet oder geflüchtet waren, hatten sich ergeben und La als Königin und Hohepriesterin wieder anerkannt. Nunmehr wurde auf Las Befehl die ganze Stadt nach Tarzan und Cadsch abgesucht. So kam es, daß La selbst an der Spitze einer Abteilung den Opferhof betrat.

Wie gelähmt hielt sie an, denn dort, auf dem Altar festgebunden, lag Affentarzan und über ihm stand Dschadbalja, der goldene Löwe, und starrte knurrend mit glühenden Augen auf La.

Tarzan! schrie La und taumelte auf den Altar zu. So hat Cadsch doch sein Ziel erreicht. Gott meiner Väter, sei mir gnädig – Tarzan ist tot!

Nein, rief der Affenmensch, weit gefehlt. Komm her und mache mich los. Ich bin nur gebunden. Aber wenn Dschadbalja nicht gewesen wäre, hätte ich unter eurem Opfermesser meinen Tod gefunden.

Gott sei gedankt, rief La und wollte auf den Altar zutreten, mußte aber wieder einhalten, weil der brummende Löwe plötzlich eine drohende Haltung einnahm.

Nieder! rief Tarzan, laß sie heran. Und Dschadbalja kauerte sich neben seinem Herrn nieder und legte sein bärtiges Kinn auf des Affenmenschen Brust.

La trat heran, hob das Opfermesser auf und schnitt damit die Fesseln durch, die den Herrn der Dschungel gefangen hielten. Da erst erblickte sie hinter dem Altar die Leiche Cadschs.

Dein gefährlichster Gegner ist tot, sagte Tarzan. Für seine Erlegung mußt du Dschadbalja danken wie ich ihm für meine Rettung. Du kannst von nun an in Frieden und Glück herrschen und mit dem Volke aus dem Tale des Diamantenpalastes Freundschaft halten.

In derselben Nacht saß Tarzan mit den Bolgani und den Häuptlingen der Gomangani sowie den Priestern und Priesterinnen von Opar im großen Bankettsaal des Palastes von Opar, als Gast der Königin La, und aß von den goldenen Tellern der alten Atlantier. Am Morgen darauf machte sich Tarzan mit Dschadbalja auf den Rückweg nach dem Lande der Waziri und seinem Heime.

## Feuertod

Flora Hawkes stolperte mit ihren vier Spießgesellen durch die Finsternis der Dschungelnacht. Sie konnten sich kein Ziel wählen, denn da sie sich bisher völlig auf die Schwarzen verlassen hatten, wußten sie nicht, wo sie waren, und verirrten sich vollständig. Ihr einziger Gedanke war, so viel Abstand wie möglich zwischen sich und das Lager der Elfenbeinräuber zu bringen. Sie waren kaum eine halbe Stunde vorwärts gehastet, als sie schon hinter sich das Geräusch der Verfolgung hörten.

Plötzlich bemerkten sie den Schein eines Feuers gerade vor sich. Was konnte das sein? Waren sie etwa nur im Kreise gegangen und wieder auf das Lager gestoßen, aus dem sie geflüchtet waren. Sie drangen vor bis zu einem Lager mit einer Boma aus Dornen und einem kleinen Feuer in der Mitte. Um dies Feuer war etwa ein halbes Hundert schwarzer Krieger versammelt, und als die Flüchtlinge näher krochen, sahen sie deutlich mitten unter den Schwarzen eine weiße Frau. Hinter ihnen erscholl lauter und lauter der Lärm der Verfolger.

Aus den Bewegungen und Gesten der Schwarzen um das Lagerfeuer war deutlich zu ersehen, daß, sie über das Kampfgetöse sprachen, das sich aus der Richtung des Räuberlagers hören ließ; jetzt hob die Frau die Hand, Schweigen gebietend, und alle lauschten. Offenbar hörten auch sie jetzt die Verfolger von Flora Hawkes und ihren Gefährten herankommen.

Eine weiße Frau ist dabei, sagte Flora Hawkes. Vielleicht wird sie uns Schutz gewähren. Ich will es versuchen. Ohne eine Antwort abzuwarten, schritt sie kühn auf die Boma zu.

Sie war noch nicht weit gekommen, als die scharfen Augen der Waziri sie schon entdeckten und im Nu starrte der ganze Wall der Boma von Speeren.

Halt! rief einer der Krieger. Wer bist du?

Ich bin eine Engländerin, rief Flora zur Antwort. Unsere Karawane hat uns verraten, unser Häuptling verfolgt uns mit seinen Kriegern. Wir sind unser fünf und erbitten Schutz.

Laßt sie kommen, sagte Jane zu den Waziri.

Als Flora Hawkes und die vier Männer unter den prüfenden Blicken von Jane Clayton und den Waziri die Boma betraten, sahen ihnen vom Laube des großen über die Boma hängenden Baumes ein paar graue Augen zu, in die beim Erkennen des Mädchens und ihrer Gefährten ein seltsamer Glanz trat.

Als die Ankömmlinge sich Lady Greystoke näherten, entfuhr dieser ein Ausruf der Überraschung. Flora Hawkes! rief sie ganz erstaunt. Was willst du denn hier? Das Mädchen war ebenso überrascht und blieb starr stehen. Lady Greystoke! entfuhr es ihr.

Einen Augenblick lang war Floras Frechheit von der Bestürzung übermannt, aber ihr Mutterwitz kam ihr zu Hilfe. Ich bin hier mit Mr. Bluber und seinen Freunden, sagte sie, die mich bei ihren wissenschaftlichen Untersuchungen mitnahmen, weil ich schon mit Ihnen und Lord Greystoke in Afrika war und etwas von Sitten und Gebräuchen des Landes verstehe, aber nun haben sich unsere Boys gegen uns empört, und wenn Sie uns nicht helfen, sind wir verloren.

Sind es Leute von der Westküste? fragte Jane.

Ja, erwiderte Flora.

Dann denke ich, daß meine Waziri mit ihnen fertig werden.

Wieviele sind es?

Etwa zweihundert, erklärte Kraski.

Lady Greystoke schüttelte bedenklich den Kopf und rief Usula. Da kommen zweihundert Boys von der Westküste hinter diesen Leuten her. Wir werden sie verteidigen müssen.

Wir sind Waziri, sagte Usula schlicht. Einen Augenblick später stauten sich die vordersten von Luvinis Streitkräften im Lichtbereich des Lagerfeuers.

Beim Anblick der schimmernd beleuchteten Krieger, die zu ihrem Empfange bereitstanden, hielten die Leute von der Westküste an. Luivini sah, daß der Gegner in der Minderzahl war und verlangte unter Drohungen und Beschimpfungen die Auslieferung der Weißen, und seine Leute brüllten zur Begleitung mit.

Die Waziri hinter ihrem Bomawall, geschult und diszipliniert durch Affentarzan, wie sie waren, standen stumm und grimmig in Erwartung des Gegners da.

Sie haben eine Anzahl Gewehre, meinte Lady Greystoke, das sieht für uns ziemlich schlimm aus.

Aber kein halbes Dutzend von ihnen versteht mit dem Gewehr etwas zu treffen, sagte Kraski.

Sie sind alle bewaffnet. Nehmen Sie ihre Plätze unter meinen Waziri ein. Geben Sie jenen Leuten den Befehl, uns in Ruhe zu lassen. Schießen Sie nicht, ehe nicht angegriffen wird, aber beim ersten Zeichen davon beginnen Sie das Feuer und unterhalten Sie es weiter. Nichts entmutigt die Schwarzen von der Westküste so sehr, als ein von Weißen unterhaltenes Gewehrfeuer. Flora und ich, wir bleiben auf der Rückseite des Lagers bei dem großen Baum. Die Männer gehorchten ihr. Selbst Bluber, wenn er gleich jämmerlich zitterte, trat vor und nahm seinen Platz unter den Waziri in der Kampflinie ein.

Die ganzen Maßnahmen sah Luvini nur zu gut. Auch der andere, oben auf dem Baume, unter dem Jane Clayton und Flora Hawkes Schutz suchten, sah sie. Luvini war aber nicht gekommen, um zu kämpfen. Er wollte nur Flora Hawkes fangen. Er wandte sich an seine Leute. Es sind ihrer nur fünfzig, sagte er. Wir könnten sie leicht alle töten, aber wir wollen uns nur das weiße Mädchen wieder holen. Bleibt hier und macht auf diese Söhne des Schakals einen Scheinangriff. Geht ein Stück vor, dann weicht wieder zurück. Ich schleiche derweil mit fünfzig Mann auf die Rückseite des Lagers, um das weiße Mädchen zu holen, und wenn ich sie habe, dann gebe ich euch Nachricht, auf das Dorf zurückzugehen, wo wir hinter der Palisade gegen jeden Angriff geschützt sind.

Während die Schwarzen auf der einen Seite vor der Boma herumtanzten, machte Luvini einen Umweg und kroch in der Deckung der dichten Dschungeln nach der Rückseite des Lagers. Das Getöse der Westküstenschwarzen steigerte sich zu ohrenbetäubendem Umfange. Plötzlich ließ sich die Gestalt eines nur mit Lendentuch und Leopardenfell bekleideten weißen Riesen vom Baume herab und das Licht des Feuers spielte auf den wohlgeschnittenen Formen seiner Gestalt.

John! rief Lady Greystoke aus. Gott sei Dank, daß du da bist.

Der Riese legte einen Zeigefinger an die Lippen. Dann warf er sich plötzlich auf Flora Hawkes. Dich will ich haben, rief er, packte das Mädchen, warf es sich leicht über die Schulter und hatte im Nu den schützenden Wall der Boma überschritten, um drüben in der Dschungel zu verschwinden.

Einen Augenblick schwankte Jane Clayton wie unter der Wirkung eines unerwarteten Schlages, dann sank sie mit einem erstickten Ächzen zu Boden und begrub schluchzend das Antlitz in den Armen.

So fand sie Luvini, der sich mit seinen Kriegern über die Boma gestohlen und das Lager auf der Rückseite betreten hatte. Sie waren einer weißen Frau wegen gekommen und hatten eine gefunden. Sie rauh auf die Füße stellend, erstickten sie ihre Schreie roh mit ihren schmutzigen Händen, und trugen sie in die Dschungel hinaus nach dem Dorfe der Elfenbeinräuber.

Zehn Minuten später sahen die Weißen und die Waziri die Schwarzen von der Westküste langsam in die Dschungel zurückgehen, immer noch heulend und drohend, als ob sie ihre Feinde gänzlich vernichten wollten – der Kampf war ohne einen Schuß, ohne einen Lanzenwurf zu Ende.

Verflucht, sagte Throck, wozu ist eigentlich der ganze Blödsinn gewesen?

Kraski sah kopfschüttelnd hinter den abziehenden Schwarzen her und kehrte dann zum Lagerfeuer zurück. Dort fragte er unvermittelt: Wo sind Flora und Lady Greystoke?

Jetzt erst wurde das Verschwinden der beiden Frauen entdeckt.

Die Waziri rasten. Sie riefen ihre Herrin laut beim Namen, aber keine Antwort kam. Kommt, schrie Usula, wir Waziri fechten doch noch. Er sprang mit einem Satze über die Boma und machte sich mit seinen fünfzig Schwarzen an die Verfolgung.

In ein oder zwei Minuten hatten sie die Leute von der Westküste eingeholt und jagten sie wie ein Rudel auseinander. Voll Angst flohen diese Schwarzen nach der Palisade und warfen unterwegs ihre Gewehre weg, um besser laufen zu können. Aber Luvini und seine Schar hatten genügend Vorsprung, um das Ziel zu erreichen und sich in das sichere Dorf zu retten, ehe Verfolgte und Verfolger anlangten. Am Tor leisteten sie Widerstand, denn sie wußten, wenn die Waziri eindrangen, wurden sie alle miteinander niedergemacht. Sie hielten auch die Angreifer zurück, bis sie das Tor schließen und verbarrikadieren konnten. Das gut befestigte Dorf ließ sich ohne Mühe halten, denn die Waziri waren jetzt nicht mehr ganz fünfzig, und im Dorf befanden sich für die Verteidigung an die zweihundert Kampffähige.

Usula erkannte die Zwecklosigkeit eines planlosen Angriffs und zog seine Leute eine kurze Strecke zurück, wo sie sich niederhockten und mit wilden, drohenden Gesichtern nach dem Tore starrten, während Usula Pläne entwarf, um den Feind, dem er mit roher Gewalt allein nicht beikommen konnte, zu überlisten.

Wir wollen nur Lady Greystoke wieder holen, sagte er, die Vergeltung hat Zeit. Ich habe einen Plan. Schaut! Der Wind weht von der anderen Seite des Dorfes. Zehn von euch sollen mich begleiten, die anderen rücken vor das Tor, machen viel Lärm und tun so, als ob sie bald angreifen wollten. Nach einer Weile werden sie das Tor öffnen und herauskommen. Das verspreche ich euch. Ich werde suchen, dann schon wieder zurück zu sein, sollten sie aber schon früher herauskommen, dann stellt euch in zwei Abteilungen auf beiden Seiten des Tores auf und laßt die Schwarzen von der Westküste ruhig entkommen. Wir kümmern uns nicht um sie. Achtet nur auf Lady Greystoke und wenn ihr sie seht, nehmt sie ihnen ab. Er wählte sich zehn Mann aus und verschwand mit ihnen in der Dschungel.

Luvini hatte Lady Greystoke zu einer Hütte in der Nähe des Tores geschleppt. Hier band er sie an einem Pfahle fest, in der Annahme, er habe Flora Hawkes. Dann verließ er sie und eilte nach dem Tore, um die Führung seiner Krieger bei der Verteidigung des Dorfes zu übernehmen.

Jane war noch halb betäubt. Gegenüber der Tatsache, daß Tarzan sie in der Stunde der Not verlassen und ein anderes Weib in die Dschungel fortgebracht hatte, schwand das Drohende ihrer gegenwärtigen Lage zu zwergenhafter Nichtigkeit zusammen. Nicht einmal das, was Usula ihr über den Unfall mitgeteilt hatte, der Tarzan begegnet war, und vermutlich wieder sein

Denkvermögen gestört hatte, konnte sie beruhigen, und jetzt lag sie mit dem Gesicht im Schmutz der Araberhütte und schluchzte.

Draußen kroch Usula mit seinen zehn Leuten um die Palisade nach der Rückseite des Dorfes. Dort fanden sie große Mengen abgestorbenen Holzes, das vom Bau des Dorfes her übriggeblieben war. Dies holten sie zusammen und stapelten es längs der Palisade auf, bis an etwa drei Viertel der Dorflänge hohe Haufen davon lagen. Da Usula es schwierig fand, seine Arbeit lautlos fortzuführen, ließ er der Hauptabteilung auf der anderen Seite sagen, sie sollten durch dauerndes Geschrei das Geräusch seiner Arbeit übertönen. Obgleich Usula mit seiner Schar danach mit verdoppeltem Eifer schaffen konnte, dauerte es doch über eine Stunde, bis die Wand aus Gestrüpp angelegt war.

Luvini hatte die Hauptgruppe der Waziri im Mondschein durch eine Schießscharte beobachtet und kam schließlich zur Überzeugung, daß diese gar nicht die Absicht hatten, anzugreifen, daß er also in seiner Wachsamkeit nachlassen und seine Zeit in angenehmerer Weise verbringen konnte. Er gab seinen Kriegern Anweisung, sich in nächster Nähe des Tores bereitzuhalten und ihn beim ersten Anzeichen eines Angriffs zu rufen. Dann kehrte er zu Lady Greystoke zurück.

Luvini betrat die Hütte mit einer brennenden Fackel, die er in den Boden steckte; seine Triefaugen stierten auf die regungslose Gestalt der Frau. Er streckte eine Hand aus und berührte sie. Jane Clayton sah auf und bog sich, von Ekel gepackt, zurück. Beim Anblick ihres Gesichtes zeigte der Neger Erstaunen.

Wer bist du? fragte er im Pidschenenglisch der Westküste.

Ich bin Lady Greystoke, Weib des Affentarzan, erwiderte Jane Clayton. Wenn du weise bist, wirst du mich sofort freigeben.

Überraschung und Schreck malten sich in den Augen Luvinis, aber auch eine andere Empfindung. Lange Zeit hockte er da und glotzte, bis schließlich der gierige Ausdruck überwog und die anfängliche Furcht auslöschte. Jane konnte in dieser Veränderung ihr Schicksal deutlich lesen.

Mit täppischen Fingern löste Luvini die Knoten der Fesseln, die Janes Handgelenk und Knöchel banden. Kaum fühlte sie, wie die letzte Fessel fiel, als sie sich aufraffte und nach dem Ausgang der Hütte sprang, aber Luvini packte sie mit seiner großen Hand und riß sie zurück. Wie eine wild gewordene Tigerin ging sie nun auf ihn los und schlug ihn mehrmals in seine grinsende, häßliche

Fratze. Aber mit roher Gewalt kämpfte er ihren schwachen Widerstand nieder und zerrte sie langsam, aber sicher an sich. Alles andere vergessend, taub für die Schreie der Waziri vor dem Tore und für einen neuerlich im Dorfe entstehenden Aufruhr, rangen die beiden.

Usula hatte inzwischen auf der Rückseite des Dorfes an einem halben Dutzend Stellen Feuerbrände an seine Gestrüpphaufen gelegt. Die von einer sanften Dschungelbrise entfachten Flammen wuchsen rasch zu einem brüllenden Feuermeer, unter dem das trockene Holz der Palisade in einem Schauer roter Funken auseinanderkrachte, während der Wind den Funkenregen zu den strohgedeckten Dächern der Hütten trug, bis das ganze Dorf in unglaublich kurzer Zeit eine heulende Flammenhölle war. Genau wie Usula vorhergesagt hatte, flog das Tor auf und der Schwärm der Schwarzen von der Westküste flüchtete panikartig nach der Dschungel. Auf beiden Seiten des Tores standen die Waziri und hielten schweigend nach ihrer Herrin Ausschau, bis keiner mehr aus dem Innern zurückkam, und das Gelände innerhalb der Palisaden eine einzige Glut darstellte. Aber sie konnten nichts von ihr entdecken. Lange, als schon längst kein lebendes Wesen mehr im Dorfe sein konnte, warteten und hofften sie immer noch. Endlich gab Usula das nutzlose Warten auf.

Sie kann niemals hier gewesen sein, sagte er; wir müssen diese Neger verfolgen und einige von ihnen fangen, die uns über den Verbleib von Lady Greystoke Auskunft geben sollen.

Es war schon heller Tag, als sie auf eine kleine Schar Nachzügler stießen. Sie waren bald genug umzingelt, und wurden zur sofortigen Übergabe gebracht.

Wo ist Luvini? fragte Usula, der dessen Namen am Abend zuvor von den Europäern erfahren hatte.

Wir wissen es nicht, wir haben ihn seit Verlassen des Dorfes nicht mehr gesehen, erwiderte einer der Schwarzen. Wir waren Sklaven der Araber, und als wir vergangene Nacht durch die Palisade entflohen, liefen wir abseits von den anderen, denn wir halten uns allein für sicherer als bei Luvini.

Saht ihr die weißen Frauen, die er gestern Nacht ins Lager schleppte? fragte Usula.

Er brachte nur eine weiße Frau, erwiderte der andere. Wo ist sie jetzt? fragte Usula.

Als er sie brachte, band er sie an Händen und Füßen und legte sie in seine Hütte. Seitdem haben wir sie nicht mehr gesehen.

Eine große Angst sprach aus Usulas Augen, eine Befürchtung, die sich auf den Gesichtern der anderen widerspiegelte.

Kommt, sagte er, wir müssen nach dem Dorfe zurück. Ihr werdet mit uns gehen, sagte er zu den Gefangenen, und wenn ihr gelogen habt – hier machte er eine bezeichnende Bewegung mit dem Zeigefinger über seine Kehle.

Wir haben dich nicht belogen, entgegneten jene.

Vom Araberdorf war nichts übrig als ein paar Haufen glimmender Asche.

Hier war es, sagte einer der Schwarzen und machte rasch ein paar Schritte über die Stelle hinaus, an der sich das Dorftor befunden hatte. Mit einem Male hielt er an und deutete auf etwas, das auf dem Grunde lag. Da, sagte er, hier ist das Weib, das ihr sucht.

Usula und die anderen drängten sich vorwärts. Wut und Verzweiflung wühlten in ihnen, als sie die verkohlten Reste eines menschlichen Körpers gewahrten. Sie ist es, sagte Usula, der sich wegwandte, um seine Tränen zu verbergen. Die anderen Waziri waren nicht weniger ergriffen, denn sie alle hatten die Gattin des großen Bwana angebetet.

Vielleicht ist sie es doch nicht, meinte einer, vielleicht ist es jemand anders.

Das können wir gleich wissen, rief ein Dritter. Wenn ihre Ringe sich in der Asche finden, muß sie es in der Tat sein.

Usula schüttelte verzweifelt den Kopf. Sie ist es, sagte er, da ist noch der Pfahl, an dem sie festgebunden war – und die Ringe wird Luvini ihr abgenommen haben. Jeder im Dorfe hatte Zeit genug, es zu verlassen, außer ihr, die gebunden war und nicht entweichen konnte – nein, es kann niemand anders sein.

Die Waziri gruben ein flaches Grab, legten pietätvoll die Reste hinein und errichteten über der Stätte eine kleine Pyramide aus Steinen als Wahrzeichen.

## Die Vergeltung naht

Affentarzan mußte sich auf dem Heimweg nach Dschadbalja richten und kam daher nicht rasch vorwärts. Er überschaute auf dem Wege noch einmal im Geiste die Ereignisse der vergangenen Woche. Sein Versuch, die Schatzkammer von Opar zu brandschatzen, war fehlgeschlagen, aber das Säckchen Diamanten entschädigte ihn vielfach für diesen Fehlschlag. Seine einzige Sorge war die Sicherheit seiner Waziri und das Verlangen, die Weißen zu finden, die ihn mit Drogen betäubt hatten, um ihnen die verdiente Strafe angedeihen zu lassen. Da es ihn aber nach Hause trieb, machte er zunächst keine Anstrengungen, jene abzufassen.

Miteinander jagend, miteinander schmausend und miteinander schlafend trabten der Mensch und der riesige Löwe durch die grimmige Dschungel. Gestern hatten sie sich in das Fleisch Baras, des Hirsches, geteilt, heute schmausten sie vom Körper Hortas, des Ebers; sie waren beide so tüchtige Jäger, daß keiner von ihnen zu hungern brauchte.

Einen Tagemarsch vor dem Bungalow entdeckte Tarzan die Fährte einer beträchtlichen Kriegerschar. Er prüfte sorgfältig die vorliegende Spur, die, obgleich mehrere Tage alt und durch tierische Fährten teilweise verwischt, für seine scharfen Augen und Nasenflügel lesbar genug war. Seine teilweise Gleichgültigkeit machte plötzlich starkem Interesse Platz, denn unter den Fußspuren der großen Krieger erkannte er die kleinen einer weißen Frau, deren Form ihm so vertraut war.

Die Waziri kamen zurück und erzählten ihr, daß ich vermißt wurde, dachte er; da ist sie mit ihnen ausgezogen, um mich zu suchen. Er wandte sich zu Dschadbalja. Ei, Dschadbalja, jetzt wenden wir der Heimat abermals den Rücken – aber nein, wo sie ist, da ist unsre Heimat.

Die Richtung der Fährte setzte Affentarzan in ein gewisses Erstaunen, da sie keineswegs nach Opar führte, sondern eine mehr südliche Linie einschlug. Am sechsten Tage fing sein scharfes Ohr den Klang sich nähernder Menschen auf und gleich danach wehte die Witterung der Schwarzen ihm zu. Tarzan schickte Dschadbalja in das Versteck eines Dickichts und eilte auf den Bäumen weiter. Er wußte bald, daß er seine Waziri vor sich hatte. Aber die eine Witterung, die ihn mit Freude erfüllt hätte, fehlte.

Usula an der Spitze der bekümmerten und niedergeschlagenen Waziri stand plötzlich seinem Herrn von Angesicht zu Angesicht gegenüber.

Affentarzan! rief Usula.

Kein anderer, erwiderte der Affenmensch, aber wo ist Lady Greystoke?

Ach, Master, wie kann ich dir das sagen! rief Usula.

Du meinst doch nicht –? rief Tarzan. Unmöglich. Ihr konnte nichts zustoßen, solange sie von meinen Waziri behütet war!

Die Krieger ließen voll Scham und Kummer die Köpfe hängen. Wir bieten unser Leben für das ihre, sagte Usula schlicht. Dann legte er Schild und Speer zu Boden, streckte seine Arme weit aus und bot Tarzan seine breite Brust. Stoß zu, Bwana, sagte er.

Der Affenmensch wandte sich mit gesenktem Haupte ab. Erzähle mir, wie es geschah, sagte er.

Usula berichtete kurz die Ereignisse bis zu Janes Tod.

Als er zu Ende war, sprach Tarzan nur drei Worte:

Wo ist Luvini?

Ach, das wissen wir eben nicht, erwiderte Usula.

Aber ich werde das wissen, sagte Tarzan. Zieht eures Weges. Wenn ihr Affentarzan das nächstemal seht, wißt ihr, daß Luvini tot ist.

Sie flehten um die Erlaubnis, ihn begleiten zu dürfen, aber er wollte nichts davon hören.

Ihr seid um diese Jahreszeit zu Hause nötig, sagte er. Kehrt zurück und bringt Korak Bescheid, aber sagt ihm, es ist mein Wunsch, daß auch er zu Hause bleibt – wenn es mir fehlschlägt, kann er kommen, um das von mir unvollendet gelassene Werk zu beenden. Er schwieg, wandte sich nach der Richtung, aus der er gekommen war, und pfiff einen leisen, langgezogenen Ton. Einen Augenblick später kam Dschadbalja, der goldene Löwe, mit mächtigen Sätzen den Dschungelpfad entlang.

Der goldene Löwe! rief Usula. Als er Kiwazi entlief, wollte er seinen geliebten Bwana suchen.

Tarzan nickte. Er folgte mir viele Tagemärsche weit in ein fremdes Land, bis er mich fand, sagte er. Dann nahm er von seinen Waziri Abschied und lenkte seine Schritte noch einmal fort von seinem Heim, um Luvini zu suchen und es ihm zu vergelten.

*

John Peebles, in die Gabel eines großen Baumes gekeilt, grüßte den nahenden Morgen mit wehen Augen. In seiner Nähe befand sich Dick Throck, in ähnlicher Weise auf eine andere Gabel gespreizt, während Kraski, erfinderischer, sich aus kleinen Zweigen eine Plattform über zwei parallele Zweige gelegt hatte, auf der er sich verhältnismäßig behaglich fand. Drei Meter höher als er schwebte Bluber, halb erschöpft und zu Tode geängstigt, an einem kleineren Zweig, der ihn halb und halb sicherte, während sein Hauptgewicht in einer Astgabel ruhte.

Gott, stöhnte Peebles, lieber sollen mich die blutigen Löwen fressen, ehe ich nochmal so eine Nacht wie die mitmache. So ist es und so sind wir.

Verflucht ja, sagte Throck, ich schlaf jetzt auf dem Boden. Löwen oder nicht.

Wenn ihr klüger wäret, bemerkte Kraski, dann hätten wir letzte Nacht auf dem Boden schlafen können.

Ja, ja, wir sollen ihm jeden Abend ein Haus bauen, spottete Peebles, und er steht dabei und erzählt uns, wie wir's anstellen müssen, aber er selbst, der vornehme Mann, rührt keine Hand dabei.

Die anderen schenkten seinem letzten Witz keine Aufmerksamkeit. Sie hatten sich alle zusammen in der letzten Zeit so oft gestritten, daß sie wenig mehr auf einander achteten. Außer Peebles und Throck haßten sie einander aus Herzensgrund und blieben nur noch beisammen, weil sie Angst hatten, sich zu trennen. Langsam ließ Peebles seine Matte auf den Boden hinab, Throck folgte, dann kam Kraski und endlich Bluber.

Was nun? fragte Throck.

Auf den Marsch natürlich, erwiderte Kraski. Wir müssen suchen, die Küste im Westen zu erreichen.

Dann dürfen wir aber nicht nach Osten laufen! brüllte Peebles. So sind wir und so ist es!

Wer hat denn behauptet, daß wir's täten? fragte Kraski.

Na, vorgestern sind wir doch den ganzen Tag nach Osten gegangen, sagte Peebles. Die ganze Zeit hab ich gemerkt, das was falsch war, aber jetzt eben hab ich's rausbekommen.

Throck sah seinen Freund in verständnisloser Überraschung an. Wie meinst du das, brummte er. Wieso denkst du, wir rückten nach Osten?

Ich kann dies beweisen, erwiderte Peebles. Weil der da immer gescheiter ist als wir anderen, deswegen sind wir immer, seit uns die Nigger verlassen haben, geradewegs ins Innere marschiert. Er nickte dabei mit dem Kopf nach dem Russen, der ihn mit den Händen auf der Hüfte kritisch betrachtete.

Peebles, wenn du meinst, daß ich euch falsch führe, dann dreh dich rum und geh allein. Aber ich bleibe bei der alten Richtung.

Die ist aber nicht richtig, widersprach Peebles. Ich will dir's beweisen. Schau her! Wenn du nach Westen marschierst, hast du die Sonne um Mittag immer links, nicht wahr? Aber seit wir ohne die Nigger marschieren, haben wir die Sonne rechts. Also sind wir geradewegs nach Osten gegangen.

Verflucht! ja! schrie Throck, das sind wir, geradewegs nach Osten, und dieser Patzer denkt, er versteht alles!

Oh, ächzte Bluber, un nu müssen wir laufen den ganzen Weg wieder zurück nochemal?

Kraski lachte und nahm seinen Marsch in der von ihm gewählten Richtung wieder auf. Ihr Brüder könnt ja euren eigenen Weg gehen, wenn ihr wollt, sagte er. Und wenn ihr dann am Laufen seid, dann denkt daran, daß ihr südlich des Äquators seid, wo die Sonne zwar im Norden steht, aber immer noch im Westen untergeht.

Bluber hatte zuerst begriffen. Kommt Jungens, sagte er, Carl hat recht. Er drehte sich um und folgte dem Russen.

Peebles stand, kratzte sich am Kopfe und war von diesem irreführenden Problem völlig überwältigt, über dem Throck gleichfalls tiefsinnig brütete. Aber schließlich ging der letztere hinter Bluber und Kraski her. Vorwärts, John, sagte er zu Peebles, ich versteh's zwar nicht, aber so ist es!

Peebles folgte seinem Gefährten Throck, obgleich er nicht überzeugt war.

Hungrig und wundgelaufen hatten sich die vier Menschen einige Stunden lang mühsam auf dem Dschungelpfad fortgeschleppt und vergebens nach Wild gesucht. Ohne jede Waidmannskunst tappten sie voran. Auf Schritt und Tritt konnten wilde Tiere oder grimme Kriegerscharen lauern, aber die Sinnesorgane des zivilisierten Menschen sind so abgestumpft, daß der geräuschvollste Feind sich hätte an sie heranpirschen können, ohne daß sie etwas geahnt hätten.

So konnte es geschehen, daß kurz nach Mittag, als sie eine kleine Lichtung überschritten, ein Pfeil um Haaresbreite an Blubers Kopf vorbeizischte. Mit einem schrillen Angstschrei purzelte dieser zu Boden. Kraski riß sein Gewehr an die Backe und feuerte.

Dort, schrie er, hinter den Büschen, und schon pfiff ein neuer Pfeil aus anderer Richtung und durchbohrte seinen Unterarm. Peebles und Throck kamen mit weniger Flinkheit als der Russe ins Gefecht, zeigten aber keine Spur von Furcht.

Nieder! rief Kraski, der dem Worte die Tat folgen ließ. Hinwerfen und dann los dafür.

Die drei Männer hatten sich kaum in das lange Gras geworfen, als ein Dutzend Pygmäen auf die Lichtung herauskam und eine Salve Pfeile über die Liegenden abschoß, während von einem nahen Baume aus zwei stahlgraue Augen dem Überfall zusahen.

Kraski und Peebles schossen jeder einen der Eingeborenen nieder, worauf sich der Gegner in die Deckung der umgebenden Dschungel zurückzog. Für eine Zeitlang waren die Feindseligkeiten eingestellt. Völliges Schweigen herrschte, bis eine Stimme aus dem Laube eines nahestehenden Waldriesen die Stille unterbrach.

Feuert nicht, ehe ich es euch sage, sprach die Stimme auf Englisch, ich werde euch retten.

Von dem Baume, aus dem sie die Stimme vernommen hatten, erscholl ein leises, langgezogenes Pfeifen.

Das Zwergvolk hatte für eine Zeitlang innegehalten, als aber nichts weiter erfolgte, tauchten die Zwerge wieder auf und entsandten eine neue Lage Pfeile nach den vier im Grase liegenden Männern. Mit einem Male sprang die Gestalt eines weißen Riesen von den unteren Ästen eines alten Baumes herab und ein riesiger Löwe mit schwarzer Mähne schnellte aus dem Dickicht darunter hervor.

Einen Augenblick standen die Zwerge vor Schrecken starr, dann rief ihr Führer: Es ist Tarzan! und im Nu wandten sie sich zur Flucht in die Dschungel.

Jawohl, Tarzan ist es, rief Lord Greystoke, Tarzan und der goldene Löwe! Aber er sprach dabei in der Mundart der Zwerge, und die Weißen verstanden deshalb kein Wort davon. Dann wandte er sich diesen zu. Die Gomangani sind fort, sagte er, steht auf.

Ich brauche nicht erst zu fragen, wer ihr seid. Ihr seid die Leute, die mich betäubten und mich hilflos als Beute für den nächsten vorbeistreifenden Löwen oder wilden Eingeborenen in ihrem Lager liegen ließen.

Bluber stolperte vorwärts und katzbuckelte lächelnd. Oh, oh, Mister Tarzan, wir haben Sie nicht gekannt. Niemals hätten wir das getan, wenn wir hätten gewußt, daß es war Affentarzan. Retten Sie mich.

Tarzan übersah den Kriecher und wandte sich an die anderen. Ich suche nach einem eurer Leute, sagte er, einem Schwarzen, namens Luvini. Er mordete mein Weib. Wo ist er?

Darüber wissen wir nichts, sagte Kraski. Luvini verriet und verließ uns. Ihre Gattin und eine andere weiße Frau waren um diese Zeit in unserem Lager. Als wir unsere Posten einnahmen, um das Lager gegen unsere Leute zu verteidigen, befanden sie sich hinter uns. Ihre Waziri waren dabei. Als der Feind sich zurückzog, fanden wir, daß die beiden Frauen verschwunden waren. Was aus ihnen geworden ist, wissen wir nicht. Wir sind eben noch auf der Suche nach ihnen.

Soviel haben mir meine Waziri bereits erzählt. Aber habt ihr seitdem nichts mehr von Luvini gesehen?

Nein, wir haben nichts gesehen, erwiderte Kraski.

Was sucht ihr hier? fragte Tarzan.

Wir kamen mit Mister Bluber auf einer wissenschaftlichen Expedition, entgegnete der Russe. Wir hatten viel Unglück. Unsere Häuptlinge, Askari und Träger haben gemeutert und uns verlassen. Wir sind ganz allein und hilflos.

Und nun wollen wir versuchen, zurück an die Küste und von da nach London zu kommen.

Begleitet mich, sagte Tarzan, vielleicht kann ich euch behilflich sein. Ihr verdient es zwar nicht, aber ich kann nicht zusehen, wie Weiße hier in der Dschungel umkommen.

Sie folgten ihm auf dem Wege nach Westen und lagerten an diesem Abend neben einem kleinen Dschungelflüßchen.

Es war für die vier Londoner nicht so einfach, sich an die Gegenwart des riesigen Löwen zu gewöhnen, und Bluber besonders befand sich in einem Zustand jämmerlicher Angst.

Als sie sich für die Abendmahlzeit um das Feuer hockten, schlug Kraski vor, sich daranzumachen und irgendeine Art Schutz gegen die wilden Tiere zu bauen.

Das ist unnötig, sagte Tarzan. Dschadbalja wird euch bewachen. Er schläft hier neben Affentarzan, und was der eine von uns beiden nicht hört, hört der andere.

Bluber seufzte. Mein Gott, rief er. Zehn Pfund würd' ich geben, wenn ich ne Nacht könnte schlafen.

Heute nacht könnt ihr das billiger haben, erwiderte Tarzan, solange Dschadbalja und ich hier sind, kann euch nichts geschehen.

Bluber rollte sich zusammen und war alsbald eingeschlafen. Throck und Peebles folgten seinem Beispiel, bald auch Kraski.

Während der Russe mit nur noch teilweise offenen Augen bereits am Einschlafen war, sah er, wie sich der Affenmensch aus seiner hockenden Stellung vor dem Feuer erhob und nach dem nächsten Baume ging. Dabei fiel ein kleines Säckchen aus Häuten aus den Falten seines Lendentuches.

Kraski, nunmehr wieder völlig munter, beobachtete wie der Affenmensch, von Dschadbalja begleitet, ein Stück fortging und sich schlafen legte.

Der große Löwe rollte sich neben dem lang hingestreckten Manne zusammen und bald war der Russe sicher, daß beide schliefen. Alsbald begann er kriechend leise und verstohlen sich zu dem kleinen neben dem Feuer liegenden Päckchen zu begeben. Nach jeder Bewegung hielt er wieder an und spähte nach den hingelagerten Gestalten der zwei grimmigen Geschöpfe, aber beide schliefen friedlich. Endlich konnte der Russe zugreifen und das Säckchen packen. Er zog es an sich und stopfte es rasch ins Hemd. Dann kroch er leise und vorsichtig an seinen alten Platz jenseits des Feuers zurück. Den Kopf auf einen Arm gelegt, als ob er in tiefem Schlummer liege, befühlte er sorgfältig das Päckchen mit den Fingern der linken Hand.

Geräuschlos löste Kraski den Knoten, der die Öffnung des Päckchens geschlossen hielt, und ließ sich einen Augenblick später einen Teil des Inhalts in die hohle Hand rollen.

Mein Gott, rief er beinahe laut. Diamanten!

Gierig goß er sie alle aus und stierte sie an – große, funkelnde Steine von reinstem Wasser – fünf Pfund reine, weiße Diamanten.

Großer Gott! wiederholte er. Der Reichtum eines Krösus in meiner Hand.

Flink sammelte er die Steine wieder auf und tat sie wieder in das Säckchen, wobei er ständig ein Auge auf Tarzan und Dschadbalja gerichtet hielt. Aber keiner der beiden regte sich.

Morgen, murmelte er, morgen – wollte Gott, ich hätte die Nerven, es heute nacht zu versuchen.

Am nächsten Vormittag kam Tarzan mit den vier Londonern an ein ziemlich umfangreiches Dorf. Er wurde nicht nur freundlich, sondern mit Ehrerbietung und Ergebenheit wie ein Fürst empfangen.

Die Weißen bemerkten scheu die Haltung des schwarzen Häuptlings und seiner Krieger.

Nach den üblichen Zeremonien drehte sich Tarzan um und winkte mit der Hand nach den vier Europäern. Dies sind meine Freunde, sagte er zu dem schwarzen Häuptling, sie möchten sicher die Küste erreichen. Sende deshalb genügend Krieger mit, um sie unterwegs verpflegen und beschützen zu können. Ich, Affentarzan, bitte dich um diese Gefälligkeit.

Affentarzan, der große Fürst, der Herr der Dschungel, braucht nur zu befehlen, erwiderte der Schwarze.

Gut! rief Tarzan, laß sie richtig verpflegen und behandle sie wohl. Ich habe nach anderen Dingen zu sehen und kann nicht verweilen.

Ihre Bäuche sollen gefüllt werden, und sie sollen die Küste unbeschädigt erreichen, antwortete der Häuptling.

Ohne ein Wort des Abschieds verschwand Affentarzan mit Dschadbalja aus dem Gesichtskreis der vier Europäer.

## Speertod

Kraski verbrachte eine schlaflose Nacht. Tarzan mußte früher oder später den Verlust seines Diamantensäckchens bemerken, dann würde er zurückkehren und von den vier Londonern Rechenschaft fordern. Als das erste Tageslicht am Osthimmel graute, kroch der Russe aus der Hütte, die er mit Bluber teilte, hinaus auf die Dorfstraße.

Bei Gott! murmelte er für sich. Die Wahrscheinlichkeit, die Küste allein zu erreichen, ist gering, aber das Päckchen hier ist jeder Anstrengung wert, selbst wenn es das Leben kostet – ein Vermögen für tausend Könige – lieber Gott, was kann ich nicht in London, in Paris, in New York damit anfangen!

Verstohlen schlich er sich aus dem Dorfe, und bald schloß sich das Grün der Dschungel hinter Carl Kraski, dem Russen, der so für immer aus dem Leben seiner Gefährten entschwand.

Bluber entdeckte zuerst Kraskis Abwesenheit.

Hast du Carl heute früh gesehen? fragte er Peebles, während die drei Männer um einen Topf mit dem übelschmeckenden Brei saßen, der ihnen als Frühstück gebracht worden war.

Nein, sagte Peebles, er muß noch schlafen.

Er ist nicht in der Hütte, entgegnete Bluber. Er war nicht da, als ich aufwachte.

Er kann auf sich selber aufpassen, brummte Throck und frühstückte weiter.

Als sie ihr Frühstück beendet hatten, suchten sie sich mit einem der Krieger zu verständigen, um zu erfahren, wann der Häuptling nach der Küste aufbrechen wollte. Aber Kraski erschien immer noch nicht. Bluber begann nunmehr Besorgnisse zu hegen, zwar nicht für Kraskis Sicherheit, wohl aber für seine eigene, denn wenn in diesem freundlich erscheinenden Dorfe Kraski während der stillen Nachtstunden etwas zugestoßen kein konnte, konnte ihn ein ähnliches Geschick treffen.

Mit Hilfe von Zeichen, Pidschen-Englisch und entstellten Eingeborenenworten, deren jeder der drei einige wußte, machten sie dem Häuptling schließlich verständlich, daß Kraski verschwunden sei und daß sie zu wissen wünschten, was aus ihm geworden sei.

Der Häuptling war nicht weniger bestürzt als sie und ließ sofort eine gründliche Durchsuchung des ganzen Dorfes vornehmen. Kraski fand sich nicht, aber bald danach fand man eine Fußspur, die vom Dorf in die Dschungel führte.

Gott der Gerechte! rief Bluber aus, er geht allein raus, mitten in der Nacht. Er muß verrückt geworden sein.

Vermißt ihr irgend etwas, he? fragte Peebles die zwei anderen. Vielleicht hat er was gestohlen.

Oh, oh, was kann er schon stehlen, rief Bluber. Unsere Gewehre, unsere Munition – da, hier sind se bei uns. Er hat sie nicht genommen. Und außerdem haben wir keine Wertsachen.

Er muß angefangen haben zu nachtwandeln, sagte Throck. Eine bessere Erklärung für Kraskis Verschwinden konnten die drei nicht finden. Eine Stunde später machten sie sich unter dem Schutze einer Schar von des Häuptlings Kriegern nach der Küste auf den Weg. Das Gewehr über die Schulter gehängt, eine schwere Selbstladepistole in der Hand, so bewegte sich Kraski ängstlich den Dschungelpfad entlang.

Allein in der geheimnisreichen Dschungel erlebte er einen Nachtmahr von Schrecknissen, und mit jeder Meile, die er vorwärts drang, schien ihm der Wert der Diamanten geringer angesichts der schrecklichen Prüfung, die er sich bis zur Küste unterziehen mußte.

Einmal versperrte ihm Histah, die Schlange, den Weg, und der Mensch wagte nicht, auf sie zu schießen, aus Angst er könnte Verfolger auf seine Spur bringen. Er mußte durch die dicht verwachsenen Massen des Unterholzes einen Umweg machen. Als er den Pfad wieder erreichte, war seine Kleidung ärger zerrissen und zerfetzt als vorher, sein Fleisch trug Kratzwunden und Schnitte und blutete von den zahllosen Dornen, durch die er sich seinen Weg hatte bahnen müssen. Er triefte von Schweiß und keuchte vor Erschöpfung, und seine Kleider wimmelten von Ameisen, deren bösartige Angriffe auf sein Fleisch ihn vor Schmerz halb wahnsinnig machten.

Er riß die Kleidung ab und machte rasende Versuche, sich von der qualvollen Pest zu befreien. Aber die Ameisen wimmelten derartig auf seiner Kleidung, daß er sie nicht wieder aufzunehmen wagte. Nur das Säckchen Diamanten, seine Munition und seine Waffen riß er aus dem gefräßigen Haufen heraus, dessen Zahl sich nach Millionen zu vermehren schien, während die Tiere ihn wieder zu erreichen suchten, um ihn zu verzehren.

Kraski schüttelte den Ameisenhaufen von den wiedergewonnenen Gegenständen und hetzte sinnlos den Pfad entlang, bis er nach einer halben Stunde taumelnd, endlich fallend, keuchend auf den feuchten Dschungelboden sank. Da erst begriff er die Aussichtslosigkeit seines Vorhabens, denn nichts lähmt das Selbstvertrauen und den Mut eines zivilisierten Menschen mehr als der Verlust seiner Kleidung.

So kümmerlichen Schutz ihm seine zerissenen und zerlumpten Kleidungsstücke auch gewährt hatten, er hätte sich bei Verlust von Waffen und Munition nicht elender gefühlt, so ausgesprochenes Gewohnheitstier ist der Mensch. Der schreckerfüllte Kraski, der ängstlich den Dschungelpfad weiterschlich, war bereits dem Untergang geweiht.

Während dieser Nacht schlief er in Hunger und Kälte oben in der Gabel eines großen Baumes und unten brüllten die großen Raubtiere, husteten und knurrten in der Finsternis der Dschungel. Vor Kälte zitternd fuhr er wieder auf, und wenn er aus der Erschöpfung endlich einschlief, fand er selbst im Schlafe keine Ruhe, sondern er träumte von Schrecknissen, in deren Wirklichkeit ihn bald wieder ein plötzliches Brüllen zurückrief. Die langen Stunden dieser fürchterlichen Nacht schlichen so träge dahin, daß es ihm schien, als ob der Tag nie mehr kommen wolle. Aber endlich erschien die Dämmerung und taumelnd nahm er seinen Weg nach Westen wieder auf.

Von Furcht, Ermüdung und Schmerz war er in einen Zustand halber Bewußtlosigkeit versetzt und tappte weiter, während er von Stunde zu Stunde schwächer wurde, denn er hatte seit dem Verlassen seiner Gefährten vor dreißig Stunden weder Nahrung noch Wasser gehabt. Um Mittag kam Kraski kaum noch weiter, als seine bereits stumpf werdenden Sinne die Nähe von Menschen merkten. Er riß sich zusammen und sammelte seine schwindenden Kräfte.

Er hörte in nächster Nähe Stimmen, und sie klangen nicht wie die Töne von Eingeborenen, sondern eher wie die von Europäern. Trotzdem kroch er vorsichtig vorwärts, bis er vor sich hinter einer Krümmung des Pfades eine mit einzelnen Bäumen bestandene Lichtung sah, an deren Rand ein schlammiger Fluß vorbeilief. Am Ufer stand eine kleine, mit Gras gedeckte Hütte, mit einer rohen Palisade umgeben.

Aus dieser Hütte kamen die Stimmen, er unterschied die laute zornige Stimme eines Weibes und die tiefe Stimme eines Mannes.

Langsam weiteten sich vor Ungläubigkeit Carl Kraskis Augen, denn die Stimmen klangen wie die des toten Esteban Miranda und der vermißten Flora Hawkes.

Er vergaß fast seinen Haß gegen Esteban und seine Eifersucht über die Erleichterung, die er in dem Gefühle empfand, wieder die Gesellschaft von Wesen seiner Gattung zu genießen, als ihn die Stimme der Frau an seine Nacktheit erinnerte. Er machte rasch aus einem Haufen langer, breitblätteriger

Dschungelgräser einen rohen Schurz, den er sich mit einem aus gleichem Material zusammengedrehten Strick um die Hüften band. Mit erneuter Zuversicht ging er dann auf die Hütte zu. Da Kraski fürchtete, sie möchten ihn nicht gleich erkennen und angreifen, rief er Esteban beim Namen.

Der Spanier kam sofort aus der Hütte und das Mädchen folgte ihm.

Einen Augenblick starrten die beiden auf die merkwürdige Erscheinung vor ihnen.

Kennt ihr mich nicht? fragte Kraski. Ich bin es, Carl – Carl Kraski.

Carl, rief das Mädchen und wollte auf ihn zuspringen, aber Esteban packte sie am Handgelenk und riß sie zurück.

Was hast du hier zu suchen, Kraski? fragte der Spanier mürrisch.

Ich versuche, meinen Weg nach der Küste zu finden, erwiderte der Russe. Ich bin halb tot vor Hunger und Elend.

Der Weg nach der Küste führt dorthin, sagte der Spanier, die Fährte entlang nach Westen deutend. Halte dich nicht auf, Kraski, die Luft ist hier ungesund für dich.

Du willst mich doch nicht ohne Nahrung und Wasser fortjagen? bat der Russe.

Dort ist Wasser, sagte Esteban, auf den Fluß deutend, und die Dschungel bietet Nahrung.

Du kannst ihn doch nicht so fortschicken, schrie das Mädchen. Carl, schrie sie dann, geh nicht fort. Rette mich vor dieser Bestie!

Tritt zur Seite! rief Kraski, und als das Mädchen sich dem Griff Mirandas entwand, hob der Russe seine Selbstladepistole und feuerte auf den Spanier. Der Schuß ging vorbei und die abgeschossene Hülse klemmte sich im Schlitten fest. Kraski bekam das Schloß nicht mehr zurück und schleuderte die Waffe mit einem Fluche von sich. Während er noch sein Gewehr schußbereit zu machen suchte, stieß ihm Esteban den kurzen, wuchtigen Speer, den er mittlerweile so gut zu gebrauchen gelernt hatte, durch Brust und Herz. Ohne einen Laut von sich zu geben, fiel Carl Kraski tot zu Füßen seines Feindes und Nebenbuhlers nieder, während das Weib, das sie beide, selbstsüchtig der eine, brutal der andere, geliebt hatten, schluchzend zu Boden sank.

Esteban trat vorwärts, zog seinen Speer aus der Leiche und beraubte den toten Feind der Waffen und der Munition. Dabei fielen seine Augen auf das Fellsäckchen, das sich Kraski mit dem Grasseil auf den Leib gebunden hatte.

Der Spanier befühlte das Säckchen, das Munition zu enthalten schien, aber er untersuchte es nicht weiter, ehe er die Waffen des toten Mannes in seine Hütte gebracht hatte, in die er auch das Mädchen geschleppt hatte, die schluchzend in der Ecke saß.

Armer Carl! Armer Carl! stöhnte sie, und als ihr der Mann ins Gesicht sah, schrie sie: Du Bestie!

Jawohl, rief er lachend, ich bin eine Bestie! Ich bin Affentarzan, und dieser schmutzige Russe wagte es, mich Esteban zu nennen. Ich bin Tarzan! wiederholte er laut kreischend. Wer mich anders nennt, stirbt. Ich werde es ihnen zeigen. Ich werde es ihnen zeigen.

Das Mädchen blickte schaudernd in seine aufgerissenen, funkelnden Augen.

Wahnsinnig, flüsterte sie. Wahnsinnig! Mein Gott – allein in der Dschungel mit einem Irrsinnigen! In der Tat, in einer Beziehung war Esteban Miranda wahnsinnig – wahnsinnig im Wahne des Schauspielers, der die Rolle, die er zu spielen hat, wirklich lebt. Esteban Miranda hatte seine Rolle so lange gespielt, daß er sich selbst für Tarzan hielt, und in der äußeren Erscheinung Tarzans besten Freund hätte täuschen können.

Er wollte Tarzans Weib stehlen, murmelte Esteban. Tarzan, Herr der Dschungel! Siehst du, wie ich ihn tötete, nur mit meinem Speer?

Ich verabscheue dich, sagte das Mädchen. Du bist eine Bestie. Du bist noch niedriger als ein Tier.

Aber du bist mein, sagte der Spanier, und du sollst nie einem anderen gehören – lieber töte ich dich vorher – aber laß uns einmal sehen, was der Russe in seinem Fellsäckchen hat. Er löste die Schlinge, die die Öffnung des Säckchens zusammenhielt und ließ einen Teil des Inhalts auf den Boden der Hütte rollen.

Heilige Maria, rief der Spanier, das sind Diamanten.

Hunderte sind es, murmelte das Mädchen. Wo kann er sie herbekommen haben?

Ich weiß es nicht und es kümmert mich auch nicht, sagte Esteban. Jetzt gehören sie mir. Sie sind alle mein – reich bin ich, Flora. Ich bin reich, und wenn du ein gutes Mädchen bist, sollst du meinen Reichtum mit mir teilen.

Flora Hawkes schloß halb die Augen. Ihre Habsucht war neu erwacht, aber nicht minder mächtig erfüllte sie ein überwältigender Haß gegen den Spanier, den sie im Schlafe zu töten beschloß. Bisher hatte sie sich gefürchtet, allein in der Dschungel zurückgelassen zu werden, aber der Wunsch, diesen ungeheuren Schatz zu erlangen, besiegte sogar ihre Furcht.

Tarzan nahm auf seiner Dschungelstreife die Spur von verschiedenen Banden der Westküstenschwarzen und flüchtigen Sklaven auf. Auf der Suche nach Luvini verfolgte er sie einzeln und holte durch Einschüchterung aus den Schwarzen die Wahrheit heraus, worauf er sie dann in schreckensbangem Zustand zurückließ. Alle erzählten die gleiche Geschichte. Keiner von ihnen hatte Luvini seit dem Brande des Lagers wieder gesehen, jeder nahm an, daß er mit einer anderen Schar entkommen sein mußte.

Tarzan war während der letzten Tage von seiner Trauer und der Nachforschung so erfüllt, daß er andere Angelegenheiten ganz vergaß und den Verlust des Säckchens mit den Diamanten gar nicht bemerkte. Durch Zufall kam er auf ihr Fehlen.

Diese schurkischen Europäer müssen sie mir gestohlen haben, murmelte er zu Dschadbalja. Die Narbe auf seiner Stirn flammte plötzlich scharlachrot auf, als gerechter Ärger über die Hinterlist und Undankbarkeit dieser Menschen in ihm emporwallte. Komm, sagte er zu Dschadbalja, auf der Suche nach Luvini können wir auch nach diesen anderen suchen.

Peebles, Throck und Bluber waren erst eine kurze Strecke in Richtung der Küste marschiert, als sie während einer Mittagspause zu ihrer Überraschung den Affenmenschen mit dem großen schwarzmähnigen Löwen an der Seite majestätisch auf sich zukommen sahen.

Tarzan schenkte ihren überschwenglichen Grüßen keinerlei Beachtung, sondern kam schweigend heran und blieb mit verschränkten Armen vor ihnen stehen. Auf seinem Gesicht stand eine so wilde Anklage geschrieben, daß ein Angstschauer über Blubers feiges Herz zog, und selbst die Gesichter der zwei dickfelligen englischen Boxer erbleichten.

Was ist denn? riefen sie im Chor. Ist etwas nicht in Ordnung? Was ist denn vorgefallen?

Ich komme wegen des Sacks mit Steinen, den ihr mir weggenommen habt, sagte Tarzan nur.

Jeder der drei besah sich argwöhnisch seine Gefährten. Ich kann den Sinn Ihrer Worte nicht verstehen, Mister Tarzan, schnurrte Bluber, während er sich die Hände rieb. Ich bin sicher, hier besteht e Mißverständnis, falls nicht – dabei warf er verstohlen einen argwöhnischen Blick auf Peebles und Throck.

Ich weiß zwar nichts von einem Sack mit Steinen, meinte Peebles, aber soviel sage ich Ihnen, dem Bluber da kann man alles zutrauen.

Ich traue keinem von euch, sagte Tarzan. Ich lasse euch fünf Sekunden Zeit, das Päckchen Steine herauszugeben, habt ihr es bis dahin nicht übergeben, dann lasse ich euch durchsuchen.

Sicher, schrie Bluber eifrig, durchsuchen se mich, durchsuchen se mich. Nein, Mister Tarzan, ich will nix haben von Ihnen für umsonst.

Hier stimmt was nicht, brummte Throck. Ich habe nichts von Ihnen, und ich glaube bestimmt, die zwei anderen haben auch nichts.

Wo ist der Letzte? fragte Tarzan.

Oh, Kraski? Der verschwand in der gleichen Nacht, in der Sie uns zu dem Dorfe brachten. Wir haben nichts wieder von ihm gesehen.

Der ist es gewesen! schrie Bluber plötzlich.

Natürlich! rief Peebles.

Das hätten wir uns gleich denken können, bekräftigte Bluber.

Es mag sein, sagte Tarzan, aber deswegen lasse ich euch doch durchsuchen. Im Nu waren die drei Weißen ausgezogen und durchsucht, aber kein Säckchen mit Steinen fand sich.

Ohne ein weiteres Wort wandte sich Tarzan der Dschungel zu und verschwand mit dem goldenen Löwen im grünen Laubmeer.

Gott sei Kraski gnädig! rief Peebles.

Was er nur mit dem Sack Steine will? meinte Throck. Er scheint mir gehirnkrank geworden zu sein.

Krank im Hirn? rief Bluber. Es gibt nur eine Sorte Steine in Afrika, die Kraski stiehlt – Diamanten.

Dieser verdammte Russe! rief Peebles. Da hat er uns auch noch hintergangen.

Wahrscheinlich hat er uns das Leben gerettet, sagte Throck. Wenn der Affenkerl Kraski mit den Diamanten bei uns gefunden hätte, hätten wir alle mitleiden müssen.

Ich hoffe nur, er faßt den Schuft! rieb Peebles innig.

Tarzan nahm den Weg nach dem Dorfe, aus dem Kraski allein entwichen war. Er eilte rasch vorwärts und überließ es Dschadbalja, nachzukommen, wobei er die Strecke bis zum Dorfe in verhältnismäßig kurzer Zeit zurücklegte, da er sich fast genau in der Luftlinie durch die Bäume schwang, wo kein dichtverwachsener Untergrund sein Vorwärtskommen aufhielt.

Außen vor dem Dorftor nahm er Kraskis nunmehr fast verlöschte Spur auf, die trotzdem für ihn noch deutlich lesbar war. Die Verfolgung erwies sich als wenig zeitraubend, da sich Kraski krampfhaft auf dem offenen, im allgemeinen nach Westen verlaufenden Pfad gehalten hatte.

Als die Sonne in den Baumwipfeln im Westen unterging, gelangte Tarzan zu einer Lichtung am Ufer eines träge fließenden Flusses, an dessen Ufer eine kleine Hütte stand.

Der Affenmensch hielt an und lauschte, sog die Luft ein und überschritt geräuschlos die Lichtung bis zur Hütte. Im Grase lag die Leiche eines Weißen und ein einziger Blick belehrte den Affenmenschen, daß es der gesuchte Flüchtling war. Im Nu erkannte er die Nutzlosigkeit einer Durchsuchung der Leiche nach dem Diamantensäckchen, das sich nunmehr im Besitz desjenigen befand, der den Russen getötet hatte. Eine aus Vorsicht doch vorgenommene Untersuchung bekundete die Richtigkeit seiner Annahme.

Aber im Innern der Hütte fanden sich Anzeichen dafür, daß erst kürzlich ein Mann und ein Weib hier gewesen waren. Die Spur des einen stimmte mit jenem Geschöpf überein, das Gobu, den Riesenaffen, getötet und Bara, den Hirsch, auf Tarzans Gebiet gejagt hatte. Aber das Weib – wer konnte sie sein? Ganz offenbar hatte sie wundgelaufene, müde Füße und ging statt in Schuhen mit Tuchstreifen, die sie um die Füße gewickelt hatte.

Tarzan folgte der Spur der beiden, die von der Hütte in die Dschungel führte. Bei weiterer Verfolgung merkte er, daß das Weib zurückgeblieben war und anscheinend immer schlimmer hinkte. Ihr Weiterziehen ging recht langsam; der Mann hatte nicht warten wollen und sich an einzelnen Stellen eine beträchtliche Strecke vorausbegeben.

In der Tat war Esteban weit vor Flora Hawkes voraus, die auf ihren zerschundenen, blutenden Füßen kaum noch weiter konnte.

Warte doch auf mich, Esteban, hatte sie gefleht. Verlasse mich nicht hier. Laß mich nicht in der schrecklichen Dschungel allein.

Dann halte mit mir Schritt, brummte der Spanier. Denkst du etwa, ich will mit diesem Vermögen solange in der Dschungel warten, bis es mir einer abnimmt? Wenn du mitkommen kannst, schön und gut. Andernfalls sieh zu, wo du bleibst.

Aber du kannst mich doch nicht verlassen. Selbst du, Esteban, kannst doch nicht eine solche Bestie sein, nach allem, was du mich gezwungen hast, für dich zu tun.

Der Spanier lachte nur höhnisch.

Esteban, Esteban, rief sie. Ich kann nicht mehr. Verlaß mich nicht.

Aber er lachte ihr nur noch einmal zu und verschwand hinter einer Biegung des Pfades. Da sank sie hilflos und erschöpft zu Boden.

## Wiederkehr einer Toten

In dieser Nacht schlug Esteban neben einer Dschungelfährte sein einsames Lager auf. Ein schmales Bächlein murmelte noch und zog sich durch die ausgetrockneten Anschwemmungen eines alten Flußbettes hin.

Sein Irrwahn, Affentarzan zu sein, machte ihm einen ganz unangebrachten Mut, so daß er mutterseelenallein auf dem Boden übernachtete, ohne sich irgendeinen Schutz zu bauen. Zu seinem Glück kamen keine auf Beute ausgehenden Raubtiere in nächste Nähe. Solange Flora Hawkes bei ihm gewesen war, hatte er für sie Hütten gebaut, aber jetzt, da er sie verlassen hatte, konnte er sich nicht dazu entschließen, eine so unwürdige Handlung wie die Errichtung einer Dornenboma als Schutz vorzunehmen.

Ein Feuer zündete er sich aber an, denn er hatte ein Wild erlegt, und soweit war er noch nicht, daß er sich einbildete, an rohem Fleisch Geschmack zu finden.

Als er seinen Hunger gestillt und sich am Wasser sattgetrunken hatte, hockte er sich an sein Feuer, zog die Tasche mit Diamanten aus seinem Lendentuch, öffnete sie und schüttete eine Handvoll der kostbaren Steine in die hohle Hand. Das flackernde Feuer spielte auf den funkelnden Edelsteinen und sandte einen leuchtenden Schein in das Dunkel der umgebenden Dschungelnacht. In dem reizvollen Spiel der Lichtstrahlen sah der Spanier in einer Vision die Zukunft – Macht, Luxus, schöne Frauen – alles, was großer Reichtum einem Manne erkaufen kann. Mit halbgeschlossenen Augen träumte er von dem weiblichen Ideal, zu dessen Erlangung er die ganze Welt durchsuchen wollte, die passende Gefährtin für eine Persönlichkeit, wie sie Esteban Miranda zu sein glaubte. Auf einmal sah der Spanier durch die dunklen Wimpern seiner eng zusammengezogenen Lider vor sich im flackernden Lichte des Lagerfeuers eine unklare Fleischwerdung seiner Träume vor sich, die Gestalt einer in wallendes durchsichtiges Weiß gekleideten Frau, die drüben am Rande des alten Flußbettes im Lichtschein zu schweben schien.

Esteban Miranda wurde plötzlich blaß. Heilige Muttergottes! rief er. Es ist Flora. Sie ist tot und kommt zurück, um mich zu behexen.

Mit weit aufgerissenen Augen erhob er sich langsam auf seine Füße, um der Erscheinung zu begegnen, als diese in weichen, sanften Tönen zu sprechen begann.

Teuerstes Herz, rief sie, bist du es wirklich!

Das war kein körperloser Geist, auch nicht Flora – aber wer konnte es sein? Was tat diese zauberhafte Schönheit hier allein in der grimmigen afrikanischen Wildnis?

Langsam kam sie den Abhang herabgestiegen und ging auf ihn zu. Esteban tat die Diamanten in die Tasche und verbarg sie im Innern seines Lendentuches.

Mit ausgestreckten Armen kam die Frau auf ihn zu. Ach, mein Geliebter, rief sie, sage mir nicht, daß du mich nicht kennst. Sie war nahe genug, daß der Spanier sehen konnte, wie erregt ihre Lippen zitterten. Er fühlte sich in einer Woge heißen Verlangens untergehn, mit ausgestreckten Armen eilte er auf sie zu, ihr zu begegnen und sie an sein Herz zu drücken.

Tarzan folgte der Spur des Mannes und des Weibes und ging unbekümmert den Dschungelpfad entlang, denn er hatte gefunden, daß gar keine Eile nötig war, um die beiden einzuholen. Er war auch keineswegs überrascht, als er plötzlich auf die zusammengekauerte Gestalt einer Frau stieß, die mitten auf der Fährte lag. Als er ihr eine Hand auf die Schulter legte, stieß sie einen Schreckensschrei aus.

O Gott! schrie sie, das ist das Ende!

Sie sind nicht in Gefahr, sagte der Affenmensch. Ich tue Ihnen nichts.

Sie hob die Augen auf und sah ihn an. Anfänglich hielt sie ihn für Miranda. Bist du zurückgekommen, um mich zu retten, Esteban? fragte sie.

Esteban? rief er. So heiße ich nicht. In diesem Augenblick erkannte sie ihn.

Lord Greystoke! rief sie.

Ja, sagte er, und wer sind Sie?

Ich bin Flora Hawkes. Ich war Lady Greystokes Zofe.

Ah, ich erinnere mich, sagte er. Was machst du hier?

Ich habe Angst, es Ihnen zu sagen, ich fürchte mich vor Ihrem Zorn.

Sprich, befahl er, du weißt doch, Flora, daß ich Frauen nichts zuleide tue.

Wir wollten Gold aus den Schatzkammern von Opar holen, sagte sie. Aber das wissen Sie ja.

Ich weiß nichts davon, erwiderte er. Warst du etwa mit jenen Europäern zusammen, die mich betäubten und im Lager zurückließen?

Ja, gestand sie. Wir bekamen zwar das Gold, aber Sie kamen mit Ihren Waziri und nahmen es uns wieder ab.

Ich kam nicht mit den Waziri und nahm euch nichts wieder ab, sagte Tarzan. Ich verstehe dich nicht.

Sie hob überrascht die Augenbrauen.

Wir kamen auseinander, sagte sie, nachdem sich unsere Leute gegen uns empört hatten. Esteban raubte mich von den anderen, und eine Weile später fand uns der Russe. Er kam mit einem ganzen Sack voll Diamanten, aber Esteban tötete ihn und nahm die Diamanten.

Jetzt war die Reihe, Überraschung zu bekunden, an Tarzan. Und Esteban ist der Mann, der jetzt bei dir ist? fragte er.

Ja, sagte sie, aber er hat mich verlassen. Ich konnte auf meinen wunden Füßen nicht weitergehen, da hat er mich zum Sterben hier liegen lassen.

Wir werden ihn schon wieder finden, sagte der Affenmensch. Komm.

Aber ich kann nicht laufen, klagte das Mädchen.

Das hat nichts zu sagen, meinte er, bückte sich zu ihr nieder und hob sie auf seine Schulter.

Mit Leichtigkeit trug Tarzan das erschöpfte Mädchen den Pfad entlang. Bald bekommst du Wasser, das wird dich wieder beleben, und vielleicht kann ich dir etwas zum Essen beschaffen.

Warum sind Sie so gütig zu mir? fragte das Mädchen.

Du bist ein Weib. Ich kann dich doch nicht hier in der Dschungel sterben lassen, was du auch begangen haben magst, erwiderte der Affenmensch. Und Flora Hawkes konnte nur schluchzend um Vergebung flehen.

Es wurde mittlerweile dunkel, aber immer noch zogen sie schweigend den Pfad entlang, bis Tarzan in der Ferne den Feuerschein bemerkte.

Ich glaube, wir werden jetzt deinen Freund finden, flüsterte er. Gib keinen Laut von dir.

Einen Augenblick später vernahm er den Klang von Stimmen. Er hielt an und stellte das Mädchen auf seine Füße.

Wenn du nicht nachkommen kannst, sagte er, dann warte hier. Ich bin bald wieder da. Wenn du kannst, komme leise nach. Damit bewegte er sich vorsichtig auf das Licht und die Stimmen zu. Er hörte, wie Flora Hawkes doch hinterher kam. Offenbar hatte sie Angst, allein in der dunklen Dschungel zu bleiben. Gleichzeitig hörte Tarzan rechts von sich ein leises Winseln. Dschadbalja, flüsterte er leise. Bei Fuß! und der große, schwarzmähnige Löwe kroch dicht hinter ihm her.

Flora Hawkes huschte mit einem halberstickten Schrei an seine Seite und packte ihn krampfhaft am Arm.

Still! flüsterte er. Dschadbalja tut dir nichts.

Einen Augenblick später gelangten die drei an das alte Flußbett und blickten hinab auf das kleine Lager.

Tarzan sah zu seiner Bestürzung sein genaues Ebenbild vor einem kleinen Feuer stehen, während eine in wallendes Weiß gekleidete Frau sich dem Manne mit ausgestreckten Armen näherte. Er vernahm ihre Worte, sanfte Worte der Liebe und Schmeichelei, und beim Klang ihrer Stimme überwältigte ihn ein merkwürdiges Gemisch von Gefühlen – Glück, Verzweiflung, Wut, Liebe und Haß.

Er sah, wie der Mann am Feuer einen Schritt vorwärts tat, um die Frau an seine Brust zu ziehen, da sprang Tarzan an den Rand des Flußufers und seine Stimme schmetterte ein einziges Wort durch die Dschungel.

Jane! rief er. Der Mann und die Frau starrten seine matt im Scheine des Lagerfeuers erkennbare Gestalt an. Bei seinem Anblick warf sich der Mann herum und raste nach dem entgegengesetzten Flußufer in die Dschungel, während Tarzan hinabsprang und auf die Frau zulief.

Jane, rief er. Du bist es, du bist es!

Die Frau zeigte sich verwirrt. Sie sah erst der Gestalt des Fliehenden nach, dann kehrte sie ihre Augen Tarzan zu. Sie fuhr sich mit der Hand über die Stirne, dann sah sie sich wieder nach Esteban um, aber Esteban war nicht länger in Sicht. Jetzt machte sie wankend einen Schritt auf den Affenmenschen zu.

Mein Gott, rief sie. Was soll das heißen? Wer bist du, und wenn du Tarzan bist, wer war er?

Ich bin Tarzan, Jane, sagte der Affenmensch.

Sie sah sich um und erblickte Flora Hawkes. Ja, sagte sie, du bist Tarzan. Ich sah, wie du mit Flora in die Dschungel davonliefst. John, ich hätte nie geglaubt, daß du so etwas hättest tun können, selbst wenn du eine Kopfverletzung erlitten hättest.

Ich, mit Flora Hawkes in die Dschungel davonlaufen? fragte er überrascht.

Ich sah dich mit eigenen Augen, sagte Jane.

Der Affenmensch wandte sich zu Flora. Das verstehe ich nicht!

Es war Esteban, der mit mir davonlief, Lady Greystoke, sagte das Mädchen. Esteban, der Sie eben wieder täuschen wollte.

Dies hier ist Lord Greystoke. Der andere ist ein Betrüger.

Lady Greystoke trat zitternd einen Schritt auf ihren Gatten zu. Ach, John, sagte sie, ich wußte doch, daß du es nicht gewesen sein konntest. Rasch, John, rief sie dann plötzlich, dieser Betrüger darf nicht entkommen. Laß ihn laufen, sagte der Affenmensch. Nicht einmal um ihn zu fangen, werde ich dich wieder in der Dschungel allein lassen, Jane.

Aber Dschadbalja? rief sie.

Ah, rief der Affenmensch, daran habe ich nicht gedacht. Er deutete auf die Spur des Flüchtlings und rief: Such, Dschadbalja! Mit einem Satze war das braune Tier davon.

Nein, sagte Affentarzan, er wird ihn wohl ein bißchen quetschen, aber er wird ihn lebend zurückbringen.

Jane, sagte er dann, Usula meldete mir, du seiest tot. Er habe deine Leiche verbrannt in dem Araberdorf gefunden, und sie hätten sie dort begraben. Ich habe die ganze Dschungel nach Luvini abgesucht, um dich zu rächen, aber ohne ihn zu finden.

Du würdest ihn nie haben finden können, erwiderte Jane, aber wieso konnte Usula dir berichten, daß er meine Leiche fand und begrub.

Einige Gefangene, die er machte, erzählten ihm, Luvini habe dich an Händen und Füßen gebunden in eine der Araberhütten geschafft und an einen Pfahl gebunden. Als das Dorf durch Feuer zerstört war, kam Usula mit einigen Gefangenen zurück, um sich die Lage der Hütte zeigen zu lassen. Dort fanden sie verkohlte Reste eines Körpers neben einem Pfahl.

Ah, rief die junge Frau. Nun sehe ich klar. Luvini kam nachher in die Hütte zurück und machte meine Fesseln los. Er versuchte mich anzugreifen, und wir waren so verbissen in unserem Ringen, daß keiner von uns merkte, daß das Dorf um uns brannte. Ich sah ein Messer in seinem Gurt, das ich zu packen bekam, und als er dann seine Arme um mich schlang, stieß ich es ihm unter der linken Schulter in den Rücken. Luvini sank zu Boden. Fast gleichzeitig gingen aber auch schon Rückwand und Dach der Hütte in Flammen auf.

Ich war fast unbekleidet, denn er hatte mir während des Kampfes fast alle Kleider vom Leibe gerissen. An der Wand der Hütte hing dieser weiße Burnus, wohl das Eigentum von einem der Araber. Ich riß ihn herunter, warf ihn um und rannte die Dorfstraße entlang, die Hütten brannten alle lichterloh und die letzten der Eingeborenen verschwanden eben durch den Torweg. Rechts von mir war ein Teil der Palisade noch nicht vom Feuer ergriffen. Durch das Dorftor entkommen wollen, hieß meinen Feinden wieder in die Arme laufen. Deshalb brachte ich es irgendwie fertig, die Palisade zu erklettern und ungesehen in der Dschungel zu verschwinden.

Ich hatte beträchtliche Schwierigkeit, den verschiedenen Horden der Schwarzen auszuweichen, die aus dem Dorfe entkommen waren. Ich hielt mich etwa eine halbe Meile von hier zum Ausruhen in einer Baumgabel auf, als ich das Licht dieses Feuers erblickte. Als ich dann näherkam, war ich fast betäubt vor Freude, weil ich dachte, auf meinen Tarzan getroffen zu sein.

Demnach haben sie also Luvinis Leiche beerdigt, sagte Tarzan.

Flora Hawkes sah plötzlich auf. Sollte es etwa Esteban gewesen sein, der mit den Waziri kam und uns das Gold abnahm. Er narrte unsere Leute und muß auch die Waziri zum besten gehabt haben.

Wenn er mich zu täuschen vermochte, konnte er auch jeden anderen zum Narren halten, sagte Jane. Ich bin nicht im Zweifel darüber, daß ich die Täuschung in wenigen Minuten entdeckt haben würde, aber im ungewissen Licht des Lagerfeuers und in der Freude war der Wunsch zu rasch der Vater des Gedankens.

Ich begreife nur nicht, wie er am hellen Tage Usula täuschte, sagte Tarzan kopfschüttelnd.

Aber ich, sagte Jane. Er erzählte ihm, er habe durch eine Kopfverletzung teilweise das Gedächtnis verloren – eine Erklärung, die für viele Fehlgriffe bei seiner Darstellung deiner Person herhalten mußte.

Es war ein ganz schlauer Teufel, bemerkte der Affenmensch.

Ein Teufel war er, das ist sicher, sagte Flora.

Mehr als eine Stunde später teilten sich plötzlich die hohen Gräser am Flußabhang und Dschadbalja tauchte lautlos auf. Im Gebiß hielt er ein zerfetztes, blutbeflecktes Leopardenfell, das er seinem Herrn vor die Füße legte.

Der Affenmensch machte ein finsteres Gesicht. Ich glaube, Dschadbalja hat ihn doch getötet, sagte er.

Vielleicht hat er sich gewehrt, sagte Jane Clayton. Dann konnte Dschadbalja in Selbstverteidigung nicht anders handeln.

Hat er ihn gefressen? fragte Flora Hawkes, die sich ängstlich von dem Tier zurückzog.

Nein, sagte Tarzan. Dazu hatte er keine Zeit. Morgen früh wollen wir der Fährte folgen und nachsuchen. Ich möchte meine Diamanten wieder haben. Dann erzählte er Jane die merkwürdige Geschichte, die mit deren Erwerbung zusammenhing.

Am nächsten Morgen machten sie sich auf die Suche nach Estebans Leiche. Die Spur führte durch dichten Busch und Dorngestrüpp bis an den weit jenseits liegenden Strom, wo sie verschwand. Obgleich der Affenmensch beide Flußufer ein paar Meilen weit auf- und abwärts untersuchte, konnte er doch kein weiteres Anzeichen finden.

Schließlich kam der Affenmensch zu den zwei Frauen zurück. Das ist also das Ende des Mannes, der Tarzan sein wollte, sagte er.

Denkst du, daß er tot ist? fragte Jane.

Ich bin dessen sicher, sagte er. Dschadbalja muß ihn wohl verletzt haben, aber er hat sich losgerissen und den Fluß erreicht. Dann werden ihn aber dafür die Krokodile gefaßt haben, denn nirgends ist mehr eine Spur von ihm.

Flora Hawkes schauderte. Er war ein böser Mensch, sagte sie, aber selbst dem Schlimmsten möchte ich ein solches Schicksal nicht wünschen.

Der Affenmensch zuckte die Achseln. Er hat es sich selbst zugezogen, und ohne ihn befindet sich die Welt zweifellos wohler.

Es war meine Schuld, klagte Flora. Meine Schlechtigkeit war es, die ihn und die anderen hierherbrachte. Ich erzählte ihnen, was ich von dem Gold in der Schatzkammer von Opar gehört hatte – mein Gedanke war es, hierherzukommen und es zu stehlen, und einen Mann zu finden, der Lord Greystoke vorstellen konnte. Infolge meiner Schlechtigkeit sind viele Leute umgekommen, Sie, Lord Greystoke und die gnädige Frau sind beinahe zu Tode gekommen – ach, ich darf gar nicht um Verzeihung bitten.

Jane legte dem Mädchen ihren Arm um die Schulter. Habsucht ist seit Anbeginn der Welt die Ursache der meisten Verbrechen. Aber ich für meinen Teil vergebe dir. Ich denke, du hast an dieser Lehre genug.

Du hast deine Torheit teuer genug bezahlt, sagte der Affenmensch. Du bist genügend bestraft. Wir werden dich zu deinen Freunden bringen, die inzwischen unter der Bedeckung eines freundlichen Stammes auf dem Wege nach der Küste sind. Sie können noch nicht weit sein, denn nach dem Zustand, in dem ich sie vorfand, dürften lange Märsche über ihre Kräfte gehen.

Das Mädchen warf sich auf die Knie. Wie kann ich Ihnen für Ihre Güte danken? sagte sie. Aber ich möchte lieber hier in Afrika bei Ihnen und Lady Greystoke bleiben, für Sie arbeiten und durch meine Ergebenheit zeigen, daß ich das Ihnen zugefügte Unrecht wieder gutmachen will.

Tarzan sah seine Gattin zweifelnd an, aber Jane gab ihre Zustimmung.

Gut denn, sagte der Affenmensch. Du kannst bei uns bleiben, Flora.

Sie werden es nicht bereuen, sagte das Mädchen. Ich will mir meine Finger für Sie blutig arbeiten.

Seit drei Tagen waren sie mit Dschadbalja auf dem Heimweg, als sich Tarzan, der voranging, mit einem Lächeln zu den anderen wandte. Meine Waziri sind wieder einmal ungehorsam, sagte er. Ich sandte sie nach Hause; statt dessen kommen sie geradewegs von zu Hause her auf uns zu.

Wenige Minuten später trafen sie auf die Spitze der Waziri, und groß war das Entzücken der Schwarzen, als sie sowohl ihren Herrn wie ihre Herrin lebend und unversehrt antrafen.

Jetzt, da wir euch gefunden haben, sagte Tarzan, als die Begrüßung zu Ende war, erklärt mir, was ihr mit dem Golde machtet, das ihr aus dem Lager der Europäer wegnahmt.

Wir verbargen es, o Bwana, wie du es uns befahlst, erwiderte Usula.

Nicht ich war bei euch, Usula, sagte der Affenmensch. Es war ein anderer, der selbst Lady Greystoke täuschte, wie er euch täuschte – ein schlechter Mensch – der Affentarzan so schlau darstellte, daß es mich gar nicht wundert, daß ihr hintergangen wurdet.

Dann warst du es also gar nicht, der uns erzählte, daß er infolge einer Kopfverletzung sich nicht mehr der Sprache seiner Waziri erinnern könne? fragte Usula.

Nein, ich nicht, sagte Tarzan, denn mein Kopf ist nicht verletzt worden, und ich verstehe die Sprache meiner Kinder ganz gut.

Ah, rief Usula, dann war es also auch gar nicht unser großer Bwana, der vor Buto, dem Nashorn, davonlief.

Tarzan lachte. Lief der andere vor Buto davon?

Er lief in größter Angst, rief Usula.

Ich kann ihn deswegen nicht tadeln, sagte Tarzan, Buto ist kein besonders angenehmer Spielgefährte.

Aber unser großer Bwana würde nicht vor ihm davonlaufen, sagte Usula stolz.

Aber wenn euch auch ein anderer als ich zum Versteck des Goldes geführt hat, so habt ihr doch das Loch dazu gegraben. Führe mich daher zu der Stelle, Usula.

Die Waziri bauten ein paar rohe aber ganz behagliche Sänften für die zwei weißen Frauen, obgleich Jane bei dem Gedanken, daß man es für nötig hielt, sie zu tragen, lachte und meist neben ihren Trägern herging. Flora Hawkes dagegen wäre nicht weit gekommen, wenn sie nicht getragen worden wäre.

Es war eine glückstrahlende Gesellschaft, die leichten Herzens nach der Stelle zog, an der die Waziri das Gold für Esteban vergraben hatten. Die Schwarzen waren überströmend guter Laune, weil sie ihren Meister und ihre Gebieterin wieder hatten.

Als sie endlich an den Platz neben dem Flusse kamen, an dem das Gold vergraben worden war, begannen die Waziri mit Lachen und Singen nach dem Schatz zu graben, aber das Singen brach bald ab und das Gelächter machte der tiefsten Bestürzung Platz.

Tarzan sah ihnen eine Weile zu, dann überflog ein leichtes Lächeln sein Gesicht. Du mußt das Gold sehr tief vergraben haben, Usula, sagte er.

Der Schwarze kratzte seinen Schädel. Nein, Bwana, lange nicht so tief wie dies hier, rief er. Ich kann es nicht verstehen. Wir müßten das Gold längst gefunden haben.

Bist du ganz sicher, daß du am richtigen Fleck nachsiehst? fragte Tarzan.

Dies hier ist genau die Stelle, Bwana, versicherte ihm der Schwarze, aber das Gold ist nicht hier. Irgend jemand hat es beiseite geschafft.

Wieder der Spanier, bemerkte Tarzan. Was für ein aalglatter Kunde!

Aber er konnte es doch nicht allein wegbringen, sagte Usula. Es waren eine Menge Barren.

Nein, sagte Tarzan, das konnte er nicht, aber gleichwohl – es ist nicht mehr da.

Die Waziri und Tarzan suchten sorgfältig rund um die Stelle, an der das Gold gewesen war, alles ab, aber Owazas Geschick hatte selbst dem Affenmenschen keine Spur hinterlassen.

Fort ist es, sagte der Affenmensch, aber ich werde dafür sorgen, daß es nicht aus Afrika herauskommt. Er entsandte Läufer nach verschiedenen Richtungen, und wies die Oberhäuptlinge der befreundeten Stämme um sein Gebiet an, sorgfältig jede ihr Gebiet durchziehende Safari zu untersuchen und keine durchzulassen, die Gold beförderte.

Noch am Abend des gleichen Tages waren sie auf dem Heimweg. Die drei Weißen saßen um ein kleines Feuer, während Dschadbalja hinter seinem Herrn lag, der das vom goldenen Löwen gebrachte Leopardenfell untersuchte.

Du hast recht, Jane, sagte Tarzan. Die Schatzkammer von Opar ist nicht für mich. Diesmal habe ich das Gold und ein fabelhaftes Vermögen in Diamanten eingebüßt, und dazu noch meinen größten Schatz, dich, dabei aufs Spiel gesetzt.

Laß das Gold und die Diamanten, John, sagte sie. Wir haben ja einander und Korak.

Und ein blutiges Leopardenfell, ergänzte er, mit einer geheimnisvollen, in Blut gezeichneten Karte.

Dschadbalja beschnüffelte das Fell und leckte sich über die Lefzen – ob in Vorahnung oder in der Erinnerung – wer weiß?

## Entkommen, um gefangen zu sein

Beim Anblick des echten Tarzan wandte sich Esteban Miranda um und floh blindlings in die Dschungel. Wie Eiseskälte umschloß es sein Herz während er in sinnloser Angst forthetzte. Er war ziellos. Er wußte nicht mehr, in welcher Richtung er dahinjagte. Ein einziger Gedanke, ein Gefühl, ein Wunsch beherrschte ihn, so viel Entfernung wie möglich zwischen sich und den Affenmenschen zu bringen. So stürmte er denn rücksichtslos davon, brach seinen Weg durch dichte Dornendickichte, die ihn stachen und ihm das Fleisch zerrissen, bis er bei jedem Schritt eine Blutspur hinter sich ließ.

Am Uferrand blieb wiederum, wie schon mehrere Male vorher, das kostbare Leopardenfell, an dem er fast so zähe wie am Leben hing, an einem im Wege stehenden Dorngestrüpp hängen. Aber diesmal ließen die Dornen ihren Griff nicht so leicht fahren, und als er sich bemühte, das Fell loszureißen, drehte er sich nach der Richtung, aus der er eben gekommen war. Da hörte er, wie ein schwerer Körper rasch durch das Dickicht auf ihn zukam, und sah einen Augenblick später den drohenden Schimmer zweier glühender, gelbgrüner Flammenpunkte. Mit einem erstickten Schrei ließ der Spanier das Leopardenfell los, warf sich herum und tauchte in den Fluß.

Als sich die dunklen Wasser über seinem Kopfe schlossen, kam Dschadbalja an den Uferrand und sah auf die immer weiter werdenden Kreise, die den Fleck umgaben, an dem seine Beute verschwunden war und blieb. Denn Esteban, ein gewandter Schwimmer, suchte, sich völlig unter Wasser haltend, kühn nach dem anderen Flußufer zu gelangen.

Der goldene Löwe musterte einen Augenblick lang die Oberfläche des Wassers, dann drehte er sich um und beschnüffelte das Fell, das der Spanier notgedrungen hatte zurücklassen müssen. Er packte es mit den Zähnen und riß es von den Dornen, an denen es hing. Dann trug er es fort, um es seinem Herrn zu Füßen zu legen. Als der Spanier endlich gezwungen war, um Luft zu schöpfen wieder an die Oberfläche zu kommen, fand er sich inmitten einer Masse von wirrem Laub und Zweigen. Einen Augenblick lang hielt er sich für verloren, so fest hielten ihn die verschlungenen Zweige, aber bald erzwang er sich den Weg nach oben. Als sein Kopf mitten zwischen Laub an der Oberfläche des Wassers erschien, entdeckte er, daß er gerade unter einem ins Wasser gestürzten Baume aufgetaucht war, der mitten im Fluß mit dem Strome trieb. Nach beträchtlichen Anstrengungen gelang es ihm, sich in die Zweige hinauf zu ziehen und rittlings auf dem dicken Stamm Platz zu nehmen. In dieser Stellung trieb er in verhältnismäßig sicherer Lage stromabwärts.

Ein Seufzer der Erleichterung entfuhr ihm, als er bedachte, daß er noch ziemlich billig der gerechten Vergeltung des Affenmenschen entkommen war. Er bejammerte wohl den Verlust seines Felles, das die Karte mit der Fundstelle des vergrabenen Goldes enthielt, aber er hatte ja noch einen weit größeren Schatz in Besitz, und als er daran dachte, faßten seine Hände gierig liebkosend nach dem Diamantensäckchen in seinem Lendentuch. Obwohl er das riesige Vermögen an Diamanten besaß, dachte sein habgieriger Sinn, der nicht genug bekommen konnte, immer wieder an die bei dem Wasserfall lagernden Goldbarren.

Owaza wird sie holen, murmelte er bei sich. Ich habe dem schwarzen Hund nie recht getraut, und als er mich im Stiche ließ, wußte ich gut genug, was er für Pläne hatte.

Die ganze Nacht hindurch schwamm Esteban Miranda auf dem gestürzten Baume flußabwärts, bis er kurz nach Tagesanbruch an einem am Ufer liegenden Eingeborenendorfe vorbeikam.

Es war das Dorf Odebes, des Kannibalen. Beim Anblick der merkwürdigen Gestalt des weißen Riesen, der auf einem Baumstamm stromabwärts trieb, erhob das junge Weib, das ihn erblickte, ein lautes Warnungsgeschrei, so daß sich alsbald die ganzen Bewohner des Dorfes am Ufer sammelten und ihn vorbeikommen sahen.

Da kommt ein fremder Gott, rief einer.

Der Teufel des Flusses ist es, sagte der Zauberer. Er ist mir befreundet. Jetzt werdet ihr in der Tat viele Fische fangen, wenn ihr stets von zehn Fischen, die ihr fangt, mir einen abgebt.

Das ist nicht der Flußteufel, brummte die tiefe Stimme des Kannibalenhäuptlings Odebe. Du wirst alt, sagte er zu dem Zauberer. Deine Medizin ist in der letzten Zeit sehr schwache Medizin gewesen, und jetzt willst du mir eben wieder weismachen, Odebes größter Feind da sei der Flußteufel. Das ist Affentarzan. Odebe kennt ihn gut genug. Und in der Tat, jeder Kannibalenhäuptling in der Nachbarschaft kannte Affentarzan wohl und haßte ihn, denn rücksichtslos bekämpfte sie der Affenmensch.

Affentarzan treibt dort, wiederholte Odebe, und er befindet sich in Verlegenheit. Vielleicht haben wir Glück und fangen ihn.

Er rief seine Krieger um sich und alsbald trabten ein halbes Hundert stämmiger junger Burschen im Zuckeltrab den Pfad am Flußufer entlang. Meilenweit folgten sie dem langsam treibenden Baumstamm, der Esteban Miranda dahintrug, bis der Baum schließlich an einer Biegung des Flusses den äußeren Rand eines langsam ziehenden Wirbels streifte, der ihn unter die überhängenden Zweige von Bäumen führte, die nahe dem abschüssigen Flußufer wuchsen.

Steif vor Kälte und Hunger, wie er war, benützte Esteban gerne die Gelegenheit, sein Fahrzeug zu verlassen und das Ufer zu gewinnen. Mühsam zog er sich in die Zweige des Baumes hinauf, der ihm für den Augenblick einen Hafen bot, um den Fluß zu verlassen. Am Stamm entlang kletternd ließ er sich auf den Boden hinab, ohne eine Ahnung davon zu haben, daß ein halbes Hundert Kannibalenkrieger rund um ihn im Grase hockten.

Der Spanier lehnte sich gegen den Baum, um einen Augenblick zu verschnaufen. Er fühlte nach den Diamanten und fand sie sicher an ihrem Platze.

Ich bin doch trotz allem ein Glückspilz, sagte er laut, und bei diesen Worten schnellten fünfzig Schwarze in die Höhe und warfen sich auf ihn. So plötzlich erfolgte der Angriff, so überwältigend war die Übermacht, daß der Spanier keine Gelegenheit zur Verteidigung fand. Im Nu lag er auf dem Boden und war, ehe er sich über den Vorgang klar wurde, sicher gebunden.

Ah, Affentarzan, habe ich dich endlich! prahlte Odebe, der Kannibale, aber Esteban verstand kein Wort von dem, was der Mann sagte. So konnte er ihm auch keine Antwort geben. Er sprach Odebe auf Englisch an, aber diese Sprache verstand wieder der andere nicht. Nur eins war Esteban klar, daß er ein Gefangener war und wieder nach dem Inneren zurückgebracht wurde. Als sie Odebes Dorf erreichten, herrschte unter Weibern, Kindern und zurückgebliebenen Kriegern große Freude. Nur der Zauberer schüttelte den Kopf und stieß düstere Prophezeiungen aus.

Ihr habt den Flußteufel gefangen, sagte er. Jetzt werden wir keine Fische mehr fangen, bald wird große Krankheit Odebes Volk befallen, und alle werden wegsterben wie die Fliegen. Aber Odebe lachte nur über den Zauberer. Er war ein alter Mann und ein großer Fürst, der viel Weisheit gesammelt hatte.

Du magst jetzt noch lachen, Odebe, sagte der Zauberer, aber später wirst du nichts mehr zu lachen haben. Warte ab.

Wenn ich mit eigenen Händen nachher Affentarzan töte, erwiderte der Häuptling, dann will ich in der Tat lachen, und wenn ich mit meinen Kriegern sein Herz und sein Fleisch esse, dann fürwahr, werden wir nicht länger uns vor einem deiner Teufel fürchten.

Warte erst ab, rief der Zauberer ergrimmt, dann wirst du sehen.

Sie packten den festgebundenen Spanier und warfen ihn in eine schmutzige Hütte, durch deren Eingang er sehen konnte, wie die Weiber des Dorfes

Kochfeuer und Kochtöpfe für das bevorstehende Fest der kommenden Nacht zurechtmachten. Kalter Schweiß stand auf Esteban Mirandas Stirne, als er diese scheußlichen Vorbereitungen gewahrte, deren Bedeutung er nicht mißverstehen konnte, da sie mit Gesten und Blicken nach der Hütte, in der er lag, deutlich genug von den Dorfbewohnern zum Ausdruck gebracht wurde.

Der Nachmittag war fast vorbei, und der Spanier fühlte, daß er die Stunden, die ihm zum Leben blieben, wohl an zwei Fingern einer Hand abzählen konnte, als vom Flußufer her eine Reihe durchdringender Schreie die Stille der Dschungel unterbrachen. Gleich darauf hörte man die zum starren Aufmerken gebrachten Dorfbewohner wild in die Richtung der Angstschreie rennen. Aber sie kamen zu spät und erreichten das Flußufer gerade noch, um sehen zu können, wie ein Weib von einem ungeheuren Krokodil unter das Wasser gezogen wurde.

Ah, Odebe, was habe ich dir gesagt? fragte der Zauberer triumphierend, schon hat der Teufelsgott seine Rache an deinem Volke begonnen.

Die unwissenden, in tiefstem Aberglauben befangenen Dorfbewohner sahen angstvoll von ihrem Zauberer zu ihrem Häuptling. Odebe runzelte die Stirne. Er ist doch Affentarzan, beharrte er.

Nein, er ist der Flußteufel, der Affentarzans Gestalt angenommen hat, behauptete hartnäckig der Zauberer. Wir werden ja sehen, erwiderte Odebe. Wenn es der Flußteufel ist, kann er unseren Banden entkommen. Wenn es Affentarzan ist, kann er es nicht. Wenn es der Flußteufel ist, stirbt er keines natürlichen Todes wie andere Menschen, sondern lebt immer weiter. Wenn er Affentarzan ist, muß er eines Tages sterben. Wir wollen ihn also behalten und es selbst sehen; das wird am besten erweisen, ob er Affentarzan oder der Flußteufel ist.

Wieso? fragte der Zauberer.

Das ist ganz einfach, erklärte Odebe. Wenn wir eines schönen Morgens finden, daß er entkommen ist, dann wissen wir, daß es der Flußteufel ist, und da wir ihm in der Zwischenzeit nichts zuleide getan haben, sondern ihn während seines Aufenthalts hier im Dorfe gut gefüttert haben, wird er uns freundlich gesinnt sein, und kein Unheil wird daraus entstehen. Wenn er aber nicht entkommt, wissen wir bestimmt, daß wir Affentarzan vor uns haben, vorausgesetzt, daß er eines natürlichen Todes stirbt. Wenn er also nicht entflieht, behalten wir ihn so lange, bis er stirbt, dann wissen wir in der Tat, daß er Affentarzan war.

Und vorausgesetzt, er stirbt nicht? fragte der Zauberer, seinen Wollschädel kratzend.

Dann, rief Odebe triumphierend aus, wissen wir, daß du recht hast, und daß es wirklich der Flußteufel ist.

Odebe ging hinweg und befahl den Weibern, dem Spanier Essen zu bringen, während der Zauberer immer noch mitten auf der Straße stand, wo ihn Odebe hatte stehen lassen, und nachdenklich seinen Schädel kratzte.

So war denn Esteban Miranda, der Besitzer des fabelhaftesten Reichtums an Diamanten, den die Welt je kannte, im Dorfe des Kannibalen Odebe zu lebenslänglicher Haft verurteilt.

Während er so elend in seiner Hütte lag, sah sein verräterischer Spießgeselle Owaza vom Flußufer gegenüber der Stelle, wo er und Esteban die Goldbarren vergraben hatten, wie Tarzan mit seinen Waziri ankam, nach dem Gold suchte und wieder davonging. Am nächsten Morgen kam Owaza mit fünfzig Leuten, die er aus den Nachbardörfern angeworben hatte, grub das Gold aus und machte sich damit auf den Weg nach der Küste.

Owaza schlug am Abend sein Lager vor einem kleinen Dörfchen auf, dessen unbedeutender Häuptling nur über wenige Krieger verfügte. Der alte Bursche lud Owaza ein, in sein Dorf zu kommen, setzte ihm zu essen vor, und gab ihm Eingeborenenbier, während die Bewohner seines Dorfes sich an Owazas Leute heranmachten und ihnen unzählige Fragen stellten, bis schließlich die Wahrheit durchsickerte und der Häuptling festgestellt hatte, daß Owazas Träger eine große Ladung gelben Goldes beförderten.

Als dies sicher feststand, war der Häuptling zunächst ganz verstört, aber dann glitt ein Lächeln über sein Gesicht, und er sprach auf den halb betrunkenen Owaza ein.

Du hast eine Menge Gold bei dir, sagte der alte Häuptling, und es ist sehr schwer. Es wird für dich schwierig sein, Boys zu bekommen, um es den ganzen weiten Weg bis zur Küste zu bringen.

Das ist richtig, sagte Owaza, aber ich werde sie gut bezahlen.

Wenn sie es nicht so weit von zu Hause wegzutragen hätten, brauchtest du ihnen nicht so viel zu geben, nicht wahr? fragte der Häuptling.

Sicher nicht, sagte Owaza, aber ich kann es in diesem Küstenstrich nicht loswerden.

Ich wüßte in zwei Tagemärschen Entfernung eine Gelegenheit, wo du es loswerden könntest, erwiderte der alte Häuptling.

Wo denn, fragte Owaza. Wer soll es denn hier im Inneren kaufen?

Hier lebt ein weißer Mann, der dir ein kleines Stück Papier dafür geben wird; das nimmst du mit zur Küste und dort bekommst du dafür den vollen Wert deines Goldes.

Wer ist dieser weiße Mann, fragte Owaza, und wo ist er?

Es ist einer meiner Freunde, sagte der Häuptling, wenn du willst, bringe ich dich morgen zu ihm, und du kannst all dein Gold zu ihm mitnehmen und dir dafür das Stückchen Papier geben lassen.

Gut, sagte Owaza, dann brauche ich den Trägern nur einen ganz geringen Betrag zu zahlen.

Die Träger waren recht froh, als sie am nächsten Tag erfuhren, daß sie nicht den ganzen Weg bis zur Küste zu machen brauchten, denn selbst die Lockung guter Bezahlung reichte nicht hin, ihre Abneigung zu beseitigen, die sie gegen einen so weiten Weg von ihrer Heimat hatten. Sie waren daher ganz glücklich, daß sie sich nur für einen Marsch auf zwei Tage nach Nordwesten aufzumachen brauchten. Auch Owaza war zufrieden, und nicht weniger der alte Häuptling, der ihn selbst begleitete, obgleich Owaza den Grund von *dessen* Zufriedenheit nicht ahnen konnte.

Sie waren beinahe zwei Tage weit gezogen, als der Häuptling einen seiner Leute mit einer Botschaft voraussandte.

Sie ist für meinen Freund, erklärte er, und sagt ihm, er möge kommen und uns zu seinem Dorfe führen. Einige Stunden später trat die kleine Karawane aus der Dschungel auf eine breite, grasbewachsene Ebene hinaus. In geringer Entfernung erblickte man aber eine rasch näherkommende, zahlreiche Kriegerschar.

Owaza machte halt.

Was sind das für Leute? fragte er.

Die Krieger meines Freundes, erwiderte der Häuptling, und er selbst befindet sich bei ihnen. Siehst du? dabei deutete er auf eine an der Spitze der Schwarzen befindliche Gestalt, während sich die Schar mit in der Sonne schimmernden Speerspitzen und weißen Federn im raschen Trabe näherte.

Sie kommen in feindlicher und nicht in friedlicher Absicht, sagte Owaza voll Befürchtung.

Das hängt von dir ab, Owaza, entgegnete der Häuptling.

Ich verstehe dich nicht, sagte Owaza.

In einigen Minuten, wenn mein Freund da ist, wirst du mich verstehen.

Als die anrückenden Krieger näher herankamen, sah Owaza an ihrer Spitze einen weißen Riesen – einen Weißen, den er für seinen so verräterisch verlassenen Spießgesellen Esteban hielt. Er wandte sich gegen den Häuptling. Du hast mich verraten, schrie er.

Warte ab, sagte der alte Häuptling, nichts, was dir gehört, wird dir genommen werden.

Das Gold gehört ihm nicht, rief Owaza. Er stahl es selbst, und er deutete auf Tarzan, der inzwischen herangekommen war und vor ihm stand, ihn aber gar nicht beachtete und den Häuptling ansprach.

Dein Läufer kam, sagte er zu dem Alten, und brachte mir deine Botschaft. Tarzan und seine Waziri sind gekommen, um zu sehen, was sie für ihren alten Freund tun können.

Der Häuptling lächelte. Dein Läufer kam heute vor vier Tagen zu mir, o Tarzan, und zwei Tage später kam dieser Mann mit seinen Trägern, die Goldbarren nach der Küste bringen wollten. Ich sagte ihm, daß ich einen Freund hätte, der sie kaufen und ihm ein kleines Stückchen Papier dafür in Zahlung geben werde, aber natürlich nur im Falle das Gold Owaza gehört.

Der Affenmensch lächelte. Du hast wohlgetan, mein Freund, sagte er. Das Gold gehört nicht Owaza.

Dir gehört es ebensowenig, rief Owaza. Du bist nicht Affentarzan. Ich kenne dich. Du kamst mit vier weißen Männern und mit der weißen Frau, um das Gold aus Tarzans Land zu stehlen, und dann stahlst du es von deinen eigenen Freunden.

Der Häuptling und die Waziri lachten. Der Affenmensch lächelte in seiner stillen Weise.

Der andere war ein Betrüger, Owaza, sagte er, aber *ich* bin wirklich Affentarzan und ich danke dir, daß du mir mein Gold gebracht hast. Komm, sagte er, es sind nur noch wenige Meilen zu meinem Heime. Damit nötigte der Affenmensch Owaza, seinen Trägern Anweisung zu geben, daß die Goldbarren nach dem Greystoke-Bungalow gebracht wurden. Dort verpflegte Tarzan die Träger und entlohnte sie. Am nächsten Tage sandte er sie wieder nach ihrem Lande zurück und entließ Owaza mit ihnen, nicht ohne ihm ein reichliches Geschenk zu machen, das er aber mit der Mahnung an den Schwarzen begleitete, sich nie wieder in Tarzans Gebiet sehen zu lassen.

Als alle abgezogen waren, und Tarzan, Jane und Korak auf der Veranda des Bungalow standen, während Dschadbalja zu ihren Füßen lag, legte der Affenmensch seinen Arm um die Schulter seines Weibes.

Ich muß wieder zurücknehmen, was ich sagte, nämlich daß das Gold von Opar nicht für mich sei, denn du siehst, diesmal ist ganz ohne mein Zutun ein neuer Schatz aus den Schatzkammern von Opar zu mir gekommen.

Wenn dir jetzt auch noch irgend jemand deine Diamanten wiederbrächte! sagte Jane lachend.

Dafür besteht keine Aussicht, sagte Tarzan. Die liegen fraglos auf dem Grunde des Ugogo-Flusses.

Aber ferne, weit drüben am steilen Ufer des Ugogo, im Dorfe des Kannibalen Odebe, lag Esteban Miranda im Schmutze der ihm zugewiesenen Hütte und stierte auf seinen Schatz, der ihm nie mehr nützen konnte, denn er mußte die lebenslängliche Gefangenschaft antreten, zu der ihn die Beschränktheit und der Aberglaube Odebes verdammt hatten.

*